文春文庫

インビジブル

坂上泉

文藝春秋

目次

1954年大阪城周辺
京橋駅
寝屋川
大川
平野川
×三十八度線
東署
大阪城
（大阪市警視庁本部庁舎）
みよし
森之宮駅
東横堀川
玉造駅

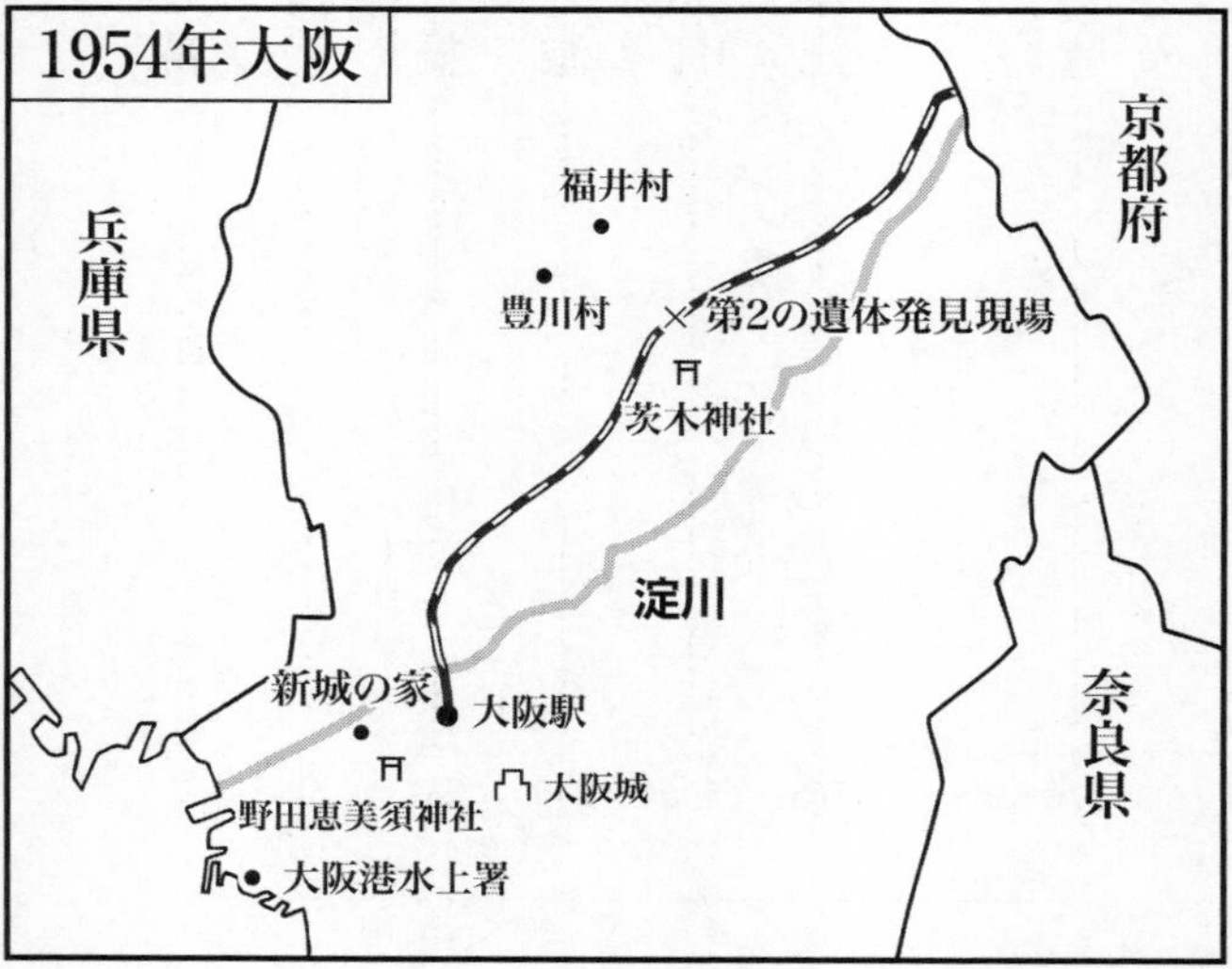
1954年大阪
京都府
兵庫県
福井村
豊川村
×第2の遺体発見現場
茨木神社
淀川
新城の家
大阪駅
大阪城
野田恵美須神社
大阪港水上署
奈良県

地図製作　言語社

インビジブル

第一章　真空地帯

　ここは御国《おくに》を何百里、離れて遠き満洲の、赤い夕陽に照らされて――。

　地平線の向こうまで畑が広がっている。なだらかな丘陵の一面を埋め尽くす白い花と、その間から覗く苦力《クーリー》の笠、それらすべてを夕日が真っ赤に塗り尽くす。西洋の絵画のように浮世離れした光景だ。

　畦道《あぜみち》から眺める大地の美しさに思わず目を細める。かまどで白米を炊く匂いが、どこかの家からか涼しい風に乗って漂ってきた。

　七年前、富桑村《ふそうむら》に辿り着いたときを思い出す。

　内地の列車と大連《だいれん》港までの三等客室で一日、そして満洲の荒野を突き進む列車に十数時間、最後に馬車で悪路を揺られて一時間。長旅の疲れに倦《う》んでいたわれわれが馬車を降りたとき、目の前には丘陵地帯を中心に黒々と開墾された畑作地が四方に広がり、その中心に石造りの家が建ち並んでいた。見渡す限りが大陸の夕陽に彩られ、初夏の心地よい涼しさに包まれていた。

これほど美しい土地が、美しい夕暮れ時があるとは。

故郷では夕陽を美しいと思ったことなどなかった。山を覆う痩《や》せた棚田にへばりついて朝から耕作に追われ、夕暮れ時には身体はすっかりくたびれ、睡魔と空腹に苦しめられた。稗《ひえ》交じりの麦飯と塩辛い沢庵《たくあん》をかき込む間ですら、兄たちとの食べ物の奪い合いと、母親の「三男坊のくせによう食う」という嘆息に気が休まらなかった。

夏は蒸し暑く冬は雪に閉ざされる山深い寒村は、その名を「麦も取れぬ」と余所者《よそもの》に馬鹿にされた。僅《わず》かな米や麦や稗を得るためだけに、棚田を持つ地主に媚《こ》びへつらう親爺のようにはなりたくなかった。

尋常小学校を出て、出稼ぎに出た街の工場《こうば》で初めて白米だけの飯を食わせてもらえた。もう二度と村に戻るかと思っていたのも束《つか》の間《ま》、二年もせずに不況のあおりを受けてクビになった。出戻った実家では長兄が嫁を取って家督を継いでおり、兄嫁にまで穀潰《ごくつぶ》しと罵《ののし》られた。

だから、幼馴染《おさななじ》みの幸三《こうぞう》の誘いに、一も二もなく飛びついた。

——なあ、満洲でよう、ええ開拓団の話があるんやと。役場の者が内緒で集めとるらしくて、俺はそれに志願するわ。お前も来んか。カネは俺んた（俺たち）のおった街の工場勤めの三倍はもらえるらしいぞ。きっと、腹いっぱい銀シャリを食えるぞ。

幸三は同じく小作の倅《せがれ》で、街の工場でも一緒だった。同じひもじさと惨めさを知る同士で、互いに故郷への未練など、微塵《みじん》もなかった。役場の紹介もあるし、何より幸三とふたりだ。怖いものなど何ひとつなかった。

会社の技官は、軍に卸《おろ》す製品の原料となる作物を作るのがわれわれの仕事だと言った。故郷では見たこともない植物で、作付けは特殊だが初夏になると綺麗な白い花を咲かせるらしい。責任は重いが取りはぐれがない商売だから、会社が手厚く指導するという。

技官のもとで早速、村の建設と作物の作付けを始めた。耕作地は想像以上に広く、俺に割り当てられた畑だけでも故郷の村のすべての田畑を合わせても足りないくらいだ。こんなにひとりでは耕せぬと尻込みしていると、技官が片言だが日本語の分かる苦力を手配すると言ってくれた。作物の育て方から肥料や農機具の調達、実際に収穫できるまでの融資……何くれとなく面倒を見てくれた。

お膳立てがあったとはいえ大陸の厳しい冬を越え、時折襲い来る馬賊《ばぞく》を警戒しながら初めて迎えた収穫期。会社のトラックに作物を積み終えると、手数料を差っ引いても今までに見たことのないほどの大金を技官から渡された。街の工場の三倍どころではない、親爺が地主様に頭を下げながら米や麦を納入して得ていた収入とは桁《けた》が違った。

分厚くなった財布の重みに、手から汗を滲《にじ》ませながら街へ行き、今まで飲んだこともない白酒《パイチュウ》という高粱《コーリャン》の酒と、羊肉の串焼きを肴《さかな》に買い求めて幸三と杯を交わした。

美味い。日々の辛さを忘れる酒しか飲んだことのなかった俺は、酔ってこれほど充足感に満ち満ちたことはなかった。故郷では食べたこともない肉からは、嚙《か》み締めるごとに旨味と香辛料の刺激が滲み出る。これが大陸の味か。

——ああ、満洲行っとって正解やったわ。
——ホントに運がよかったわ。

支那での戦争が長引いても村は穏やかだった。むしろ会社の業績は好調で、年を追うごとにさらなる納入を求められ、増産が追い付かなかった。会社が開墾した新たな畑の割り当てを受け、苦力をさらに雇い入れて増産に励む。そのたびに渡される金額は膨れ上がった。

今では、故郷一番の大地主様よりも広い畑を持ち、十人ほどの苦力に指図する立場にまでなった。実家に仕送りができるほどの実入りもある。

目の前の畑の花が揺れ動く。おやっと目を向けると、茎の間からふたつのおかっぱ頭が現れ、野良着に抱き付いてきた。

「お父さん見つけた」「おじちゃんおった」

娘の芳子《よしこ》と、幸三の娘の勝江《かつえ》だ。

俺も幸三も生活に余裕が出てきた頃に、会社の斡旋《あっせん》で他の開拓村の女と見合いをし、同じ年に嫁をもらって所帯を持った。こちらの嫁は文句は多いが朗らかでよく笑ったし、幸三の嫁はよく気が利いた。共に器量良しで、互いの家を行き来するうちに家族ぐるみの付き合いとなった。

そして同じ頃に娘が生まれ、当たり前のように仲良しとなった。今では五つの可愛い盛りだ。

困ったものだ、畑に踏み入ってはいかんと言いつけてあるというのに。厳しく叱りつけねばと睨《にら》むが、ふたりの悪びれることのない笑顔を見ると怒る気も失せてしまった。

ふたりの手を引いて、畦道を家の方へと向かう。

娘らが成長すれば物入りも増えよう。良縁に恵まれるためによい学校に入れてやる必要もあろう。大連やハルビン、あるいは内地の都会に嫁ぐやもしれぬ。それならなおのこと俺は稼がねばならぬ。親心の欲深さとは際限のないものだ。

家はすぐそこだ。帰れば妻が温かい飯を用意していることだろう。幸三の娘もうちで腹いっぱい食わせてやろう。きっと眠ってしまうだろうからあとで背負って送ってやり、ついでに幸三と白酒を一杯やって帰ろう。いつものことだ。

王道楽土。その言葉はこの景色のためにあるのだ。

○

「堪忍や！」

薄汚れたコンクリートの高架下に響く叫び声は鈍い打撃音に掻き消され、すぐに呻《うめ》き声に変わった。

「おらルンペン（浮浪者）、早よ行かんかえ」

苛立《いらだ》った表情の制服警官が、黒く硬い半長靴《はんちょうか》で浮浪者の鳩尾《みぞおち》を蹴り上げた。年老いた浮浪者は「ううう」と、目に涙を浮かべながらうずくまるが、別の警官がその丸まった背中に無表情で警棒を容赦なく振り落とした。

「ジジイがぴいぴい泣いとんちゃうど、こら。殺すど」

苦痛のあまり路面に情けなく突っ伏した浮浪者は、警棒の連打が収まると「すんまへん、すんまへん」と卑屈に頭を下げながら、道端に停車したトラックへと自ら歩んでいった。

保健所が送って寄越したトラックには、すでに引っ捕らえられた浮浪者が幾人も座らされている。

五月十四日、金曜日の昼下がり。

大阪城の天守閣のすぐ東、京橋《きょうばし》から天王寺《てんのうじ》を南北に結ぶ国鉄城東《じょうとう》線は森之宮《もりのみや》駅を境に、戦後九年を経た大阪のふたつの顔を見せる。森之宮駅の北部、京橋駅方面の東西には、かつて東洋一と謳《うた》われた大阪陸軍造兵廠《ぞうへいしょう》の跡地、三十五万坪が荒れ地として広がる。終戦の前日、すなわち昭和二十年（一九四五）八月十四日の空襲以来、今なお多くの不発弾が眠るその焦土の上には、朝鮮人や戦災罹災者らがバラックを無秩序に築き上げている。

一方で森之宮駅の南は着実な復興を見せている。特に南西には、ＮＨＫ放送局や赤十字病院、労働基準局や郵政局分室などが立ち並ぶ官公庁街が広がり、平日は白いシャツを着た公務員が行き来するようになった。数年前に建設された日生球場では、明日の大阪タイガースと国鉄スワローズの試合の人出を当て込んで、退勤後の勤め人や家族連れの買い食いを狙う的屋《てきや》が早くも店を組み立てている。

双方を貫くように走る線路の下で、どちらの流れにも乗ることのできなかった浮浪者たちが、ぼろ雑巾のような身を寄せ合っていた。頭上を行きかう国電と近くの工場に出入りするトラックの騒音と土埃《つちぼこり》にまみれながら、息を潜めて得た微《かす》かな安寧は、つい数十分前に保健所のトラックと警邏車《けいらしゃ》（パトロールカー）で押し寄せた警官らに破られた。大阪鉄道管理局からの要請で、国鉄管理地内のバラックを撤去するべく、保健所や国鉄の職員立ち会いのもと、所轄署《しょかつしょ》の警官数十人が浮浪者を立ち退《の》かせるために出動したのだ。

警官は慣れた様子で、浮浪者をトラックへと追いやった。暴力行為は表向き禁じられているが、一般市民の目の届かない高架下、まして相手が浮浪者とあって遠慮する様子はまったくない。野良犬のように淡々と「駆除」するだけだった。浮浪者も最初こそ抵抗したが、警官の暴力を前にして大人しくなるばかりか、媚びるそぶりすら見せる。それが一層警官の加虐心を駆り立てる。

またひとり蹴飛ばされた浮浪者が、若い私服警官の茶色い革靴の前に倒れこんだ。

「おっちゃん立てるか？　悪いが、あそこのトラックに乗ってくれ」

若い警官は、浮浪者のそばにしゃがみ込んで手を差し伸べた。

浮浪者が恐る恐るその手を取ろうとすると、

「こら何チンタラしとんねや！　早よ行かんか！」

特に熱心に蹴りを入れていた三十代くらいの制服警官が怒鳴り込んできた。浮浪者はまた蹴られては堪《たま》らんと、手を取ることなく慌てて立ち上がり、脚を引き摺《ず》ってトラックへ向かった。

「おい新城《しんじょう》、応援やから言うて気合い入っとらんのちゃうか」

「すんません、班長」

「何しとってん」

「あのルンペン、倒れよったんで手ェ貸したろ思いまして」

班長と呼ばれた男は、嘲《あざけ》りとも呆れともつかぬ笑いを浮かべた。

「お前、ルンペンなぞ触ったら手ェ汚れるがな。蹴って転がしゃエエねん」

新城は一瞬言葉を失い、辛うじて、

「そうでっか」

と返事をして、会話はそれきりで終わった。

やがて浮浪者を二十人ばかり収容したトラックは、市の厚生施設へ向けて発車した。頭からDDTを振りかけ、獄舎のような施設に幾日かぶち込んで貧相な食事を与え、職業訓練と称する低賃金労働でこき使い、ときには不良職員が鉄拳を食らわせて、また外に放り出す――それが市のいう厚生事業というやつだ。

そのことに何の疑問も抱いていない保健所職員や警官は、作業を終えると下品な冗談を口にしながら乗ってきた車に戻っていく。

「民主警察とはよう言うたの」

新城は誰にも聞こえぬよう、口の中で呟《つぶや》いた。

近くに停まった警邏車の磨き上げられたサイドミラーに息を吹きかけると、無表情な新城の顔は曇って見えなくなった。

○

市電の通る本町通《ほんまちどおり》を少し外れたところに、空襲を生き延びた四階建ての古びた鉄筋コンクリート造りの警察署がある。「狩り込み」と呼ばれる一斉摘発から引き揚げてきた新城が潜《くぐ》った正面玄関には、

「大阪市警視庁東警察署」

と記された木製の札が掲げられている。

一昔前、「警視庁」といえば東京の首都警察だけを指した。天皇のおわす帝都の番人、そして日本全土の治安を守る内務省警察の筆頭として、その名は全国津々浦々に轟《とどろ》いた。

だが敗戦後、内務省警察は非民主的勢力の拠点と見なされ、昭和二十二年（一九四七）、ＧＨＱによって解体される。

代わって日本の警察機構は、新しく施行された警察法のもと、人口五千人以上の市町村によって運営される米国式の自治体警察、通称「自治警」と、自治警を置く財力のない零細町村部を所管する国家地方警察、「国警」の二本立てに再編された。

そのとき発足した大阪市の自治警が昭和二十四年、警視庁の名を冠するようになった。大阪市警視庁は大阪城本丸にそびえ立つ、かつての陸軍第四師団司令部庁舎に本部を置き、新生日本に相応《ふさわ》しい警察のモデルケースとなるべく全国に先駆けて組織改革を行った。

権力をかさに着たオイコラ警察を脱却し、市民に寄りそう「民主警察」に。その理念を実現すべく、警邏部を本庁に新設し、それまでは派出所単位で行っていた地域の安全警戒を警邏活動として警視庁全体で行うようになった。市民の声を吸い上げる窓口を作り、米国製パトロールカーや車両無線など最新装備も導入した。

大阪市警視庁はGHQの強力なあと押しと大阪市の財力を背景に、東京の古い警視庁とは異なる新しい民主警察の象徴として、全国自治警の代表格のように扱われるまでになった。

それくらいのことは、大阪市警視庁が発足した翌年に卒配（卒業配属）し、大阪市章の澪標《みおつくし》をあしらった警察徽章が縫い付けられた制服に腕を通してからというもの、新城は嫌というほど聞かされた。警察学校でも、実際に任官してからも、民主警察という言葉には常に向き合ってきた。

現実はどうか。

新城は署庁舎二階に上がると、刑事課一係の机の並ぶ一角に戻り、どっかと椅子に腰かけた。

周囲に捜査員の姿はほとんどない。日中に居残っているのは、特別の用事がない限りは日がな一日雑談したり爪を切ったりして時間を潰すような者ばかりだ。口さがない浪速《なにわ》の商人《あきんど》に「役人は穀つぶしや」と罵られても何も文句は言えない。

隣の警邏課で、制服を着た巡査たちが「Osaka Police Post」と書かれた白い箱を持ち寄っていた。

オオサカ・ポリス・ポスト、通称ＯＰＰ。大阪市警視庁が市民からの陳情や苦情、通報などありとあらゆる投書を受け付ける箱だ。さしずめ、徳川吉宗《とくがわよしむね》の目安箱の現代版といったところか。市内各地に配置してあるＯＰＰを警邏警官が毎日巡回して回収し、市民の声を警察運営に反映させる、民主警察の理念を体現した制度だった。

警官たちがＯＰＰから投書を出し、手分けして目を通していく。

「おい、これ見てみい」

ひとりが一枚の投書を手に取って同僚にひけらかした。

「何や、何て書いとんねん」

「北久宝寺町《きたきゅうほうじまち》の交番の勤番が、ポンの売人からカネせびっとるやて」

ポン、いわゆる覚醒剤は戦中に軍用物資として大量に製造され、戦後は闇市や薬局で手軽に入手できるようになった。若い男女や文化人に中毒症状が蔓延《まんえん》し、無気力や幻覚、ときに暴力的な行為に及ぶとされている。昭和二十六年に施行された覚醒剤取締法で一般の使用が禁じられたあとも濫用は留まることを知らず、先月には東京の小学校で中毒の男が女児を惨殺する事件も起きた。

大阪市警視庁でも年初に府下九百カ所で一斉摘発を行ったばかりで、今も保安課では、覚醒剤密売の摘発や先月公布されたあへん法による取り締まり体制変更について、連日のように会議をしている。だというのに、

「あああれや、知っとるわ。菊地《きくち》やろ？　酒と博打《ばくち》でクビ回らんようなった奴《や》っちゃ。そこらで見つかるような真似すんなっちゅう話やな」

「阿呆やなあ。ほんで、それどないすんねん」

投書を手にしていた警官は、丸めたそれを迷うことなくチリ箱に投げ捨てた。

「アイツにあとで釘刺しといたれや。これで貸しイチや」

「ポン中から売人が毟《むし》ったカネやろ。どうせ、そんな連中がカネ持っとったかて、ろくな使い道なれへん。ワシら安月給の警官に還元してもらおうで」

「エエなそれ。カネせしめたら、飛田《とびた》でも行くか？」

下卑《げび》た笑い声をあげるふたりを咎《とが》める者はいない。

所詮はこんなもんや。

新城は彼らに一瞥《いちべつ》をくれると、刑事課の島の端にある上長の席へ向かった。

「おう、応援お疲れサン。雨やったら原爆の毒でも被ってまうんとちゃうか心配やったが、晴れとってよかったの」

東署刑事課長の小田部《おたべ》が机に広げた新聞から眼鏡面《づら》を上げた。課長の席に歩み寄ると、《水爆マグロに食卓悲鳴》

そんなおどろおどろしい見出しが、放射線量の検査を受けるマグロの写真とともに目に飛び込んできた。三月に米国がビキニ環礁《かんしょう》で水爆実験を行って以来、水産物や降雨に放射能が含まれているのではと世間では神経質になっている。

「まだ仰山《ぎょうさん》おったやろ、ルンペン」

「二、三十人ばかりいてましたわ」

「いっときに比べたら、だいぶ減ったな。国鉄や官公庁も不法占拠はさすがにもう見逃せへんけども、ブルドーザー特攻みたいな荒療治なんぞ、ようせんからな」

「梅田《うめだ》で地主がそれやって、バラック潰したことがありましたな」

「それをワシらに押し付けてきとるんや。ただでさえ近頃はストやらデモやらで、てんてこ舞いや。何もそないな時期にルンペン狩りなぞさせるなっちゅう話やな」

東署の所轄する大阪市東区《ひがしく》は、大阪城の西側の官庁街や本町のオフィス街、そして歓楽街や旧造兵廠跡地の一部までを含むために、扱う犯罪は殺人や強盗などの強力《ごうりき》犯罪のみならず、贈収賄や企業事犯、賭博に風俗営業に労働争議と、さながら大都市型事犯のショーウィンドウだ。

「近江絹糸《おうみけんし》の件、キミも聞いたか？」

東区内に本社を置く大手紡績会社で、労働争議が勃発していると話題に上っている。

「詳しくは知りませんけども、組合がまたデモするんでっか」

「全繊《ぜんせん》同盟が動員かけよるらしいわ。この前のメーデーで大阪城に十万人集まったばっかりやっちゅうのに、ホンマにアカの連中はぎゃふんと言わせたらなアカンよって、これも警備だけやのうて全署あげて対処せなならん」

通常、デモ警戒は政治事犯を取り扱う警備課の主管任務である。しかし、戦後に拡大の一途をたどる労働争議や学生運動などを前に、大阪市警視庁管内では有数の人員を擁する東署でも、警備課単独では人手が足りない。

小田部は、わざとらしく溜息をついて声を潜めた。

「それにここだけの話、また近々アパッチの連中も狩り込まなならんらしい」

旧造兵廠跡地に眠るのは不発弾だけではない。軍需物資であった金属類や機械類が雨ざらしにされており、これに目を付けた朝鮮人や引揚者、戦災罹災者らが採掘に身を投じるようになった。朝鮮動乱で金属需要が爆発的に増大した「金偏《かねへん》景気」の頃は、ゴールドラッシュ当時のアメリカ西部さながらの様相を呈したものだ。

この無法者たちを、昨年公開された米国映画に出てくる先住民になぞらえて「アパッチ」と誰ともなく呼ぶようになった。旧造兵廠跡地を管轄する東署と城東《じようとう》署は国有財産の窃盗行為であるとして、ジョン・ウェイン率いる騎兵隊よろしく、たびたび摘発を行っている。

「せやさかい、キミもまた応援で出さなアカンやろなと思うとる。そんときは頼むで」

「分かりました」

芝居がかった物言いは、また面倒事を押し付けたいがための小細工か。

前任の都島《みやこじま》署の警邏課から、四月に東署刑事課に異動してきたばかり。当然ながら課内では最年少の下っ端で、他部署への応援のような雑務はまず新城に回ってくる。中学卒業以来四年も警視庁で飯を食っていれば、仕方ないと割り切りも終えていた。それよりも談判したいことがひとつある。

「そう言えば、課長」

アクセントを「課」に置く、いかにも大阪風の呼びかけで詰め寄る。

「何や」

「独身寮、空きはどないもなりませんか」

小田部は眼鏡の奥の細い目を、迷惑そうに一層細めた。

「この住宅難のご時世に、そない簡単に空くもんちゃうで。それにキミ、実家が野田《のだ》なんやったら自転車か市電か使《つこ》たら十分通えるがな。親御さんもその方が安心やろが」

三月の異動の際、前任署の署長に言われたのと同じ説明が繰り返される。

「そもそも東署の独身寮は関目《せきめ》やぞ。キミの実家からとそないに変わらんぞ」

「それでもウチの実家からよりは近いんです。ワシら若手は、いつ呼びだしがあるか分からんですし、なるべく署に近い場所におりたいと思とるんです」

独身寮は署内や所轄区内に設けている場合が多い。東署の場合は都心の住宅難の煽《あお》りもあり、遠方の城東区関目の古びた寮を使っている。実家から東署のある東区本町二丁目までは徒歩で一時間弱、自転車や市電でも二十分近くかかる。いざ事件が発生したときに下っ端刑事が先輩より遅れた日には、鉄拳のひとつでも食らわされかねない。

「今は無理や。まあ空きが出たときには言うたるさかい」

ほれ仕事戻れ戻れ、と手を払われると、それ以上は言い出せない。ぺこりと頭を下げる。

「よろしゅう頼んます」

寮に入れば実家から離れられるから、警察官になったというのに。

その思いは声に出さず、小さく溜息をつくにとどめた。

背中を向けて席に戻ろうとすると、小田部の無遠慮な声が追い打ちをかけた。

「ま、じきに警察統合相成るかっちゅうご時世やし、やめさせられる奴が出たら、空きは出るか分からんけどもな」

課長が、机の上に広げていた新聞の社会面を持ち上げて折り畳む。

《警察法改正、明日にも衆院通過》

《国警、自治警の一本化へ前進》

一面にはそのような見出しが躍っている。

地方分権と民主化を警察行政の面でも推進するため、七年前にＧＨＱによって導入された現行の警察法。その改正が今まさに国会で議論されていた。

国家公安委員会のもとに置かれた警察庁が、全国都道府県警察を統括するという改正案が成れば、大阪市警視庁は新生大阪府警察に吸収され、自治体による民主警察を目指して築き上げた独自の組織を畳むことになる。

「ワシらみたいな下っ端は何も変わらしまへんで、課長。泣き目を見るんは、本部の部課長くらいでっしゃろ」

先ほどまでのんびり報告書を書いていた中年の課員が、ひと仕事終えて暇を持て余したのか、顔を上げて言った。

「ワシまで下っ端とは、キミ無礼やぞ」

小田部がひょうげた様子で口を尖《とが》らせる。言葉とは裏腹に、さほど怒った様子もない。事実そう思っているのだろう。

「叩き上げも部長になれるエエ時代やったのに、これでまた昔に逆戻りや」

戦前の警察組織では高等文官試験に受かった内務省キャリア、いわゆる「高文組」が上級職を占め、道府県採用では課長になるのも難しかった。だが戦後は多くの高文組が国警に流れたため、叩き上げから自治警本部の部長になる例も少なくない。国警と自治警が統合すれば、再び高文組のキャリアが大阪府警察の上層部を占めるだろう。小田部が芝居がかった様子で萎《しお》れて見せる。

「ワシもいつかは刑事部長サマやと思とったのに、その夢は儚《はかな》く潰《つい》えたのう」

「いや課長は元から無理でっしゃろ」

「ホンマにキミ無礼やな。怒るでしかし」

小田部らの軽妙なやり取りに、幾人かが笑い声を上げた。

新城がどこか冷めた目で見ているのに気づくと、小田部は気まずそうに咳払《せきばら》いをして、

「ま、これで昔の通りや。やれ民主警察や自治警やて、所詮はGHQのお題目っちゅうとこもあったよってな。うるそうて敵《かな》わんかったわ」

その物言いが酷《ひど》く苛立《いらだ》たせる。

やかましわ。

心の中で新城は吐き捨て、その場をあとにした。

うしろから「何や、昭和生まれは何考えとんのか分からんの」という小田部の声が聞こえてきたが無視した。

○

新城の実家は東署から北西に数キロ、淀川《よどがわ》南岸を通る二本の阪神電鉄線と国鉄西成《にしなり》線に囲まれたゼロメートル地帯の、戦後になって急造された長屋の一角にある。

「お父ちゃん、エエ加減にしぃや！」

二十分ほど中古自転車を漕いで辿り着いた新城の耳に、聞き慣れた金切り声が飛び込んできた。近くの床几《しょうぎ》で舟を漕いでいた老人が一瞬ハッと目を見開いたが、すぐにまた眠りに落ちる。

またた。体の奥底から倦怠感《けんたいかん》が込み上げてきて、溜息となって漏れ出す。

「姉ちゃん、外聞こえとるで」

建付《たてつ》けの悪い引き戸を強引に開け、自転車を土間に引き入れる。上がってすぐの六畳間から、ふたつ上の姉・冬子《ふゆこ》が怒りで上気した顔をこちらに向けてきた。

「洋《よう》ちゃん、ちょっと聞いてや！　昨日帰ってこんかったと思たら、またお父ちゃん欠勤で仕事クビになってんで！」

キリッとした眉毛を吊り上げ、筋肉質な腕を腰に当てるさまは、いかにも浪速《なにわ》の女らしい気の強さに溢《あふ》れている。近所の中華料理屋で鍛えられた大音声《だいおんじょう》で「また」の箇所をことさらに強調する。この「また」がもはや何度目か、新城も覚えてはいない。

「しゃあないやろ、朝の三時なんぞ起きとれるわけないがな」

元凶である父・貞夫《さだお》は、仁王立ちする冬子の足元で、だらしなく胡坐《あぐら》をかいて眉毛をぼりぼりと掻《か》く。以前より硬さを失った角刈《かくが》りの頭髪と違い、今なお存在感を示す太い眉毛が、自分や冬子とこの男の疑いようもない血縁を示していた。

悪びれた様子もなく、父は手元にあった茶碗の水をぐいっと呷《あお》る。

「うちが王《おう》さんの伝手《つて》で頼んで、何とか雇ってもろたのに……」

額に右手を当てて項垂《うなだ》れる冬子。今回のねじ込み先は野田にある大阪市中央卸売市場の小間使いだと聞いている。早朝からだが肉体労働でもなく、市場は家から歩いていける距離にある。ここで何とか続いてくれればという冬子の思いは、また裏切られたようだ。紹介してくれた、勤め先の台湾人店主への義理を考えると、頭が痛くなろう。

「二日三日寝んで甲板立っとってもワシは平気の平左《へいざ》や、って昔は言うとったがな」

寝ころぶ父を土間から見下ろしながら新城が冷たく吐き捨てると、父は怯《ひる》みつつも食って掛かってきた。

「お前、何や、ガキの癖に偉そうに」

「そのガキに食わせてもろとんはお前や」

「何やと」

父が立ち上がるが、足元はふらふらと覚束《おぼつか》ない。言葉もどこか間延びしている。胸をトンと押せば、あっという間にうしろへ倒れてしまうだろう。

「どうせまた酒やろ」

正面から見据えず、顔を背ける。父親の顔をまともに三秒以上見た記憶は、中学を出て以来この四年間でない。

「ワシは姉ちゃんほど優しないで。金も金輪際《こんりんざい》やらんし、仕事の紹介なぞできるかいな。ワシの信用に関わるわ」

父はそれ以上何も言わずに足を引きずって三和土《たたき》へ行くと、乱暴に戸を開けて出ていった。

「あ、お父ちゃん！　酒も博打もアカンで！　もうお小遣い上げへんで！」

冬子が慌てて声をあげるが、追いかけはしない。背中から諦観が漂っていた。

家に帰るたびに、この男の醜態と、それに振り回される姉の疲れた姿を、何度も見せつけられてきた。

かつてはこうではなかった。幼かった頃の父は力強く、逞《たくま》しく、優しかった。そのそばに母もいて、姉も自分も屈託なく甘えることができた。そんな普通の家族があった時代を覚えているからこそ、余計に今の父が憎らしく感じる。

あの戦争が、父を変え、母を奪った。

父は出征こそしなかったが、戦争が原因で職を失った。家の収入は専《もっぱ》ら冬子に頼るようになり、惨めさからか父は酒に溺れるようになった。そんな父を諫《いさ》められるはずの母は、空襲で死んだ。

その現実に耐えられなかったから、新城は中学を卒業して、すぐに寮生活に入る警察の門を叩いた。職場にも諦めを抱きつつあるが、家ほどの徒労感はまだない。

疫病神《やくびょうがみ》がいなければ。いっそ戦争で死んでいてくれれば。

胸中に湧き上がった思いのどす黒さに嫌気が差したとき、冬子が大きな溜息をついてパンパンと手を叩く。その顔からは、先ほどまでの怒りと徒労の色は消えていた。

「洋ちゃん、賄《まかな》い持って帰ってきたから、今から温めて御飯にしよか。今日は炒飯《チャーハン》やで」

「お、炒飯かいな。肉は入っとんかいな」

「入っとんでえ。今日は煮豚が手ェ入ったらしいわ」

冬子が雇われている中華料理店「王来軒《おうらいけん》」の炒飯は、脂でパラリと炒められた米に卵がよく絡まり、具材の肉から染み出た旨味がほどよく行き渡って食べ応えがある。賄いにしては随分贅沢な逸品だ。

王来軒は、いまだに米の食糧管理制度が続いているなかで、どんな手練手管を使ったか米も野菜もそして肉すらも楽々入手してくる。店主の王がかつて闇市で三国人と呼ばれていた頃からのルートを使っていると薄々気づいているが、冬子が持ち帰った賄いが食糧難の頃に食べ盛りを迎えた自分の胃袋を満たしてくれた恩義もあり、気づいていないふりをしている。

「姉ちゃん。ワシ、明日は当直やさかい飯はいらんで」

「はいはい、警察も大変やねえ」

台所に立つ冬子の姿は年々、記憶の中の母に重なってきた。もう二十二なのに仕事と家事と父の面倒を見るだけで一日が終わる。そのことに不平を漏らすこともない。

子供の頃の冬子は人並み以上に文句を垂れていた。歳の差がふたつしかない新城とも菓子や玩具《おもちゃ》を巡ってよく喧嘩をし、幼い新城にとって鬱陶《うっとう》しい存在だった。

冬子が変わったのは敗戦の年のことだ。

昭和二十年の三月、国民学校六年生だった冬子は十四日に執り行われる卒業式のため、学童疎開していた奈良の寺に新城を残し、ひとりで大阪の家に戻った。父はその年の一月から仕事で家におらず、母だけがいた。

卒業式直前の三月十三日深夜から翌日未明、大阪は大空襲に襲われた。四千人にも上る犠牲者のなかに母もいた。

生き永らえた冬子が空襲でどんな目に遭《あ》ったのか、母の最期がどうであったか、冬子が母の亡骸《なきがら》をどう引き取ったのかなど、今に至るまで冬子は決して語らなかったし、新城も聞くのは憚《はばか》られた。確かなのは、母の死後も冬子は疎開先に戻らず、大阪の縁戚の家に身を寄せると、母と付き合いのあった王を訪ね、彼が焼け跡で始めたバラックの店を手伝うようになったということだ。

玉音放送からいくばくもしない八月末、冬子が奈良に残る新城を迎えに来た。半年ぶりに会った冬子は携えていた麦の握り飯を「あんたが食べ。うちはエエわ」と渡してきた。疎開中は芋の欠片を巡って争っていたというのに。

——お母ちゃんがもうおらん分、うちがお母ちゃんの代わりなったる。

あれから九年、冬子は何ひとつ愚痴をこぼさなかった。それどころか配給の遅配欠配が相次ぐなかで王来軒から食料を持ち帰って来て、弟に食べさせるようになった。

新城にとって姉は母代わりとなり、もはや父以上の存在だ。せめて嫁ぐ相手が見つかるまでは無事に働き上げてほしいし、嫁ぐにせよ働くにせよ父の不始末で邪魔してはならない。

「姉ちゃんもオトンの面倒なんぞ見んと、エエお客さんとどこかデートでも行ってきぃや。姉ちゃんの好きな『君の名は』、映画やっとるらしいやん」

「阿呆、行く相手がおらんわ。そら恵子《けいこ》ちゃんは観たいけども、アンタと行っても悲しいだけやし。あーあ、ラジオの方は終わってもたし、次は何聴こうかいな」

冬子が台所のある土間へ行きがてら、箪笥《たんす》の上のラジオに手を伸ばしてスイッチを付ける。冬子はNHKのラジオドラマ『君の名は』の熱心な聴取者だった。四月で放送が終わったあとも映画版が上映されており、主演は冬子が同い年として贔屓《ひいき》している岸《きし》惠子だ。その話題を口にしているときの冬子は生き生きとしている。

『衆院を通過する見通しの、警察法の改正法案について……』

ラジオから、NHKのニュース番組のアナウンサーの落ち着いた声が聞こえてきた。

『国警と自治警の二本立てを廃することで警察行政の効率化を図る、と政府与党は主張し……』

時事にとんと興味のない冬子は、つまらなさそうにつまみを回してチャンネルを変える。近頃は民間放送局が次々と開設され、選択肢は随分と広がった。

「何や、難しそうなこと言っとるけど、警察のこと？」

「せやで」

「国警いうんやっけ、あれと警視庁が別なんがヤヤこしいってことやんな？　警察がふたつも三つもあるいうんが、うちもよく分かってへんのよ」

冬子は、NHKアナウンサーの複雑な説明を随分とざっくばらんに解釈したようだ。

世間の反応も似たようなものだ。戦前なら通報先はひとつで済んだものが、大阪府下に国警と警視庁、さらにいくつもの自治警が乱立しているのだから、ややこしいと言われても反論できない。

「面倒やから、また一緒になるってこと？」

「まだ決まったわけやない。何年か前にも一度法案が出て、アカンようになった」

言い訳するように答えるものの、ここ数日の新聞やラジオでは、与党ならびに保守系二党が足並みを揃えて法案を通過させるという見方が大勢《たいせい》を占めている。

「ふうん。一緒になったら、洋ちゃんも市外とか府外に転勤もあるん？」

「知らんわそんなん」

「大事なことやで、洋ちゃんがおらんようなったら、お父ちゃん、うちだけで面倒見なならんし。そないなったら、安心してお嫁も行けへん」

「嫁行くアテなんぞないやないけ」

「うっさいボケ」

いくつか選局した結果、ラジオ神戸の『落語と漫才』に落ち着いたようで、スピーカーからノイズ混じりの笑い声が鳴り響く。電波は多少悪いが、冬子は満足したのか機嫌よさげに台所へと向かった。

――面倒やから、また一緒になるってこと？

冬子の屈託のない物言いが突き刺さる。

自分が身を置く組織がなくなるということは、所詮その程度のことなのか。

ラジオからふたり漫才に沸く聴衆の歓声が届く。

安物の「しんせい」の潰れた紙包みをポケットから取り出し、一本咥《くわ》えてマッチで火を点《つ》けた。

卓袱台《ちゃぶだい》の下に転がっていた瀬戸物の灰皿を引き寄せる。その内側面に、父の残した吸い殻に隠れて『全日本海員組合』の文字が辛うじてのぞいたが、新城が吸い殻を放り込むと埋もれて見えなくなった。

◯

旧造兵廠跡地の南の縁、城東線の西側のバラック集落に黄昏《たそがれ》が広がる。法円坂《ほうえんざか》の市電通りから東市民病院の裏手に入ると、刻一刻と夕闇が深くなり、どこからか延ばされてきた電線によって赤提灯の明かりが、ぽつり、ぽつりと灯《とも》っていく。猥雑《わいざつ》な灯《あか》りの中に焼け焦げた煉瓦《れんが》壁や、安っぽいトタンや合板材でこしらえられた急造りの飲み屋が所狭しと並ぶ。

まだ微かに日の光が残る北西には、大阪城の天守閣と、旧陸軍第四師団司令部あらため大阪市警視庁本庁舎が、薄暗くそびえ立つ。

民主警察のお膝元に広がる、文字通りの無法地帯。

狩り込みの翌十五日土曜の夕刻、新城は土曜当直から抜け出し、アパッチの地の門前町ともいうべき一角にいた。

戦後、国家が崩壊した間隙から、食糧配給制度の脆弱《ぜいじゃく》さをついて生まれた闇市のなれの果て。そこに集う有象無象が放つ悪臭が、五月中旬の初夏の蒸し暑さをより一層不快なものにする。大小便とも、闇屋の出汁《だし》とも、廃油とも、密造二級酒とも、腐った生ゴミとも取れぬ、それらが混じりあった悪臭がそこかしこから湧き立つ。

その中に一軒の小さな居酒屋が佇《たたず》む。戦後の急造バラックが多い一帯で、奇跡的に戦前の小料理屋が焼け残ったのか、随分と古びた造りだ。「みよし」という暖簾《のれん》のかかった狭い入り口の奥に細長いカウンターが伸び、厨房に置かれたラジオから場違いに朗らかな曲が流れる。この日発売されたばかりの美空《みそら》ひばり『ひばりのマドロスさん』だ。

「はいドテ煮」

カウンターの片隅に腰掛ける新城の目の前に、麦の交じった丼飯と、ギトギトに脂の浮かんだ牛筋の味噌煮込みの入った小鉢が置かれた。意識はたちまち歌謡曲から引き離される。青いネギや七味と共に筋肉《すじにく》を摘《つま》み、丼茶碗の飯に載せて一口で頬張る。筋の脂と味噌の甘さが七味とネギで引き締まって、飯をかっ込む手は止まらない。茶碗はあっという間に空になり、最後に残してあった沢庵を齧《かじ》る。

「お代わり」

「はいよ。洋ちゃん、こないなトコで油売っとってエエのんか。ポリも楽な商売やの」

独りで切り盛りする痩せぎすの中年店主が飯を盛る。

「今日はこれから当直や。どうせまた阿呆が担ぎ込まれてきよんねん。気合い入れなやっとれんわ」

夜間当直は、父と顔をあわせずに済むという点において心穏やかでいられる。

だが、馬鹿正直に職務に向かうと、チンピラ、浮浪者、愚連隊《ぐれんたい》、パンパン、ポン中、不良学生……ありとあらゆる面倒な人種が持ち込む厄介事の後始末に忙殺される。土曜の夜など、特に気の抜けた学生や労働者が飲みに明け暮れる最悪の時間帯だ。

せめて飯くらい外で食べないとやっていられない。抱えていた窃盗事犯の捜査という名目で抜け出しているが、最低限仕事をして、目上に逆らいさえしなければ、これくらいはお目こぼしがあるのが私服刑事のありがたいところだ。

「あんまり気合い入れられると、それはそれでワシら困るんやがな。近頃またよその店が密造酒で挙げられとったど。何ぞ手入れの下見で来とるんちゃうけ」

新城は茶碗を左手で受け取りながら、右手に持った箸でしっしと払う。

「どない言われたかて知らんもんは知らんし、言えんもんは言えん。酒やら脱税やらの話は国税にでも聞きや」

「何や、役立たへんな。市民のための民主警察やろが。給料泥棒かいな」

「真っ当なカタギは摘発に怯《おび》えんでよろしねんで。おっちゃん、密造酒かヤミ米か仕入れとるんか。一発捜索《ガサ》入れたってもええんやぞ」

「冗談やがな。しょーもないやっちゃな」

苦々しげな顔を見せた店主は、背中を向けて仕込みに入った。叩けばホコリは出そうだが、これ以上嫌がらせすると、五日後の給料日までのツケを全部払わされかねない。

「みよし」の店主、三好《みよし》は兄が昔巡査をしていたこともあってか、無法者の跋扈《ばっこ》するこの地区には珍しく、警官でも邪険にされず酒を飲め、一膳飯屋のようにも使える奇特な店だ。食管法の締め付けがまだ厳しいこのご時世では、ヤミ米を仕入れていない店の方が少ないだろうに、そんな些細《ささい》なことでこの店を出禁になりたくはなかった。

「おどれら警官なんぞに飯食わせるより、えべっさんの熊手買《こ》うたった方が、よっぽど頼りになるか分からんで」

三好は店の片隅に飾ってある、えびすの絵入りの絵馬や模型の小判のついた笹に目をやる。えべっさん――商売繁盛の神様として名高いえびす神信仰は大阪の商売人に根強い。三好もご多分にもれず、えびす神を篤《あつ》く信仰しているのだろう。

「何や、ワシら、笹以下かいな」

「そらそうや。神さんはワシらにいらんことせんよってな」

三好はふと仕込みの手を止め、ラジオの方を向いて呟いた。

「縞のジャケツのマドロスさんは～、っと。マドロス言うンはあれやろ、船乗りやったかいな」

新城の箸を持つ手が止まった。店主は構わず続ける。

「朝鮮動乱が終わって景気よろしないらしいけども、米軍の機雷も随分なくなって前より沈まんようなったらしいで。洋ちゃんもポリなんぞより船乗りになった方が、今日び稼げるのちゃうか」

――船乗りになるっちゅうンはどないや。

五年前、中学三年の秋の進路相談のことだ。なるべく住み込みで働ける職場への就職を志望したところ、教師から当たり前のように勧められた。

――君のお父ちゃん、船乗りやったろ？　戦争でご苦労なさったと聞いたが、その跡を継ぐいうンも、エエんちゃうか。

担任は戦後に師範学校を出た、楽天的で理想肌の若い社会科教師だった。昭和二十二年に発足した新制中学の一期生であった新城らに、戦後民主主義の理想を何の衒《てら》いもなく説いたその担任は、新城の家庭の事情を親身に考えて提案してくれたのだろう。

父が船の事故で怪我したので姉に同じ心配をかけたくない。そう言って断ると「それもそうか」と担任はすぐに取り下げてくれたが、本心では違った。

――オトンみたいになって堪るか。

「ワシは育ちがええさかいに、船乗りなぞ性《しょう》に合わんわ」

「よう言うわ」

腕時計を見ると間もなく午後七時半だ。大通りに出て自転車を漕げば十分もあれば署に帰れる。もうそろそろ戻らないとさすがに白い目で見られるだろう。

給料日前なので手持ちは心許《こころもと》ない。今日の勘定もツケておいてもらうかと思案しながら、丸椅子から腰を浮かせたときだった。

満腹になった胃袋に吐き気を催させるような異臭が鼻孔を突き刺した。この地の悪臭に慣れた新城や三好ですら顔をしかめるほどの、煮詰めたような強烈な臭いだ。

不快感に眉をしかめて店の外に目をやると、いまどき復員服姿の、薄汚い中年の浮浪者が俯《うつむ》いて佇んでいた。昨日の狩り込みでも嗅いだ、浮浪者特有の汗と垢に塗《まみ》れた体臭だ。

「おい、商売の邪魔や。物乞いやるんやったら、商売終わってからにしてんか」

三好が露骨に顔をしかめて怒鳴る。その声が聞こえてないのか、浮浪者は構わずに顔を上げると、火傷《やけど》痕で引きつった顔面を歪《ゆが》ませて、ぼそぼそと語りかけてきた。

「兄ちゃん、えべっさん、どこか知らんか」

何を言っているんだ？

新城が疑問を口にする間もなかった。

大きく舌打ちをした三好が、洗い桶につけていた丼茶碗を摑《つか》み、汚水を掬《すく》って盛大に通りへ向けてかける。浮浪者はひゃあと力なく叫ぶと、雨に濡れた野良犬のようになって店を離れていった。

「あのルンペン、近頃この辺で物乞いしとるんや。いまどき復員服着よって、あれで哀れみ集めて乞食《こじき》しよるんかしらんが、顔も気味悪いし汚いしで、迷惑もええところじゃ」

丼に残る飯粒を見ながら新城の脳裏には、九年前の記憶がよみがえった。

迎えに来た冬子と共に、満員の汽車に乗ってようやく国鉄天王寺駅に辿り着いたときだ。余裕ができたので、冬子が持ってきてくれた麦の握り飯を口にしようとすると、目の前の冬子が足を止めた。夏でもヒンヤリとした薄暗い構内で、地べたに座り込んだ戦災孤児のやせ細った脚に、土方《どかた》風の男がけつまずきそうになり悪態をついていた。

――こん餓鬼《がき》ゃ、早よ去《い》んでまえ！

構内にこだまする声に、駅員や補助憲兵は素知らぬふりを決め込んでいた。新城が不安げに横を見上げると、冬子の表情は酷く強張っていた。

母を亡くした姉弟ふたりは縁戚のもとに身を寄せることとなった。父は神戸を出港して以来音信不通で、このまま帰ってこなければ、ふたりには彼ら孤児と同じ運命が待ち受けていた。満十三歳の姉にとって、十一歳の弟を連れて生きていくことへの不安は到底ひとりで抱えきれるものではなかったはずだ。

姉弟の不安は杞憂《きゆう》に終わった。年の瀬も迫った十二月に、父が突然帰って来たからだ。ふたりが身を寄せていた家の玄関に父が現れたとき、新城も冬子も泣いて喜んだ。これで孤児にならずに済む、と。

戦災で孤児や浮浪者になった者は、戦後九年が経った今も十分な助けを得られず、生きるため、そして社会への怨嗟《えんさ》の末に犯罪に走る。そういう者たちを自分ら官憲が見せしめとばかりに懲《こ》らしめる。それを「善良」な市民は求めるからだ。

その市民の中にうしろめたさを抱かずに生きてきた者などいるのだろうか。この店にしてから、元の所有者が行方不明のまま戦後のどさくさで居座ったのだと聞いたことがある。姉の勤め先だってヤミの食材を手に入れて商売している。その恩恵に姉も自分も与《あず》かっている。

皆が皆、一歩間違えればあの浮浪者のようになったかもしれないと薄々気づきながら、今いる場所を守るために平然と罵り蹴り飛ばし、己のうしろめたさを解消する。その手先になっているのが警察の実体だ。

そんな警察に幻滅したところで、自分だって浮浪者を蹴るのは避けながら、あの父親を平然と罵っている。やっていることは一緒ではないか。

「なあ、おっちゃん」

「どしたん？」

「ワシ、船乗りになっとった方がよかったかいな」

「そんなん知らんがな」

三好が奥に向き直ったそのとき、電話のベルが鳴った。

みよしを新城らが使うもうひとつの理由が、この電話機の存在だ。不法占拠の分際でどうやって電話加入権を電電公社から買えたかは定かでないが、署ではいざ何かあればここへ電話をかければ近くにいる署員と連絡がとれると重宝していた。

「はい、みよし」と三好が受話器を取ると、すぐにこちらを向いた。

「洋ちゃん、キミんトコからや。誰かウチのモンおるか、いうて」

名指しではないので、サボりすぎたのが見つかったわけではなさそうだが、念には念を入れて、受話器を受け取ると畏《かしこ》まった口調で応答する。

「刑事課一係の新城洋《ひろし》巡査です。丁度立ち寄っていたところですわ」

「一係か、そうか、ちょうどええ」

「何ですねん」

電話の主は当直班長の保安課長だ。やけに息せき切っている。何か尋常ならざる事態が起きたようで、新城もつい強い口調になる。

保安課長は用件を端的に早口で告げ、電話はブチッと切れる。

「あ、ああ、実はな――」

新城は受話器を置くや否や、ばねのように立ち上がり「またツケといてんか」と言い残すと、顔を強張らせて指示された場所へ駆け出した。


まるでハーモニカの穴のように小さな店がひしめき合う中を、北に数百メートルばかり駆け抜けると、急に草むらの空き地になる。

大阪城の東北角にある青屋口《あおやぐち》のすぐそば、南から北へ流れる猫間川《ねこまがわ》が平野川《ひらのがわ》と合流して西北に旋回した辺りにある、川沿いの車道に沿うような細長い土地だ。

空き地の先、平野川にかかる弁天橋《べんてんばし》を越えたあたりには、再びバラックがひしめき合うが、あちらは正真正銘の「アパッチ」の地だ。北を寝屋川《ねやがわ》、南を平野川、そして東を国鉄城東線に囲まれた「三角地帯」は、堅気《かたぎ》が足を踏み入れる地ではない。あちらの住人もこちらに滅多に来ようとはしないことを、新城はよく知っている。

いわば緩衝地のこの一帯の空き地は、誰が名付けたか「三十八度線」と呼ばれているらしいと聞いたことがある。

四、五人の男が闇深い草むらの中で何かを囲んで立っている。長く伸びた草の間に塊《かたまり》がある。石や煉瓦とは異質な、柔らかい表面を持った何か。

「東署や。遺体はどこや」

冷静さを努めて装おうとしたが息が切れて声が掠《かす》れた。野次馬のひとりが振り向いて「こっちですわ」とその柔らかいモノを指さした。

この一帯に充満する臭いとはまったく違う異臭が、空き地に入る前から鼻を刺す。急激に走った反動で吐き気がこみ上げるが、落ち着いてゆっくり草むらに足を踏み入れる。血の臭い、そして口や肛門から流れ出たであろう内容物の悪臭は段々と強烈になり、脳内に警告を発している。

表通りの店々の灯りが、一帯を辛うじて照らし出す。元が小柄なのだろうその身体は、草むらの中に隠れるように仰向けに倒れている。通りからはよほど注意して見ないと気づかないだろう。全身を仕立ての良い背広で包み、いかにも高級そうな革靴を履いているが、白いワイシャツの腹部に刃物で複数回刺された跡があり、胸から脚にかけては赤黒い血でドロドロに汚れている。

何より異様なのは、褐色の荒い生地の麻袋で頭部が首元まで覆われていることだ。

新城はわずかに逡巡《しゅんじゅん》したが、指紋が付かぬようにハンカチで手を包み、麻袋を頭部から慎重に剝《は》がす。

カッと見開いた濁った眼と、血混じりの吐瀉物にまみれながら開かれた口。

四十絡みの男の顔は、恐懼《きょうく》の表情で固まっていた。

行き倒れとは明らかに異なる、明確な殺意が刻み込まれた遺体。

繁華街の灯りが届かない空き地に、光が差した。「大阪市警視庁」「東警察署」と太字で書かれた提灯が目の端に入って我に返る。

新城洋にとって、大阪市警視庁に入庁して初めてとなる殺人事件との遭遇であった。

昭和二十九年（一九五四）。

のちに法務省がまとめた資料によると、この年の殺人認知件数は全国で三千八十一件と戦後最高を記録する。

○

帳場とは、商家や旅館の番頭が勘定や帳付けを行う場所を指すが、警察ではこの言葉が捜査本部のことを意味する。

四年ほどの警察勤めで、かつて勤務していた都島署に名目上の捜査本部が置かれたことは幾度かあったが、どれも一署のみで対応できる強盗事犯や傷害事犯などで、担当者の机の上に資料が積まれるだけだった。

新城が現場に駆けつけてから二時間ほど経った、午後十時前。

東署庁舎の三階にある大会議室は、さながら野戦司令部のようであった。

急遽《きゆうきよ》かき集められた総務課や会計課の手によって、倉庫から運ばれてきた長机がいくつかの島を作るように並べられ、その上に電話線を引っ張って警電（警察電話）が設置されていく。大急ぎで捜査本部としての形が整えられつつあった。

部屋全体を睥睨《へいげい》するように会議室前方に置かれた捜査幹部用の長机は、品物を右から左に売り飛ばしていく繁盛した商家のそれのようだ。確かに帳場というだけのことはある。

三十八度線で死体を確認した新城は、駆け付けた東署員や本庁捜査一課捜査員と現場保全を行ったあと、その場で所轄の専従捜査員として帳場入りを命じられ、早速身元確認に西へ東へと走らされた。

帳場に用意された席について、方々で聞き込みして得られた情報を手帳に書いてまとめていると、ページに手汗が染み込んでいた。

額は汗ばみ、顔は火照《ほて》っている。その場の熱気にあてられただけではないだろう。ようやく刑事の檜舞台《ひのき》に立つことができたことに、緊張し、高揚しているのか。アパッチや浮浪者の狩り込みではない。初の殺人捜査、それも帳場入りの専従捜査員として刑事課の本来の職務に就くのだ。

刑事課への配属希望は入庁以来出し続け、四年目にしてようやく叶った。だが実際に配属された新城を待っていたのは、他部署への応援で浮浪者を虐《いじ》め、不正を握りつぶす輩《やから》が跋扈するのを見逃し、使命感もなく駄弁《だべ》る連中とつるむ。そんなしみったれた日々だった。

配属一カ月の間、誰にぶつけるでもなく焦燥感を募らせていたがそれも終わりだ。よし、と独りごちて落ち着きを取り戻し、周りを改めて見渡す。土曜の夜にこれだけ急いで大規模な帳場が整えられることからも窺《うかが》えるように、ことの重要性は単なる殺人の域を超えていた。

東署刑事課員と当直の署員に加え、本庁捜査一課の捜査員が続々と着席するなか、大会議室に一団が慌ただしく入ってきた。この事件の捜査本部長となる大阪市警視庁刑事部長の太秦《うずまさ》警視正が捜査幹部を引き連れている。そこに従う小田部刑事課長や私服刑事を含めると、大名行列のようであった。

太秦刑事部長は、大阪市警視庁にふたりしかいない警視正のひとりで、警視総監、警務部長に続いてのナンバー3と目される。

刑事になりたての新城も、太秦の噂はかねがね耳にしていた。

私立大学の夜間部から高文に合格して旧内務省に入省した苦労人で、東京警視庁捜査二課長時代に政府高官のみならずGHQ内部にも及んだ昭和電工疑獄において、上層部やGHQからの圧力をはねのけて果敢に捜査を進めたことで疎《うと》まれ、大阪に左遷されてきたというエリート警察官僚だ。

太秦以下の捜査幹部が室内を見渡しながら着席すると、捜査主任官となる捜査一課長の狭間《はざま》警視が号令した。その場にいた署員らが一斉に立ち上がり、腰を曲げて敬礼する。狭間を目にするのは初めてだったが、捜査一課のトップらしからぬ貫禄のない小柄な男だ。

東署の刑事部屋で、三月まで本庁一課にいた者が「今度の一課長はんは無難が服着て歩いとるようなモンで刑事としてはサッパリやけどもな、警務部長のおぼえがめでたいことと、上が公職追放でおらんようなったことで課長になれたような御仁《ごじん》や。平時なら田舎の副署長どまりや」と酷評していたのを思い出した。

警務部長の近藤《こんどう》警視正は、上層部の中では数少ない非高文組だ。刑事畑出身で叩き上げからの刑事部長就任間違いなしと言われていたが、空襲で負傷して激務をこなすのが難しくなって警務部に移ったという。人事を握っていることからいまだに刑事部への影響力も強く、よそ者の太秦を嫌う刑事部員の中には近藤派を自認する者もいる。

狭間もその一派らしいが、叩き上げの実力者である警務部長に見込まれた割には、腕当てをしたら区役所の窓口職員が似合いそうな冴えない風貌だ。

その狭間一課長が小さな目で神経質そうに周囲を見まわし、場が静まるのを待って議事を進行しようとしたところで、まどろっこしそうに太秦が、

「被害者《ガイシャ》はバッジ関係だってのは本当なのか？　初動で身元確認をやった奴！」

と江戸っ子らしい大声のべらんめえ口調で呼びかけた。

バッジ、すなわち政治家の関係者であるという情報が捜査幹部の耳に入っていたからこそ、今回は異例の態勢が敷かれたのだ。かつて東京で汚職捜査を指揮した太秦にとってはお得意分野であり、左遷先での捲土重来《けんどちょうらい》の好機と見ているに違いない。

おい、と先輩刑事に肘《ひじ》で突《つつ》かれた新城が、慌てて手帳をめくりながら立ち上がる。

「私が通報を受けて最初に臨場しました」

太秦がロイド眼鏡の向こうからギョロリとした眼《まなこ》で睨《にら》んできた。見ようによっては往年の喜劇俳優・古川《ふるかわ》ロッパのようでもあるが、兵庫県警時代には神戸の暴力団摘発の陣頭指揮を執ったとも伝え聞くだけあって、その気迫はヤクザさながらであった。

「名前は？　所属はどこだ」

緊張して名乗るのを忘れていた。慌てて答えようとすると、

「うちの刑事課の新城巡査です。現場《げんじよう》近くにおったようです」

太秦の隣に座る、捜査副本部長で東署長の安井《やすい》警視が告げた。

安井は新城にとっては直属の所属長に当たる。硬く豊かな白髪を七三に撫でつけた、間もなく退官を控える五十四歳で、防犯や総務など様々な部署を回ってきたらしく、刑

事畑の土地勘はさほどないと聞く。これまでも時折訓示などを聞くくらいで直接会話をしたことはなかった。この場でも長身の割には影が薄く見えるが、隣にいる太秦の個性が強烈過ぎて霞むせいかもしれない。

太秦は安井からの紹介もそこそこに、前に乗り出して新城に問いかける。

「何か身元の分かるモノはあったのか？」

「遺体の着服の胸ポケットにあった名刺入れから『衆議院議員　北野《きたの》正剛《せいごう》秘書　宮益義《みやますよし》雄《お》』と書かれた名刺が多数出てきました。北野陣営の市内の事務所で写真を見せて確認したところ、宮益本人だったそうです」

言い終わるや否や、太秦はニヤリと口元を歪めた。

「代議士秘書が殺害たぁ、サンズイ（汚職）絡みの臭いがプンプンしやがるな。こりゃガツンと一発かましてやらにゃな。で、その宮益義雄という秘書について」

四十頃の捜査員が立ち上がる。最初に現場に駆け付けた捜査一課員らの中で、班長として各種の指示を飛ばしていた男だ。

「捜査班の運営主任官を拝命いたしました、本庁一課強行犯二班長の古市《ふるいち》であります」

古市が手元のメモに目を落としながら、ドスの利いた声で読み上げる。

「宮益義雄は年齢四十三歳、現住所は大阪市南区北桃谷町《きたももだにちょう》。本籍および出身地は滋賀県近江八幡市《おうみはちまん》、実家は材木問屋で老父母が存命、姉がふたりおり、長姉が婿《むこ》を取って跡を継いでいます。神戸商業大に在学中の昭和八年に共産主義サークルに出入りしていたとして、治安維持法違反での逮捕歴がありますが、勾留中に転向を表明して不起訴処分。大学を中退し、満洲へ渡って陸軍出入りの商社で軍需物資調達に従事、引き揚げ後の二十一年に北野代議士の私設秘書となり現在に至ります。北野代議士の下では古参に当たるようですが、あまり表に出る仕事は任されず、主に国許《くにもと》の選挙区内での雑務を担当していたとのことです」

太い猪首《いくび》に載った坊主頭や、大阪の訛《なま》りを抑えた報告口調からは、軍隊帰りの臭いが感じられた。今の三十代から四十代にかけては概《おおむ》ね軍隊経験者で、ふとした折に軍隊くささを醸し出すことはあるが、古市は一層濃厚だ。

「古番頭だってぇのに冷遇されてたってことか。諍《いさか》いの種があったんじゃねえのかい？」

「その辺りはまだ調べはついておりませんが、事務所の者の中には不仲を疑う声もあったと言います」

「ほうれ見てみろ。そこを突っ込んで調べてぇなあ」

当直班から帳場に駆り出された署員が、新城のうしろで別の者に呟くのが聞こえた。

「古市さんはな、軍隊で憲兵しとったらしいで」

なるほどそれでか。

憲兵は、隊内での素行や成績を踏まえて選抜される、軍人の中でもエリートだ。陸海軍内部の犯罪だけでなく、一般人の反体制的言動や占領地でスパイ摘発を行うなど、軍の権力維持の要《かなめ》と見なされてきた。実際、戦後に多くの憲兵が占領民や捕虜への非人道的行為を咎められ、戦犯として処刑されている。

戦前は内務省と陸軍が対立していたこともあって、憲兵が警察に再就職した事例はあまりない。大阪では兵隊の信号無視を巡って両者が全面対立したゴーストップ事件も起きており、古参の警官、特に当時矢面《やおもて》に立った曽根崎《そねざき》署にいた者の中には「憲兵の野郎が」と言って憚らない者もいまだにいる。警察一家の中では異色ともいえる経歴の持ち主が、今回の帳場を実質的に率いることとなるらしい。

「誰か北野代議士に電話で話は聞けたか」

太秦の問いかけに、三十前半頃の男が立ち上がる。サッパリした刈り上げに鋭い目つき、捲《ま》くった袖から日焼けした腕を覗かせ、若手下士官といった風情《ふぜい》だ。

「本庁一課強行犯五班長の西村《にしむら》です」

西村の名は先輩捜査員が「あいつはなかなかキレ者や、そのうち偉くなるで」と評していたのを聞いたことがあった。実際、班長にしては若い。

「現在国会内で、その……重要法案の審議中とのことで、連絡が取れるのは深夜になるそうです」

どこか歯切れ悪く言い淀《よど》むと、太秦は得心のいったように頷《うなず》いた。

「ああ、警察法改正か」

その場に集まった捜査員らの熱気に、冷水が浴びせ掛けられた。

国警と自治警の二本立て解消を目指す警察法改正法案はまさに今、東京・永田町の国会議事堂で審議されている。この場にいるすべての捜査員が、法改正に並々ならぬ思いを抱いていた。

「まあ法案審議も結構なこったが、自分の秘書が死んだってのに冷てぇな」

太秦は、微妙な空気を無視して話を続けた。

「話が前後して悪いが、現場はどこだ？　第一発見者は？」

他の捜査員の動揺につられることなく、西村は淡々と答える。

「現場は東区若月町の旧陸軍造兵廠跡地の国有地……と書類上はなっとりますが、戦後に不法占拠のバラックが並んでいる盛り場から、いわゆるアパッチ集落に差し掛かる一帯の空き地です。盛り場のモンとアパッチの連中、それぞれの境界線の近くっちゅうこともあり、普段はあまり人の出入りはないそうです。この一帯で居酒屋を営む男が十九時三十分頃に煙草を吸いに空き地に来たところ発見、森之宮駅前の派出所に駆けこんで通報しました。マル害（被害者）との接点はなく、多少動転している以外は不自然な様子もなかったため、聴取後は住所と連絡先を聞いて帰しました」

「殺害および遺棄の時刻は絞り込みできそうか」

「遺体は奥まったところにあり、普段は出入りがないそうです。第一通報者は前の晩の二十六時、日付の上では当日二時ですが、同所で同様に煙草を吸っとります。そのときには特に異状はなかった言うてます。日中は、表通りからは見えなくもない距離ですが、誰も気にせえへん可能性もあります。もちろん、殺害時刻は司法解剖の結果待ちです」

「ふうむ、遺体が遺棄された時刻は、当日の二時から十九時半までの間か。これじゃあ、ちぃと絞り込みが難しいな」

太秦が自分で納得するように呟き、思い出したように、

「場所が場所だ。モノ取りの線は？」

西村が簡潔に答える。

「ポケットに千円札が十枚ほど入った財布がありました。その線はまずないかと」

捜査員から溜息が聞こえてくる。大阪市警視庁の警官の初任給が六千円、平均基本給が月額約一万八千円のご時世に、財布に一万円も持ち歩けるというのは相当なお大尽《だいじん》だ。

「そりゃそうだなあ。遺体の状態は？　殺人とひと目でわかるか？」

今度は鑑識課の班長が立ち上がる。

「先ほど検視官による検視を終え、阪大病院の監察医のセンセが検案しとるところですが、主たる死因は左腹部および左前胸部への複数の刺傷による失血死やと思料《しりょう》されます。左腹部の傷は背中まで貫通しており、凶器は刃渡り二十センチ以上と推量されます。さらに遺体は発見当時、着衣のまま仰向けに倒れとりましたが、頭部に麻袋が被せられていました」

「麻袋なあ……」

「大豆や穀物を収納するためのドンゴロスですな。中央卸売市場の印字がありました」

「そこから被疑者特定は難しいか……」

「一応調べますがおそらくは」

太秦が首を傾げた。

「何でそんなもん、被せていたんだ」

「どこぞから誘拐するとき、あるいは危害を加える際の目隠しやと思います。詳しくは司法解剖の結果を待つ必要がありますが、殴られたか蹴られたか、顔面や腹部に内出血痕も多数見つかりました。死因ではないのですが死ぬ直前につけられたものと」

「なるほど、なるほど。どう見たって事故死や、まして病死や突然死じゃあねえな。明確な殺意のもとで行われた他殺だ、こりゃあ」

太秦が大きく頷き、つられて小さく首肯《しゅこう》する捜査員が何人かいた。

「動機について現時点で分かることは。二課どうだ」

遺体の身元が政治家秘書だと判明したことで、政治テロルの可能性が生じたため、汚職や知能犯罪を所管する捜査二課からも捜査員が派遣されてきた。普段は強力犯罪を担当しないが、思想犯ではない政治関係事犯は捜査二課の所管であるという認識が警察の中にはある。場合によっては本件の主担当部署になる可能性もある。

穏やかそうな細面の、いかにも知能犯担当といった面構《つらがま》えの男が立ち上がった。近くに座る五、六人は一課の荒くれ者たちとは異なり、技術者や銀行員のような雰囲気を纏《まと》っている。いざという場合には主担になることも考えて、一個班丸ごと応援に来たのだろう。

「二課の贈収賄三班長の中津《なかつ》であります。まず代議士秘書ということで、本人よりも雇い主である北野正剛代議士について、軽くさらえておきたいと思います」

中津の物言いは、大商店の若番頭のように柔らかだ。

「北野正剛代議士、明治二十八年生まれの五十八歳。和歌山県和歌山市出身で、市内道《どし》修町《ようまち》で江戸時代から続く製薬企業、北野製薬の創業家である北野家の分家筋に当たるそうです。若い頃の話はあまり伝わってませんが、戦時中に跡継ぎが絶えた本家に、戦後婿入りして社長を継いだ頃から表舞台に出てきたようです。政治家としては二十一年の総選挙に大阪二区から無所属で出馬し当選、現在は与党自由党に所属しております。北野代議士が特段の政治的トラブルに見舞われているという情報は、あらためて代議士陣営に確認を取る必要もありますが、被害届や告訴、告発の段階では入っておりません」

一課の捜査員からほっと溜息が漏れ聞こえてきた。一課と二課の縄張り争いの面倒はなさそうだと安堵《あんど》する気持ちはもっともだ。

そこで、中津の口が重くなる。

「しかし、国政の代議士関係の政治テロルとなりますと、その……うちの警備だけやなく、国警の警備にも協力を要請することになるかと」

一転して唸《うな》り声が上がる。刑事内部での縄張り争いよりよほど面倒な相手の名が出てきたのだ。

敗戦後に特高警察が廃止されたあと、警察には警備部が新しく創設された。特高のように思想犯に主眼を置かず、あくまで国家体制への攻撃を行う国事犯の取り締まりが主な任務となり、自然と国家警察たる国警の担うところが大きくなった。自治警の警備部は専らデモや暴動に対する対策が主で、捜査陣容は極めて小規模だ。

刑事と警備は、治安維持に臨む姿勢がそもそも異なる。発生した事件を捜査して犯罪者の検挙を任務とする刑事に対して、警備は事件を未然に防ぐための情報を集めることが至上命題だ。刑事であれば微罪でも見逃さないところを、警備は取引材料にして握りつぶすこともあり得る。だから警視庁内部ですら刑事と警備の間にはしばしば摩擦が起きる。

ましてや国警の警備部となれば、その活動様式や組織形態は戦前の特高警察の性質を色濃く残していると言われ、中枢は帝大卒の高文組が握り、政権と密接に繋がっている。野武士のような叩き上げの自治警刑事畑の者からすれば、国警の警備部には好ましからざる感情を抱いているはずだが、

「ああ、それだがな」

太秦はさらりと言い放った。

「つい先ほど、国警警備部から共同捜査の要請があり、捜査員を派遣させてほしいと申し出があった」

どういうことや、と幹部すらも動揺を見せるが、太秦は動じる様子もない。

「今晩二十時、茨木《いばらき》市の安威川《あいがわ》沿い、東海道線の鉄道橋の上で轢死体《れきしたい》が発見され、茨木

市警と鉄道公安、および応援要請を受けた国警の捜査の結果、遺体は北野代議士と関係のある政治団体の代表者だと判明した。茨木市警と鉄道公安は国警と共同捜査を始めているというが、情報提供の結果、本件との関係性大と見て向こうから打診があった」

いまだに状況を摑めていない者が多いなかで、狭間が困惑気味に尋ねた。

「しかし、それはあくまで別件の可能性が……」

狭間が言い終わる前に、太秦は遮《さえぎ》る。

「またこれも、顔を麻袋に覆われていたって話だ」

「ホンマでっか」

狭間が啞然《あぜん》としていた。代議士秘書の遺体が顔を麻袋で覆われていたというのは、捜査員でもまだ一部しか知らない。関係性を示すには十分であった。

「本件にあっては部長権限で共同捜査の要請を受け入れ、捜査員が一名派遣されることとなる」

再び、どよめきが起きた。

「何で警備部なんでっか」

「向こうも刑事部がおりまっしゃろ」

「警備なんぞ地取りもでけへんやろうに、何でそないなもんを……」

当然だが、町村部の事件捜査を担当する国警にも刑事部があれば捜査一課もある。大阪府下でも市町村を跨《また》いだ犯罪は多数起きており、その都度他の自治警や国警と協力して捜査に当たってきた。数年前まで同じ「警察一家」だった間柄、刑事同士であればまだ気脈も通じている。

だというのに、よりによってなぜ警備畑から捜査員が派遣されてくるのか。

「向こうさんはこれを政治事犯だと見て、捜査を警備部に一本化した」

帳場を覆うざわめきが止むのを待たずに、太秦が捜査員側の一点に向かって、左手で立つように促す。

「国警側との調整を担当する、国警大阪府本部警備部の捜査員だ」

端で静かに座っていた長身の男が立ち上がる。

「警備部警備二課の守屋《もりや》恒成《つねなり》警部補です。過激政治犯専従でやっております」

スーツをきっちりと着こんだ百八十センチ近い長身を折り曲げて礼をする。歳の頃合いは三十路《みそじ》前後と見えるが、この年頃で警部補というのが通常の自治警の警官ではありえない速さの出世である。ポマードで固めた頭髪や薄い銀縁の眼鏡からは、大蔵省や外務省あたりの高級官吏といった怜悧《れいり》な印象を受ける。

「国家地方警察大阪府本部では、本件を単なる強力事犯だと過小評価することなく、その背後関係まで徹底的に捜査すべきと判断し、この共同捜査に乗り出しました。皆さん大阪市警視庁のご協力をくれぐれもお願いいたします」

一瞬静まり返り、そして次第にはっきりと敵意を持った声が聞こえるようになった。

「あいつ、ワシらの捜査が頼りないと言うとるようなもんやぞ」

「警備の連中でもアカ専門の公安畑やないけ。刑事は素人やないか」

「自治警に進駐軍気取りで乗り込んできよったんか、エエ加減にせえや」

「もう警察統合したつもりでワシらにもの言うんかいな」

代議士秘書の殺害という大事件の初っ端《しょっぱな》であるにもかかわらず、警視庁側の専従捜査員らにどこか鼻白んだ空気が漂っていた。

当の本人は気にするそぶりもなく、平然とした目つきで周囲を見回して座る。それが馬鹿にしているようでもあり、一層周囲の反感を招く。

「本件は、大阪市警視庁発足以来の政治テロルに発展する可能性もある。本国会で自治警が解消されるかもしれん時世だからこそ、自治警ここにありと示してもらいたい」

太秦が息巻くのが、新城にはどこか他人事のように感じられた。今まで己の体にまとわりついていた熱気が北風に取り払われたような寒々しさ。

何やそれ。

今なお捜査員がざわめくなかで思わず舌打ちした。

第二章　合同捜査

——俺んたが育てとる作物な、会社は軍に卸しとると言うとったが、どうもそれだけやないらしい。むしろ別の使い道にこそ力を入れているらしいぞ。

入植して間もない頃、そんな噂が富桑村の男の間で広がっていた。

納入した作物は村に近い工場で加工される。工場は日本人技官の他は満人（現地人）の人夫や、軍から連れてこられた国府（国民党軍）、八路（共産党軍）の捕虜が働いており、村の開拓農民には工場の内情がほとんど伝わってこなかった。

だが彼らも、そんな噂を耳にしながら何も言わなかった。

——支那じゃあれ使っとる人《じん》はようけおるやないか。満洲国も専売をしとるやろうが。連中が欲しがっとるもん俺んたが作っとるのよ。何が悪いよ。

ある夜、富桑村に馬賊の襲撃があった。男たちが自衛用の銃を手に取って、村の周囲の柵を防衛線にして応戦すると馬賊どもは退散したが、銃弾を受けて怪我をした若い馬賊がひとり取り残された。街から医者を呼ぶまでもなくすぐに死んだが、まだ息のある内に村の中に担ぎ込むと、しきりに何事かを叫んでいた。あとで支那語の分かる者に聞くと、こういうことを言っていたという。

——ここは俺たちの土地だ、出ていけ、日本鬼子《リーベングイズ》め。

少し考えれば分かる話だ。畑にいる我らに向けられた満人の苦力《クーリー》の、媚びへつらいと恐《うら》れと怨みの入り混じった粘着質な目線にも気づいていた。われわれが辿り着く前にすでに開墾されていたこの地味豊かな土地に、先客がいなかったはずはない。

襲撃の翌朝、苦力たちに死体の処理を命じた。彼らは無言で巨大な麻袋に死体を入れると、畑と開墾地の間にある荒れ地に穴を掘って埋めた。荒れ地には同じように何かを埋めた跡がいくつもあった。聞くと、時折会社の工場や開墾地から死体が運び込まれ、ここに埋めるのだという。死人がそんなに出ているのかと苦力に尋ねると、薄ら笑いを浮かべるだけだった。

数日も経たぬある日の昼前、作業中に畑を抜け出して、開墾地を見に行った。開墾地には国府の軍服を着た大勢の捕虜がおり、木を伐採したり石をどけたりと使役されていた。日本人監督が何人か怒声を上げて指図しており、捕虜を殴ることもあった。

端にある大きな岩の陰で、しゃがみ込んで煙管《きせる》を吸っている一団がいた。一様に目はとろんとしていて、項垂れていた。

俺が気づいたのと同時に、日本人監督が怒鳴り声を上げながら一団に歩み寄ってきた。

見つかった捕虜たちは慌てて道具を手に退散していったが、何人かは明らかに歩みも遅く、すぐに監督に捕まって殴られていた。

——お前ら、これはうちの貴重な商品だ！　勝手に手を出しよって！

噂は本当だったのだ。

会社は捕虜を、工場や開墾地で相当苛烈《かれつ》にこき使っている。連中は労働の辛さを紛らわせるために、彼ら自身が作った凶々《まがまが》しい物に手を出し、憂き世の恨みつらみを忘れているうちに自我を失い、そして死んでいく。

すべてが腑に落ちた。何のことはない。連中を苛《いじ》め抜いて逃避の術《すべ》を欲しがるように仕向けて、さらなる地獄に追いやっているのだ。

畑へ戻ると、妻が握り飯の入った風呂敷包みと水筒を携えて訪れていた。馬賊の襲撃を受け、軍が治安部隊を巡回させているらしく、安心した表情を浮かべていた。どこへ行っていたのか尋ねられたが、俺は答えられず言葉を濁すほかなかった。

数日後、畑を訪れた会社の技官に、開墾地で見たことをそれとなく尋ねてみた。丁度、軍の出入り業者が畑の視察に来ていたが、技官は実にあっけらかんと言い放った。

——ああ、うちの製品をこっそり盗んで使っていたようだ。油断ならん連中だ。

横に立つ出入り業者は、侮蔑《ぶべつ》を露《あら》わにして吐き捨てた。

——支那人は堪《こら》え性がなくて困る。すぐに商品に手ェ出しよって。

俺はそれ以上声を上げることはなかった。上げる理由もなかった。

ここは我らの「王道楽土」なのだから。故郷の親族は日々の食い扶持《ぶち》すら覚束なくなるなかで、ここでは銀シャリを買ってたらふく食える。内地では稗を食べるしかないほど、地主様にしこたま搾り取られてきた身だったのだ。同じことをして何が悪いというのか。この生活を手放すことなどできようか。

やがて開墾地だけでなく、死体を埋めたはずの荒れ地も畑となり、われわれ開拓民に割り当てられた。娘や妻に畑へ出入りすることを固く禁じた。あの死体を踏みにじるのは俺らだけでよい。

米英との全面戦争に突入すると、故郷から長兄や次兄が次々と徴兵されたが、俺は会社の特権に守られ、脇目もふらずに生業《なりわい》に勤《いそ》しんだ。嫁と娘を背負い、その重みと温りのためにならなら何だってやる。それは幸三も同じだった。

――戦争が大きゅうなれば、そんだけ仕事も増える。俺んたがしとることは御国の兵隊さんのためや。それで俺んたが豊かになれるのやから、なんの悪いことがある。

ふたりの娘が国民学校に上がった年、いつものように白酒を飲み交わした際にふと、幸三が自身に言い聞かせるように呟いた。俺も同じ思いだった。

戦争が終わればここで築いた財産を手に、都会に移って商いを始めてもよい。故郷に戻って田畑を買って慎ましく暮らすのも悪くない。それまで目を瞑《つむ》って辛抱すれば。

数年が経ち、戦況がいよいよ厳しくなってきた頃、ようやく赤紙が来た。内地の男たちがあれだけ出征しているなか、われわれだけ行かないわけにはゆかぬだろう、と薄々考えてはいたから驚きはしなかった。

花が咲き終わり、収穫の終わったばかりの畑の畦道で会社の寄越したトラックに乗り込んで、戦地へ向かうこととなった。見送りには村に残す家族だけでなく、会社の社長という男が初めて姿を現し、澤《さわ》という名だと知った。いつもの技官や軍出入りの業者、その他何人かの社員も正装してやってきた。

妻は赤紙が来てからというものの、女だけで残される不安と、伝え聞く戦況の厳しさへの心配をずっと口にしていて、見送る当日も不安げな表情を隠さずにいた。十になった娘はそんな母の不安が伝染《うつ》ったのか、俯いてばかりだった。

これでは安心して行けないではないか、とふたりに言おうとしたとき、社長の澤が出征する開拓民たちに向け、

――開拓団の諸君はこれまでも御国のために尽くし、この度は最前線にも立たれる。誠に満蒙《まんもう》開拓団の誉《ほま》れ、日本男児の鑑《かがみ》であります。これまで以上の御奉公のためにも銃後の家族のことはくれぐれも安心して任せていただきたい。

実に堂々とした、自信のこもったよく通る声でその場の者に断言した。

身ひとつで満洲に渡ってきたわれわれに手厚い支援を寄越してくれ、安定した生活を保障してくれた会社の社長が言うのだから安心しろと、俺は妻と娘に言い含めた。妻の顔からは不安げな色は多少薄まっていたが、娘はまだ俯いていた。

戦争が終わったら、お父ちゃんがたんと土産を持って帰ってやる。お母さんと、それ

と勝江ちゃんといい子にしているんだ。

そう言い残して、われわれは社長の号令の下、万歳三唱と軍歌で見送られた。俺は北方のソ連国境、幸三は西の内蒙古《うちもうこ》国境地帯にそれぞれ送られた。この地に来てから初めてひとりで放り出されたような心持ちだ。なに、今までこの地で万事よくやってきた。これからもそうに違いない。

○

電灯で薄っすら明るくなった東署の正面玄関の車寄せで、新城は煙草を吸っていた。安月給でも買える「しんせい」とはいえ、あまり無駄にはしたくなかったが、吸う速度は一向に遅くならない。夜空を見上げて紫煙を吐くと、月に雲がかかったように見える。

煙草の火と電灯の明かりを頼りに手元の写真を見る。中肉中背、狐のような目をしたスーツ姿の中年男性が何とか見える。猜疑心《さいぎしん》の強そうな顔つきだ。これが空き地で見つかった遺体の生前の姿らしい。

待ち人はまだ来ない。このまま来なくてよいのに、と心の中で独りごつ。

徹夜態勢になった一階の総務課の前を通りがかったとき、ラジオニュースが耳に入った。警察法改正法案は衆院で賛成二百五十四、反対百二十七の賛成多数で可決したという。

また看板が替わる。

掲げられる看板がいくつもいくつも替わるのを、そう長くない人生で見てきた。挙国一致、聖戦完遂、欲しがりません勝つまでは。民主主義、国際平和、戦争は永久にこれを放棄する。

国民学校五年生で敗戦を迎え、教師の掌《てのひら》返しを目《ま》の当たりにした。教科書に墨を塗り、今までの鬼畜は見習うべき先生になった。その理由を尋ねても大人たちは嫌な顔しか見せない。

こいつらは父親と同じだ。世の変化についていけず現実から逃げ、自分たちの失敗のあと始末を若い世代に押し付けている。

学制改革の一期生として新制中学に入学する頃になるとその思いは強くなり、ことあるごとに教師に食って掛かった。すると「舐《な》めとるんとちゃうど」と目の敵《かたき》にされて殴られ、それが一層新城を反抗的にさせた。

新城の反抗に真正面から向き合った数少ない大人が、中学三年のときの担任だ。共産党員で社会科教師の彼は、ことあるごとに平和と民主主義の理想を口酸っぱく説いた。最初はそれが偽善だと思い、綺麗事《きれいごと》を抜かすなと何度も喧嘩を売ったが、

——新城、それは違う。これはわれわれ日本の大人の、子供への願いなんや。失敗したツケを押し付けるんやなくて、僕らを反面教師にしてくれと言っとるんや。

他の教師と異なり、理想をただの建前とせずに新城の反抗に説明を果たそうとしてい

た。じゃあこれはどうか、それは違うか、そんな子供じみた質問にもいちいち答えてくれた。

担任は組合運動に熱心で、休日になればデモに繰り出して警察と衝突し、生傷が絶えなかった。その姿は新城に語り掛ける言葉が建前でないことを示していた。あの戦争以降に掌をくるりとひっくり返し、かつての威厳を失った大人たちが多いなか、新城にとって数少ない信じられる存在だった。

彼が卒業間際の就職相談で、大阪市警視庁を勧めてきた。

――船乗りがアカンなら警視庁はどないや。

冬の寒い日だったが、担任はあの日も相変わらず熱っぽく語った。

――今は名前も変わって、名実ともに民主警察いうて、市民のために治安維持するっちゅう立派な職場や。大企業ほどでもないが、寮も福利厚生もそこそこ充実しとるし、勤務先は市内。親御さんや姉さんも安心やろ。

警察官――ポリ公などというのは、学を修めて給料取りになることも、頭と愛嬌《あいきょう》で商売をやることも、手に職を付けて職人をやることもできぬ、箸にも棒にも掛からぬ「ごんたくれ」が流れ着く場所だとばかり思いこんでいた。

新城自身、勉学はさほどだったとはいえ「ごんた」まではないし、真面目に仕事はできると自負していた。片親だったが、姉のお陰で道を踏み外すこともなかった。

だから、もう少し稼げて、できれば家に寄り付かずに済む、例えば三井や住友、あるいは松下といった大工場の工員にでもなるかとばかり考えていた。

そもそも、左翼の担任が警察への就職を勧めることに驚いた。「ワシが先生逮捕してもうてもエエんか？」と呆れつつ訝《いぶか》しがる新城を、担任は意に介した様子もなかった。

——お互いの立場や。ワシはワシで信じるところがあるし、連中にもそれ相応の言い分もある。やからこそ認められることもある。伊達《だて》にあいつらも「民主警察」名乗っとるわけやないと先生は思とるで。

——ホンマか？

——デモで殴られたワシが言うねんぞ。

腕の痣《あざ》を見せながらはにかむさまがおかしく、それほど言うなら信じてもいいと思えた。最後に彼が冗談めかして言い添えたことは、任官したあとに刑事課への配属を志望したことにも、そして警備への反発を形作るのにも少なからず影響があった。

——もしホンマに入るなら、刑事さんになれ。刑事さんは泥棒や人殺しを捕まえる、人のためになる仕事や。悪漢を取り締まることこそが、民主社会の公正さを保つために大事なんや。警備や公安はアカンで。ワシみたいな労働者を取り締まる側や。やっぱりデモで教え子にしょっ引かれるんは勘弁やからな。

人のためになる仕事。

その響きは新鮮だった。

早く金を稼いで家を出て父と縁を切る。就職を考えるときにそのことだけが念頭にあったが、もしかすると可能性は他にもあるのではないか。

あらゆる価値が、父という存在すら覆《くつがえ》った戦後のなかで、覆ることのない何か「正しいもの」を体現できるのではないか。

その思いが大阪市警視庁警察学校への入校をあと押しした。

実際に入校、そして卒配してみると、そこにあったのは覆らない不正義の塊だった。

警察学校では、軍隊帰りの鬼教官たちによるビンタの嵐が待っており、民主を唱える前に階級社会への絶対服従を叩きこまれた。配属先の署には、戦後は表立って威張り散らさなくなっただけで裏では弱い立場の者を殴るわ蹴るわ、先の戦争の話が少しでも出れば「大東亜聖戦は云々《うんぬん》」と臆面もなく言うわ、挙句《あげく》にヤクザ者とつるんで金を儲ける、質《たち》の悪い連中がゴロゴロいた。

こんなことが民主警察でまかり通るのか。制服警官時代に、直属の上司だった警邏課長に物申したことがあった。課長の回答は明快だった。

——アカのような理屈ばかり抜かすな。

そうしているうちに、担任はレッドパージで職を追われた。

彼は警察という敵であっても認めるべきものは認めたのに、対する権力の側は、彼を許容できない程度のものだった。そう思うと警察に「正しさ」を求めるのが阿呆らしくなった。やがて自分も鈍感になって何も思わなくなるのだろう、と漠然と決めつけるようになった。

そんなときに、この事件が起きた。

市井《しせい》の安寧を乱す殺人犯を検挙し、市民の安全を守る。誰を虐《いじ》めることもなく不正に手を染めることもない、あの担任に胸を張って、本物の「警察」をやれる。

その警察自体が、間もなくがらりと変わってしまう。

警察法改正による警察再統合。

そこへ突然現れた国警の捜査介入。

自分の知らない、手の届かないところで、また看板が塗り替えられる。

何もかもが気に入らなかった。

その苛立ちの象徴であるかのような男が、今まさに庁舎の正面玄関から出てきた。

「新城巡査と言ったな。これから現場へ向かう」

守屋警部補が、ニコリともせずにこちらへと歩み寄ってきた。

新城は苛立ちを打ち消すように、咥えていた煙草を一気に吸ってその場に落とし、執念深く踏み消した。

○

「新城、お前は守屋警部補と組め」

第一回捜査会議の直後のことである。

幹部陣が記者クラブへの発表を急ぎ行うため、駆け足で全体報告は終わった。

これから捜査は夜通しで行われる。発生直後に現場で聞き込みをしなければ、目撃者は千鳥足《ちどりあし》で家に帰ってしまうし、関係者の記憶も薄まるからだ。そして事件解決まで一週間でも二週間でも署に泊まり込む日々になる。

運営主任官となった古市以下、東署や二課から集められた専従捜査員による顔合わせと事務連絡を兼ねた会合をその場で持った。

強力犯罪の捜査に手慣れている古市の差配で、本庁刑事部の捜査員と東署や近隣署から応援に来た刑事課員をふたり一組とし、それぞれの組に聞き込み対象を割り振っていく。そのとき、新城に思いもよらぬ指名が降《くだ》った。

メモを取っていた手帳から顔を上げ、えっ、と思わず喉元まで出かかる。

「守屋警部補には、国警との連絡要員であるというだけでなく現場捜査にも加わって頂きます。割り振りは詳しくご説明しますが、今回はこの新城巡査と組んで頂きます」

「承知した。だが先ほど言った通りわれわれ国警としては、刑事捜査としてだけ終わらせるつもりはない。その点は十分承知してもらっているだろうか」

「まあ最初ですので、様子見も兼ねてまずは徐行運転でお願いしますわ」

警視庁の一課の班長ともなれば、守屋と同じく警部補だろう。班長、そして歳上であるにもかかわらず古市は守屋に対して敬語を用いている。

「地取りなんぞでけるんか。アカ狩りとちゃうねんぞ」

どこかから、これ聞こえよがしに呟く者がいる。他の捜査員は腫物《はれもの》扱いの守屋を押し付けられたくないとばかりに、素知《そし》らぬふりを決め込む。割り振りを終えて解散するや否や、新城が古市の許へ歩み寄って、

「これは一体」

どういうことですか、と口にしようとしたところで、古市の太い腕に首をがっしりと抱え込まれた。古市は周囲を見回しながら新城の耳元で囁《ささや》く。

「まあ聞けや。向こうは同じ警部補で、いくらワシが班長いうたかて国警さんにアレコレ指揮でける立場やあれへんねや。分かるか?」

先ほどの捜査会議とは打って変わってのこてこての浪速《なにわ》言葉。有無を言わさぬ野太い声に、新城はどうにか頭を前後に振って頷いた。

「捜査にはもちろん加わってもらうが、あんまり勝手をされてもそれはそれで困るよってな、お前、きっちり目付《めつけ》しとくんやぞ」

「何でワシが」

それ以上は言わさんとばかりに古市の腕に一層力が入り、新城は思わず呻く。古市は幹部陣の席の方に目線をやった。

「ええか。太秦はんはやな、今度の警察法改正で国警とウチが合併するの前提で、ここ数カ月、国警と綿密に打ち合わせやらして動いとるんや。今回の捜査員受け入れも、合併後の立ち位置考えて国警に恩を売ったったんやとワシは見とる。あのオッサン、親分

肌に見えても高文組や。東京に返り咲きたがっとるさかいに、どこまで寝技で動いとるんかワシも皆目《かいもく》見当が付かん」

腕の中で足掻《あが》いていた新城の動きが止まる。

「そもそもや、合同捜査本部を置くんやったら調整は地検がやるのが通例や。それを、ワシら警察同士で決めごとしてやり取りしとるんや。どう考えても異常や」

新城からは古市の顔は見えないが、その声はより低く小さくなっていく。

「うちの捜査一課長《オヤジ》は、国警があれこれ口出してくるンがおもろないっちゅう顔や。アレはアレでややこしいことに近藤警務部長の犬や。府採用の近藤はんは高文組の太秦はんを毛嫌いしとるよって、国警の連中だけやのうて太秦はんも排除したがっとる。事と次第によったら太秦はんとオヤジが喧嘩になるか分からん。せやけどワシら現場は、来たモンは来たモンで何とか回していかなならん。上の喧嘩に巻き込まれるのは勘弁願いたいんや。せやさかい、あの国警さんがいらんことせんように、太秦はんにもオヤジにも関係ない奴が抑えとく必要があるんや。今回の専従組でいっちゃん若くて刑事課に四月に上がりたてのお前やったら、上はまずツバ付けてへん。そういう意味で信頼しとるんじゃ」

ようやく解放された新城は、体勢を戻して古市に向かい合う。

「でっかい事件《ヤマ》にブチ当たって、ええ札引いとんで自分。ワシんトコでよう鍛えたって、一人前のデカにしたるさかいに、気合入れてやれや、のう！」

にかっと破顔した古市にバンバンと背中を叩かれながら、新城は「はあ」と答えるのがやっとだった。

◯

東署から二十分ほど歩いて現場へ向かう。

市電はこの時間帯にはほとんど走っていない。捜査用車両も交通課の手配が間に合わず、翌朝からの割り当てになる。

捜査員は歩くのが商売だ。歩くことに苦痛はないが、

「あの、守屋警部補」

「何だね」

「ご出身はどちらで？」

「東京だ」

「はあ……いつからこちらに」

「四月に赴任したばかりだ」

「東京でも政治犯専従やったんでっか」

「これまでは暴徒鎮圧の計画策定をしていた。政治犯は四月からだ」

「……あれでっか、大学はどちら出てはるんでっか」

「学士様でんな。ワシなんぞ新制中学卒やさかいに、エライモンですわ」

「東京帝大だ」

「大したことじゃない」

共に捜査をする以上、最低限の付き合いは仕方ないと思って新城から話題を振っても、守屋との会話は全く弾まない。

国警の警備部で、左翼摘発が専門の東京者《もん》で帝大卒。

好きになれる要素など何ひとつない。

遺体発見現場である国鉄森之宮駅北側の盛り場に着く頃には、新城も諦めてだんまりを決め込むようになっていた。

深夜の十二時を回ろうという頃になると、さすがに大半の店が閉まっていた。勤め人たちは市電の終電を気にして家路を急ぐ。つい数時間前は、あれだけの赤提灯が闇を照らし、少し歩けばすぐ人にぶつかりそうになるくらいに混みあっていたというのに。

「この奥ですわ」

「早速行こう。目撃者がいるかもしれん。どうした、早く来ないか。案内を頼む」

守屋は急《せ》かすように歩を速めるが、新城はその背中を見て溜息をつく。

「どうせ大した話は聞けませんで」

宮益秘書の自宅や実家、市内の北野議員の事務所などの重要関係先は、別の組が聞き込みに回っている。余所から送り込まれた厄介者とその目付役の新人刑事に割り振られたのは、遺体が発見された盛り場周辺での地取り、すなわち目撃者集めである。

重要な捜査には違いないが、制服警官に任せても差《さ》し支《つか》えはない。夜の街の住人はこれから眠りにつくか、よくて店仕舞いの真っ最中だ。誰もが脛《すね》に傷持つようなこの場所で、警察の捜査に協力してくれるとは到底思えなかったし、そういう連中であれば制服で威圧した方がよさそうなものだった。

こういう場所を押し付けられたということが、ふたりに対する扱いを暗に示しているとしか思えない。

新城も本庁一課のベテラン捜査員らからすれば、下っ端もいいところだ。重要な関係先への捜査を任されるはずもない。理屈では分かっていた。

それでも自分にとっては、初となる殺人事件の捜査だ。

向上心など戦前に失ったような老いた所轄の捜査員ですら、皆初めてのヤマを語らせると話題は尽きない。戦前どころか大正の頃の大捕物《おおとりもの》を語り出す者もいる。

刑事であれば誰もが理屈抜きでの気負いで臨む、そんな初めてのヤマに出鼻からケチを付けられた。よりによって、国警という外からの侵入者に。

「なんでワシが面倒見なアカンねん」

吐き捨てて、守屋のあとを追う。

現場周辺でまだ開いている店に入って身分を名乗ると、店主たちは露骨に面倒くささそうな顔をした。

「何も見とらんがな。もう店仕舞いするよって、早よ去《い》ね」

「知らん知らん、うちは一切ポリさんのお世話になるようなことはしてまへんで」

一事が万事この調子で、ただでさえ歓迎されていないのに、

「君、三十八度線という空き地で遺体が見つかった。昨晩は近くを通らなかったか」

聞き慣れぬ標準語で四角四面な問いかけをするものだから、一層邪険にされ、酷い者だと軒先で撒《ま》いていた水をこちらにかけてくる。

「おっちゃん疑うとるわけやないんや。何ぞ見んかったかだけでも思い出せんかいな」

それでも新城があの手この手で話を引き出そうとしたが、徒労に終わった。

太陽が間もなく東を照らし出す午前五時前になっても、まったくの不作であった。

夜通しで足を棒にして市中を歩き回った。捜査に直面した興奮で多少眠気は飛んでいたが、それでも全身を気だるさが覆う。

清浄な朝の空気に包まれた盛り場は、ゴミ捨て場に残飯を漁る野良犬が集うだけで、死んだように閑散としている。手がかりを得られなかった徒労感に、虚《むな》しさがいや増す。

盛大に腹が鳴った。

「飯でも食いましょ」

丁度朝早くに店を開いた立ち食いうどん屋に入った。食糧事情の改善から、麵類がようやく外食券から自由販売に移行しつつある昨今、これまで屋台を引いてこそこそ営業

していた店も、近頃はそこかしこで店舗を構えるようになった。

暖簾をくぐり、新城は一杯二十円の一番安い素うどん、守屋は三十円のカレーうどんを頼んだ。

「守屋さん」

待つ間に、さすがに一言申したくなった。人の目もあるので階級は付けずに呼びかける。

「あんな聞き方して誰が答えてくれまんねん。機動隊の隊員に命令するんとちゃいまんねんで。もうちょい聞き方っちゅうもんを考えてくれませんかね」

守屋はしばらく考え込むこむようなそぶりを見せ、

「善処しよう」

嚙み合わなさに思わず溜息が出た。丁度ふたりの前にうどんが出てきたので、そちらに専念することにした。

カツオ出汁にネギが浮かんだだけのあっさりした素うどんを、あっという間に胃に収めて、横に目線をやる。守屋は左手を腿《もも》の横にまっすぐ下ろし、箸を持つ右手だけでカウンターの上のカレーうどんを啜《すす》っていた。丼に手を添えず行儀が悪いと言われかねないが、シャツには一切カレーのつゆを飛ばさない。

新城が黙って守屋の奇妙な食べ方を見ていると、

「そうだ、新城君」

「何ですねん」

守屋が急にこちらを向いた。じろじろ見ていたのを咎められるのかと思いきや、

「すうどん、というのは酢が入っているのかい？」

「は？」

またも嚙み合わぬやり取りを聞きつけたか、カウンターの向こうで汗を流しながら麵を茹《ゆ》でていた店主が、ははと笑いながら話しかけてきた。

「旦《だん》はん、東京の方でっか？　東京で言うかけうどんを、こっちは素うどん言いまんねん。お酢の酢やのうて素直の素ですわ。昔、東京から来たお客はんに同じこと言われましたわ」

「そうなのか」

興味深そうに新城の丼を見つめる守屋に、気の良い店主は蘊蓄《うんちく》を垂れてきた。

「東京のうどんはエライ濃い味付けやさかい、出汁が墨汁みたいやて聞きましたで」

店を開けたばかりで他に客もおらず暇なのだろう。地取りにあって、そういった稀有《けう》な手合いを見逃す道理はなかった。

「おっちゃん、ワシら警察やねんけど、昨日あすこ、三十八度線のトコでホトケさん見つかった事件の捜査してまんねん」

と新城が尋ねると、店主も特に嫌な顔もせずに答えてくれた。

「そらご苦労さんでんな。死体見つけた浅岡《あさおか》っちゅう奴がおりまっしゃろ、あれがエラ

イ騒いどりましたわな」

第一発見者の名前は確か資料にあったような気がする。

「あれも、配給物資の横流しやらでようしょっ引かれる、しょうもない奴っちゃからね」

「何や、前科《マエ》持ちかいな」

「せやさかい、警察に連れてかれたて聞いて、ああまた何ぞ流したんかと思とったんですけどもな、どうやらホトケさんを見つけたんやって知って、たまげましたわ。この辺りも近頃は治安が大分マシになってきたよって、こんな話は久々やね」

こちらが聞いていない話まで饒舌《じょうぜつ》に語ってくれる。この男からなら何か引き出せる。

「誰ぞ、昨日の朝早くから遺体が見つかった十九時半頃までに、あのあたりで何ぞ運び込んだり、あるいは揉め事しとったモンを見た言うとる奴、おらんやろか」

「三十八度線やろ? あそこはアパッチの朝鮮人を使とる業者が、日雇いで人足集める場所でんねん。屑鉄卸《くずてつおろし》やら解体業やら、真っ当なカタギやない連中しか行かんけどな」

「誰が出入りしとるか、おっちゃん知っとんかいな」

「そうやなあ」

店主がいくつか業者名を挙げ、それを新城が手帳に書き込む。

「あとはひーやんやね」

「ひーやん言うんは?」

「日下部《くさかべ》いう屑鉄卸でんな」

場所を尋ねると、三十八度線のすぐ隣に拠点を置いているという。

店主はわけ知りげな顔を近づけ、声を潜めてこう言った。

「ここだけの話、ひーやんはそれなりの顔でっさかい、日本人やけどアパッチの朝鮮人をよう従えとんですわ」

「なるほどなあ」

アパッチを従えて屑鉄卸をやる業者が、真っ当な堅気ではないことは、アパッチ掃討の矢面に立つ東署勤務の新城には言を俟《ま》たなかった。

暴力団犯罪は、任俠《にんきょう》独自の行動様式を理解し、内偵捜査やガサによる情報収集がとかく必要になる。大阪市警視庁であれば捜査三課、所轄署であれば刑事課三係の所管だ。彼らに協力を要請して背後関係を洗い、必要なら捜査員に同行を願ったうえで出向くのが定石だ。いったんは署に戻るべきか。

しかし、守屋はそうは考えなかったようだ。

「なるほど、その業者たちには早急に話を聞かねばならんだろうね」

そう言うとカレーうどんを一気に啜り、「ご馳走様《ちそうさま》」と財布から取り出した十円銅貨を五枚置いて暖簾をくぐって外へ出てしまった。カレーうどんのつゆは、最後まで一滴も服に飛ばさなかった。

「ちょ、ちょっと守屋さん。あ、おっちゃんおおきに」

呆気《あっけ》に取られていた新城は、我に返ると駆け足であとに続いた。

三十八度線のすぐ隣、高いトタン塀に掲げられた「日下部金属産業」と大仰《おおぎょう》な社名の入った看板が朝日に照らされる。

中に入るとさほど広くもない敷地の隅にバラックが建っている他は、造兵廠跡地の地中や平野川から掘り当ててきたであろう廃材が野ざらしで堆《うずたか》く積まれている。その横に着けたトラックの周りでは、男達が怒声を上げて屑鉄を積み込んでいた。

彼らが話す言葉は日本語ではない。造兵廠跡地に住み着く朝鮮人たちだろう。狩り込みで何度も痛めつけられ、何なら今も同胞が留置場に収容されている彼らからすれば、警察、ことに東署員は憎むべき天敵だ。誰かに顔を覚えられてはいないかと、新城が内心気を揉むのもお構いなしで、守屋はその一団に声をかける。

「おい、日下部という者はいるか」

すると、人夫の一団の中にいた青白い顔の男が近寄ってきた。

「ふ、副社長の伏屋《ふせや》と申します。うちの社長に、何か」

吃音《きつおん》が激しいが朝鮮訛りはない。大阪や関西の訛りとは違う話し口調で、苗字も聞き慣れぬものだ。アパッチの地は、出身を問わず流れ者にとっては居心地がよいらしい。言われるがままに来てしまったがどう攻めるべきか、と考えを巡らせる新城をよそに、守屋が一歩前に出る。

「国家地方警察大阪府本部だ」

　守屋が取り出した手帳と、発した警察という単語に、後ろの人夫の何人かが朝鮮語で「警察《キョンチャル》⁉」と叫んで表情を変える。

「け、警察の方が、何でしょうか」

　伏屋が顔を引きつらせる。

「昨晩、そこの三十八度線と呼ばれる空き地で遺体が見つかった。貴様ら、あそこで毎日のように人夫を集めているのだろう？　何も見なかったのか」

　守屋はこれまでも居丈高《いたけだか》な物言いだったが、相手がならず者たちと見るや「貴様」呼ばわりで、まるで戦前の警察を思わせる。

「わ、私は、じ、事務しかしとらんもんで」

「何も見ていないと言うのだな」

「はあ……現場は、社長が……」

「じゃあ社長を呼んで来い、すぐにだ」

「わ、分かりました。すぐに呼びます」

と、駆け足気味にバラックへと向かった。間もなく扉を開けた伏屋のあとに続いて大柄な浅黒い顔の男が出てきて、こちらを睨んできた。

「何の用じゃ」

　見上げるほどの大男ではないが、筋骨隆々とした体軀《たいく》が威圧感を与える。

「国家地方警察大阪府本部の守屋だ。昨晩、君らが人夫をよく集めている三十八度線という空き地で遺体が見つかった。当日の朝、出入りはしていないかね」

こういう相手にも臆しないあたり、守屋の胆力はなかなかのものかもしれない。無精《ぶしょう》髭《ひげ》の生えた四角い顎《あご》を撫でる日下部は動じた様子もなく、終始面白くなさそうな表情である。

「何があったんか知らんが、おどれらがあそこにロープ張っとるさかいに、わしら人足集めにエライ支障きたしとるんやがな。エエ迷惑じゃ」

いかにも煙《けむ》に巻くような物言いに、守屋が嚙みついた。

「昨日はあの空き地には出入りしたのか、していないのか。答えんか」

「知らんのう」

「貴様、何か隠しているのか。昨日は一日、どこで何をしていた」

「知らん言うとるがな」

語尾は荒げているが、それでも警察への対応には慣れているのか、まだ日下部には余裕が感じられた。それを覆したのが守屋の続く言葉だった。

「こちらの質問に答えるつもりはないというのかね。こちらとしては、手荒な手段を使ってでも聞かせてもらうしかない」

「ああ？　おう、どうしてくれるっちゅうんなら、わりゃ！」

守屋の言う「手荒な手段」に敏感に反応した日下部が、顔色と声色に怒気を孕《はら》ませる。うしろの朝鮮人の人夫たちも、俄然色をなして怒鳴り始める。

「お、お前ら、あかんて！」

伏屋が宥《なだ》めに入るが焼け石に水だ。これは抑えきれなくなるかもしれない。

「守屋さん、無茶ですて」

質問に答えない市民に無理に答えさせる権限は大阪市警視庁にはない。

「素直に従うのなら強制処分には当たらない。従わないのなら、公務執行妨害の現行犯逮捕でいい、やりようはある」

「そんなん、予防拘禁まがいやないですか！」

治安維持法のもとで行われた、犯罪の恐れがあるというだけで一般人を拘禁できた制度は、同法の否定と共に葬り去られた。敗戦後の警官には、論を俟たないはずだった。

「治安維持というのは、あらゆる行政手続きを駆使して犯罪を抑止することで初めて成し得る。行政にはそれだけの裁量がある」

そんなことは承知だと、事務仕事の伝達事項のように言ってのける守屋の横顔に、爬《は》虫《ち》類《ゆうるい》のような冷たさを感じた。

慌てる新城の様子を見て日下部は余裕を取り戻したようで、ふんと鼻息をつく。

「ワシをどないしてでもしょっ引くつもりなんか分からんがな、ワシも出るとこ出たってもええんやぞ」

守屋もその変化を嗅ぎ取ったか、一層冷たく言い返した。

「貴様のような国有財産を掠《かす》め取る輩がそんなことを言えるのかね」

守屋と新城に迫る日下部。棒立ちの守屋の横で新城が身構えるが、日下部は、

「ワシは真っ当な大阪市民や。民主警察っちゅうのは市民の丁稚奉公《でっちぼうこう》でっしゃろが。そないな口の利き方しとると、どないなっても知らんど」

ニヤリと口元を歪めてふたりの横を通り過ぎ、バラック小屋に戻っていった。

残ったのは息巻く朝鮮人の人夫たちと、新城と守屋を不安気に見つめる伏屋だった。

◯

乱暴に頬をはたかれ、沈んでいた意識が覚醒する。

「お前、何したんや」

目を開けると、同じく帳場入りした先輩署員がいた。寝ぼけ眼を擦《こす》って周囲を見回す。そこは普段は剣道や柔道の教練に用いる東署の道場だった。帳場が置かれると家に帰れない捜査員のために布団が敷き詰められる。

アパッチの地で地取りを続けたものの、三十八度線に出入りする日下部以外の業者からも芳《かんば》しい成果を得ることができず、朝の九時過ぎに署に引き揚げてきた。そこで夜通し歩き回った疲れが限界に達し、朦朧《もうろう》としながら布団の上に倒れ込んだのだ。道場の時計は十一時過ぎを指していた。

「すぐ署長室に行け。刑事部長も一課長もおるらしい、すぐや」

先輩の引きつった表情の理由を考える間もなく、取るものも取りあえず署長室に入ると、気まずそうな表情を浮かべた狭間一課長と安井署長、口をへの字に曲げて扇子をせわしなく扇《あお》ぐ見知らぬ太った男、目も鼻も口も小さいのっぺりした顔の制服姿の男、そして飄々《ひょうひょう》とした様子の太秦刑事部長に囲まれる形で守屋が立っていた。

「新城、お前がおりながら、これはどういうことや！　下手したら責任問題やぞ！」

守屋の横に立つや否や、狭間が唾を飛ばして甲高い声で叫んだ。新城は思わず肩をすくめるが、横に立つ守屋は微動だにしない。

安井が額の汗を拭《ぬぐ》いながら咳払いをする。

「その、市公安委員をしてはる弁護士の春日《かすが》先生から、警察官職務執行法二条違反の違法捜査の恐れがあると抗議を申し入れられたんや」

鷹揚《おうよう》に頷くこの男が春日なのだろう。弁護士というだけあって身を包む三つ揃いの茶色いジャケットは、はち切れんばかりだが光沢のある高級そうな生地だ。

「さよう、私のもとへ日下部氏から苦情が入りましてな」

大阪市警視庁をはじめとする自治警は、市内の民間有識者からなる公安委員会のもとで運営されている。警察行政を民主的に管理するための制度で、委員の多くは地域の有力者から選ばれる。そのひとりである弁護士に日下部はコネを持っていたのだ。

春日が持ち出してきたのが、戦前のような警察権力の横暴を防ぐべく、その権限の範囲を定めた警察官職務執行法だ。

「私は日下部氏の顧問弁護士をしておりますが、彼は勤勉な経営者で市に多額の納税をしてはる方です。そのような模範的市民に、おたくの捜査員が令状もなく押しかけて疑惑を追及し、業務を妨害したと伺っております。日下部氏は大層怯えてはるそうで、コレが事実やったら誠に由々《ゆゆ》しき問題ですな」

小さな口髭を撫でまわし、神経質そうに遺憾の意を表明する春日。実際に新城が目にした日下部と、春日が語る「模範的市民」「大層怯えている」の間には、随分と差があるように思われた。

「春日先生、このたびはえらいすんませんな」

制服姿の男が表情をさほど動かさず頭を下げた。

「いやいや、近藤はんにはいつもお世話なってますよってな、そないな大事《おおごと》にはしません。日下部氏は告訴などするつもりはございません。あくまで今日は苦情としてお伝えに上がった次第です」

春日の言葉で、この男が警務部長の近藤警視正だと知った。

「ほら、お前もアタマ下げんかい」

その近藤が頭を下げているのを見て、狭間が慌てて、新城の頭を強引に押さえつけてきた。

何でワシがと抗弁する間もなかった。問題を起こした張本人である守屋には一切触れていないのだ。

所詮は向こうもハッタリに違いない。なのに近藤も狭間も安易に頭を下げ、あまつさえ自分も巻き込まれる。

屈辱。その二文字が脳裏に浮かび、血が上る。

安井が遠慮気味にだが、取りなすように言った。

「ま、その、狭間はんも落ち着いて……守屋警部補、証拠もなしに相手に強圧的な捜査を強《し》いるっちゅうのはあまりよろしゅうないよって、大阪市内の地域情勢にはよく気を配ってやってくれんかね」

守屋はしばらく無言でいたが、眉ひとつ動かさず深々と頭を下げた。

「ご迷惑をおかけいたしました」

奥に座る太秦は、一言も発さずにその場を冷ややかに見つめていたが、

「そういうことで、春日先生、よろしいですかな」

春日に言外に圧をこめて話しかけた。

「太秦はん、くれぐれも現場への教育はきっちりしてもらわな、困りまっせ」

「お約束しましょう。ご足労頂き恐縮でしたな」

狐と狸の化かしあいといったやりとりもそこそこに、春日は退出した。

これもまた「民主警察」の偽らざる一側面だ。

地域住民から選任された公安委員による民主的運営。聞こえは良いが結局は地元の有力者、近頃のマスコミの言葉で言えば「ボス」の情実が幅を利かせている。署長や本庁

課長級の警察幹部であっても、地域社会の名士である彼らの前ではしがない木端《こっぱ》役人でしかない。大阪に生きる者として、彼らの顔色を窺わずにはいられないのだ。

「守屋いうたか。よそ者なんやったらよそ者らしゅう、よう弁《わきま》えや」

近藤は抑揚のない口調で吐き捨てると、小さな目を精一杯見開いて守屋を睨みつける。

「まあ近藤さん、懲戒などになるようならとヒヤヒヤしましたが、これで一件落着、警務部さんにお出ましいただく必要はございませんな」

太秦が妙に明るい声で近藤に話しかけた。

「ひとまず春日先生にはワシからちゃんと言うときます。地元のことはよう知っとりますよって」

「そりゃ心強い。無理ない範囲で、ほどほどで結構ですよ」

ふたりの警視正のやり取りは、表面上は穏やかなはずなのに互いに目が笑っていなかった。

「ほな、狭間もあんじょう気張りや」

「は、はっ」

近藤はそう言い残して、狭間の肩を叩いて出て行った。そのあとを追って狭間も署長室を出ていく。その様子を見送る安井が溜息をついた。

太秦が、ロイド眼鏡の汚れを拭いながら悠々と顔を上げ、守屋をまっすぐ見据えた。

「なあ守屋君。俺ぁボス連中の言うことなんざ聞く必要はねぇと思うぜ。俺も東京時代はエライ連中に酷く苦しめられたもんだ。しかしお前さん、やり方が下手だねぇ。え？ヤクザ者に真正面から手錠《ワッパ》をチラつかせて協力が得られるわきゃねぇだろうが」

春日が乗り込んできたことなど些事《さじ》とばかりに泰然自若《たいぜんじじゃく》とした面持ちだ。

「国警と自治警は一心同体だ。統合なった暁《あかつき》には、帝大卒のお前さんは偉くなっていくんだろうがよ、それじゃあ現場はついてこねえ。何より、警備公安ならそれがまかり通っても、刑事捜査はそうはいかねぇ。高い勉強代だったと思って心してくれや、なあ。ひとまず地取り捜査は控えてもらうぞ」

責めるというよりどこか小馬鹿にしたような物言い。

「申し訳ありません。精進いたします」

硬い声で守屋が謝罪し、頭を深々と下げた。もはや蚊帳《かや》の外に置かれていた新城が慌てて続く。横目でちらりと見ると、守屋は顔から表情を消して口を固く結んでいた。

署長室をあとにして帳場に戻ると、面倒事に関わりたくない者たちはあからさまに顔を背け、抱えている仕事や他の者との会話に専念しだす。代わって向けられるのは二種類の視線だ。国警から来て早々に面倒事を起こした守屋への敵意と、その相手をする新城への哀れみないし蔑み《さげす》。

「おう坊主。お公家さんの草履取り、ご苦労さんやの」

中央に置かれた長机の周囲にたむろする捜査員の中から、西村が声をかけてきた。主に古市班が宮益の自宅や実家、関係先を捜査する一方、西村班は北野陣営やその周辺を洗い出していた。班長の西村は今晩、北野代議士に事情を聴くべく夜行列車に乗って東京へ出張するはずで、その前に資料を読み込んでいるらしい。

「何だ君は」

守屋が西村を睨みつけた。西村は腕組みをしたままふたりの許へ歩み寄ると、威勢よく言い捨てた。

「いや、守屋警部補殿、うちの若いモンが国警はん相手に何ぞ粗相でもしとりゃせんかと心配になりましてな」

すでに守屋の失態を耳にしているはずなので、新城をダシにしての当てこすりなのは明白だ。西村は新城に威嚇《いかく》するように顔を寄せ、ドスの利いた声で小さく呟く。

「お前がもうちょいしっかりせなアカンやろが、なぁ？　新人言うたかて他のモンに迷惑かけとんちゃうど、シバくぞこら」

その迫力に、新城の額に脂汗がぶわっと浮かんだ。

西村は隣の守屋に顔を向ける。

「おたくはん、親も売った、血ぃも涙もあれへん奴やて有名でっさかいに、何の揚げ足取られるか分かったもんやあれへんでな」

守屋の切れ長の目がわずかに動いた。

親を売った？

新城が言葉の意味を確かめる間もなく、守屋はすぐに息を大きく吐いて常の落ち着きを取り戻し、眉間に皺を寄せた。

「政治家を対象とする広域政治テロは、一自治警の対応可能な範疇《はんちゅう》を超えている。国警の警備部門の協力を素直に仰ぐべきだ」

刑事捜査で揉まれてきた西村は、怯《ひる》むことなく露骨に嫌悪感を露《あら》わにする。

「自治警風情には役者不足や言いたいんですか？　国警はんがどないなご意向で横槍を入れたんか分かりませんが、事件捜査いうんは素人が足突っ込んでエエ世界やないんですわ。国警はんの出るまでもなく、警視庁の捜一が責任持ってカタつけますよって、うちの若いモンの子守でもして大人しゅうしとってもろてエエですか？」

守屋は不快感を隠すことなく、

「まるで不逞《ふてい》の輩だな。そういう姿勢が警察への信頼を失わせるのだ」

「おう、ワシら舐められたら刑事捜査やっとれんよってな」

西村が肩をいからせて詰め寄る。

「地取りもろくにでけへん警備はんが、まあよう首突っ込んできましたな。今に吠えヅラかくど、おう」

明らかに喧嘩を売っている西村に、いつ守屋が手を出すかとハラハラしていると、

「おい西村、阿呆なことしとる暇があったら溜まっとる報告書まとめとかんかい！」

古市が怒鳴りつけた。さすがに捜査班運営主任官の命令は絶対なのか、西村は「へ

え」と言ったきり、口を真一文字に結んで机に向き直った。

それぞれが目を逸らして自分の仕事に戻るなか、

「新城、お前ちょっとツラ貸せや」

古市が顎を廊下の方へとしゃくる。今度はこっちか、とびくびくしながら古市についていく。

「その日下部っちゅうヤカラは怪しいんか」

意外にも、古市は新城を責めることはなかった。雷を落とされると身構えていた新城に、冷静な声で尋ねてきた。

「え、その、守屋さんはまだ何とも」

「守屋はんは関係ない、お前の見立てでエエ」

しばらく考え込んだあと、新城ははっきりと答えた。

「違うと思います」

「何でや」

「その……もし何か関与しとるんやったら、もう少し狼狽《うろた》えるなり、嘘ついて誤魔化すなり、何かしらの逃げの動きがあったと思いますが、日下部はむしろ自分からワシらを挑発してきましてん。警察が嫌いなチンピラが、ちょいと調子乗ったらやる手ェですわ」

制服警官の頃に場末で何度も因縁を付けられた経験から、必死に理屈をつける。

「なるほどな、筋は通っとる。ワシも同じように見立てるやろな」

古市は咀嚼《そしゃく》するように何度か頷く。

「で、そのヤカラが公安委員やっとるセンセに垂れ込んだんか。ようある話やとはいえ、ホンマどうしようもないな」

戦後の焼け野原から復興した大阪で大なり小なり名を成した者たちは、船場《せんば》の商家の旦那衆のような昔ながらの行儀良い人種などでは決してない。違法採掘の屑鉄商と懇意にしているあたり、あの春日という弁護士も裏社会に近い人間なのかもしれない。

「上のお歴々はどないやった」

「一課長はカンカン、署長は真っ青、ほんで近藤警務部長まで来て、公安委員にアタマ下げてましたわ」

「近藤のオッサン来よったんか。まあ勝手にクビ突っ込んで来たんやろな」

「ええ。あと刑事部長は、ちょっと守屋さんに嫌味言うてましたけど、そないには」

「ふうん……」

顎に薄っすら生えた無精髭をじょりじょりと撫でる古市。

「もしかしたら、太秦のオッサン、守屋はんに僻《ひが》んどるんかもな」

「あの太秦さんにそんなんあるんでっか」

「オッサン、高文いうたかて私大出ぇの人やから青切符や。白切符持ちやないでな」

「青切符？」

「国鉄の特急の一等車は白切符やろ。ほんで二等車は青切符、三等車は赤切符や。エライ幹部連中いうんは高文組かヒラか、高文でも帝大卒かどうか、帝大でも東大かそれ以外かで出世できる速さが違うらしいわ。東京帝大卒の守屋はんは紛《まご》うことなき白切符や。私大の夜間卒のオッサンは青切符で、そこに何かしらこだわりがあるんかも分からんな。無頼漢気取りのお偉方《えらがた》ほど、意外に気にしとるもんや」

古市が皮肉げに笑う。

「ほんで一課長の親分《オヤジ》の近藤はんは一番下の赤切符や。それで警務部長になれただけでもエライもんやけども、太秦はんとも火花散らしとったやろ？」

「ええ」

「近藤はんは刑事部長なれんかった言うて、太秦はんをエライ嫌《きろ》うとるからな」

警察内では警務部長の方が刑事部長より名目上立場が上だが、刑事部長は刑事畑のみならずすべての警察官の憧れでもある。それを東京から左遷されてきた太秦にかっさらわれたのだから、当然面白くないだろう。

「まあ優秀やったらしいけども、あの人はどうにも地元のエライさんとべったりすぎる。捜査に関わらん警務に移されたんはそれがホンマの理由やっちゅう話も聞いたことがあるでな。公安委員のセンセともきっとズブズブやろ」

「狭間一課長は、それで公安委員のおっさんにあんなペコペコしとったんでっか」

「そういうこっちゃ。頼りにならん管理職やの」

古市はふんと溜息をつく。

「ま、遅かれ早かれ、こういうことが起こるかもしれんとは覚悟しとった。それにしてもこんな早いとは思わなんだが。お前らの地取りは署の警邏警官に任せる」

「守屋さんがアカンなら、ワシひとりでやらせて下さい」

「アカン。お前は守屋はんと一緒にやってもらう。そんなコロコロ相方は変えられへん」

「せやかて」

新城の抗弁はあえなく遮られる。

「守屋はんは、元々が茨木の殺しと代議士秘書の関連付けのために、国警と警視庁《うち》の情報をやり取りする窓口や。茨木市警の捜査と歩調を合わせる連絡要員になってもらう方が本筋の役割や。茨木側の捜査がもう少し進んでからとも思とったが、今から向こうに出向いてもろて、独自捜査してもろた方が適材適所や」

「茨木でっか。それやったら守屋さんひとりで」

「阿呆、こっちの人間も行かなあかんやろ。お前が行け」

地取りの次は市外である。いいように言われて、守屋の巻き添えで捜査の中心からドンドン外されているのではないか。

あの疫病神のせいで。

「ワシ共々、厄介払いでっか」

普段なら決して上司に言わないことを口走ってしまった。言ったそばからまずいと気づいたが、古市は特に怒ることもなかった。

「阿呆。お前なんぞ元から戦力でも何でもないわい。のらくろ二等兵じゃ」

軍隊帰りでおっかない年配警官は山ほどいるが、古市はそのいかにも強面《こわもて》とは裏腹に、どこか飄々《ひょうひょう》としたところがあった。

「ワシはな、素人刑事のお前やからエエんちゃうかと思とるんや」

「それは守屋さんの監視役が、でっか」

「まあ、そのうち分かる」

帳場へ戻る古市が去り際に小さな声で言った言葉が新城の耳に残った。

○

対向車線を通るトラックがたてた土煙で、目の前が一瞬遮られる。

ただでさえ車の運転には慣れないのに、米国式の左ハンドルなので細心の注意が必要だ。仮眠は取ったとはいえ、この昼の陽気に居眠り運転で事故など起こしたら洒落《しゃれ》にならないと気を引き締める。

新城は米国車を白黒に塗り分けた警邏車で、朝から大阪市北部の農村地帯を北上していた。

米国車は国産車とは比較にならない速度を出せる。他の自治警や国警では進駐軍放出の中古ジープすら足りないなかで、大阪市警視庁は東京警視庁に先駆けて最新鋭の米国車を導入した。スマートな車体は、米国映画に出てくる車のようだと子供の憧れの的だ。ただ、その性能が十全に発揮されるのは、米国並みの広大な道路であってこそだ。大阪市内の主要幹線は自動車や自転車、大八車に市電などで混み合っており、遅々として進まない。何とか市街地を抜けると、長柄橋《ながらばし》で淀川を渡った先は一気に郊外の田園地帯となる。

淀川沿いは水郷としての顔を今も色濃く残しており、農家の軒先には川船がひっぱりあげられている。昭和二十五年のジェーン台風、二十六年のルース台風、そして昨二十八年九月の台風十三号と、毎年のように大型台風とそれに伴う河川の氾濫に見舞われ、制服警官だった頃はそのたびに災害救助と復旧に駆り出されたので記憶は生々しい。

そんな土地では、アメ車よりも伝馬船《てんません》の方がよほど身近な交通手段だ。この砂利道に舗装など望むべくもなく、時速四十キロも出せば埃《ほこり》も振動も酷い有様だ。

新城の右手の助手席に座る守屋は、がたがた揺れる車の中で平然と新聞を読んでいる。よく酔わないものだと驚きつつ盗み見る。

《代議士秘書、刺殺さる》

朝刊一面、黒地に白抜きの横段見出しで、宮益の一件は堂々とトップ記事を張っている。

《政界テロルか怨恨か》
《大阪城間近での凶行》

大衆の関心を掻《か》き立てるような見出しが躍る下に、男の写真が載る。

《北野議員が声明「誠に遺憾、一刻も早い解決を」》

写真の初老の男が北野で、細い糸目からは感情が窺いしれない。

《【東京】北野正剛衆院議員（大阪二区選出、五八歳）の秘書である宮益義雄氏（四三歳）が殺害された事件で、東京で国会に出席中の北野氏は本紙記者の取材に「私の秘書が殺害された件は誠に遺憾であり、捜査当局には一刻も早い解決を求める」と答えた。宮益氏について「二十一年総選挙で政界進出する際、秘書として雇って以来、品行方正、人から怨みを買う謂《いわ》れはない」とし、自身の政治的なトラブルとの関わりも「一切心当たりはない」と否定した》

通り一遍の情もさほど籠っていないような言いよう。宮益は、北野にとって都合の悪いことを隠蔽《いんぺい》するための尻尾切りにされたんじゃないか。そう疑うこともできるが、現時点では判断材料が少なすぎる。今晩東京に出発する西村ら次第だ。

今度は牛が引く荷車を避けるために、再び減速する。

「すれ違うのも一苦労だな」

「ホンマは南側の国道一号線で行きたかったんですけども、長柄橋で渡らんとこの先は橋がありませんよってな」

長柄橋以外に淀川を渡る橋は数えるほどしかなく、巨大な米国車が通れるのはここしかない。

「着くまでまだ時間はあるだろう。それまでにこれに目を通しておきたまえ。私はすでに読み込んでいる」

守屋は新聞を畳むと、携えてきた鞄の中から『大阪府下右翼団体便覧　摂津《せっつ》地区　警備部警備第二課』と厚紙の表紙に書かれた、紐綴《ひもと》じの書類を取り出した。国警警備部の内部資料を持ってきたのだろう。

「いや、目ェ通せ言うたかて、こっちはハンドル持っとるんでっせ」

「現場へ着く前に基礎的な情報共有は終わらせておきたい。大した量ではないから私が読み上げてもかまわんが」

「まあそれでもええですけど……電車か汽車で行ってもよかったんちゃいますか。死体が見つかったんは国鉄の線路上でっしゃろ。国鉄でもええし、阪急もすぐ近く通ってまんがな」

「捜査でどれだけ動き回るか見当がつかない。移動手段はあった方がよい」

「そら運転手付きでよろしでっしゃろな」

「分かりきったことを聞くね、君は」

皮肉を込めて返したつもりだったが、まるで通じていない。いちいち癪《しゃく》に障る。

「エライすんませんな。中学出ェには、むつかしいことはよう分からしませんのや。さすが、帝大出ェはちゃいまんな」

今朝がた、あのような問題を引き起こしておきながら守屋は平然としている。あれだけ振り回しておいて詫びのひとつもないのか。

それだけではない、この男はもしかしたら――。

いや、今は職務が第一だ。

どんな形であれ、これは自分のヤマだ。

雑念を振り切るように新城が溜息をつくと、守屋は何事もなかったかのように手元の書類に目を落とす。

「まあいい。被害者である仁科乙治《にしなおつじ》は『京阪神尊皇救国同盟《けいはんしんそんのうきゅうこくどうめい》』という団体の総帥だ。昭和二十五年設立、団体拠点は大阪府茨木市舟木町《ふなきちょう》の仁科自宅に置かれている。総数は十人前後、表立った政治的な活動を一切しないため、会則や具体的な活動内容などは不明。ただ団体の顧問に北野代議士が収まっているため、今回の事件との関係が浮上してきた。これが被害者の顔写真だ」

守屋が取り出したのは瘦せこけた丸坊主頭に丸眼鏡をかけた、いかにもインテリ然とした男の横顔の写真だった。右翼団体の総帥というより教諭か技術者といった風貌だ。

「被害者の情報、この一日でもう集めたんでっか」

「府下の政治団体について警備部では常に情報を収集し、政治動向を監視している。事件が発生してから調べ始める強力犯罪の刑事とは違うのだよ」

「ほんなら殺されんように見張っといてほしかったですわ」

「それは防犯や警邏の職務だ。それに仁科らの団体は表立った活動をしておらず、警備二課では監視もさほど行っていなかった。他にも監視すべき団体は多数あるからな」

「監視しとるんかしてへんのか、どっちですねん」

十数分後、車は目的地に到着する。茨木市北部から南へ流れる安威川に、国鉄と阪急の鉄橋が並んで架かっている。上流側にある国鉄の鉄橋のたもとに茨木市警の捜査員が縄で規制線を張り、橋の上と川の中で合わせて二十人ばかりが現場検証を行っていた。進駐軍放出のジープとトラックが一台ずつ停まっている土手に新城が車を停めると、川の向こうから汽笛が短く複数回、一帯に響き渡った。線路上の捜査員らが一斉に橋から土手へ駆け戻ると、十数両の客車を牽引《けんいん》したC62蒸気機関車が轟音と黒煙をあげて通過していった。

大阪と京都や東京を結ぶ大動脈である東海道線は、空襲被害や物資不足による本数減もようやく解除され、旅客電車や貨物列車が数分おきに行き交う。事件捜査のために列車の運行を止めるわけにもいかず、運行ダイヤの合間を見計らって鉄道橋での危険な作業を続けていた。

眠たげに立ち番をする初老の制服巡査に新城が用向きを伝えると、血相を変えて規制線の中に駆け込み、半長靴にゲートルを巻いた私服の中年男性を連れてきた。

「茨木市警次席の森下《もりした》警部補です。お待ちしてました。このたびはエライお疲れさんだす」

「国警大阪府本部の守屋です。こちらの警視庁の新城君とともに、現場で捜査をさせて頂きます。ご協力に感謝致します」

「そらもう、国警さんと警視庁さんに来てもろたら、こちらとしては万々歳ですわ」

森下は同じ警部補の守屋だけでなく、巡査である新城にまでヘコヘコと頭を下げる。

茨木市警は総勢五十人ほどで、トップの警察長も警部が務める程度の零細自治警だ。対して国警は府下単独で千百人、そして大阪市警視庁は八千人もの大所帯だ。名目上は独立した自治警のナンバー2であっても、質量ともに勝負にならない大組織の者に対しては、たとえ階級が下であってもへりくだるのが森下という男なのだろう。

「来て早々で申し訳ないですが、現在までに判明している人定《じんてい》などをお教え頂けますか」

守屋の問いかけに、森下次席は親指を舐めて抱えていた書類を慌ただしく捲《めく》りだす。

「被害者は仁科乙治、三十九歳。現住所は茨木市内で、市内に活動拠点を置く右翼団体の主宰者ですな。所帯はなく、本籍地と実家は隣の三島《みしま》郡福井《ふくい》村の旧地主ですわ。小学校を出てすぐに東京の中学へ進学、地元には長いこと寄らんかったのが、昭和二十五年に突然舞い戻ってきて団体を設立したようで、その間のことはよう分かりませんわ。

通報は国鉄の吹田《すいた》機関区所属の機関士で、五月十五日の午前五時東京汐留《しおどめ》発、同日二十一時梅田貨物駅着の貨物列車の機関車に名古屋から乗務しておりました。二十時五分ごろ、安威川鉄橋上を通過する際に何かを轢《ひ》く音に気付いたとのことです。異状を確認すべく最寄りの吹田操車場で緊急停車したところ、機関車前方に血痕を認めたため大阪駅の鉄道公安室に通報し、そこから茨木市警に捜査協力要請が入った次第です」

「せやったら、遺棄時刻は随分限られまんな」

「一本前の二十時ちょうど頃に通過した列車の機関士は異状を確認してまへんわ」

だが、死因について尋ねられると途端に口ごもる。

「今、吹田の済生会《さいせいかい》病院で見てもろとるんですが、汽車に脚部やら胴体やらぐちゃぐちゃに轢断《れきだん》されとりまして酷いモンですわ」

「五年前の国鉄総裁の一件と手口が似ていますな。共産党の仕業《しわざ》ですか？」

守屋が口を挟む。国鉄の下山定則《しもやまさだのり》総裁が東京・綾瀬《あやせ》の線路上で轢死体として発見された事件は、その後発生した複数の鉄道事故と共に、国鉄労組内の共産党員の関与が有力視された。にもかかわらず、東京警視庁が自殺と断定した一方で、共産党以外の犯行とする説も根強く、国鉄を巡る政治的対立とも複雑に絡んで真相は藪《やぶ》の中となっている。

いかにも国警の警備部らしい問いに、森下が「さぁ、それは何とも……」と言葉を濁す。このまま守屋に任せていれば、下山総裁の事件と同様に暗礁に乗り上げかねない。

捜査の本筋に話を戻そうと新城が問いかける。

「しかし、そんな状態でよう身元が判明しましたな」

「首から上が麻袋に包まれていて、顔が無事やったんですわ」

「麻袋か……」

新城が守屋と顔を見合わせる。

「麻袋に何か刻印などはあったか」

「中央卸売市場の印字がありましたわ」

宮益のときと同じものか。同一犯の可能性が非常に高まった。

「その袋を剝いで見たところ、こんな小さい町でっさかいに署員に顔見知りがおりまして、マル害の人定は早いこと分かりましてん。まあ、こないなことされてて自殺の線は薄いやろとは、こちらでも見とります」

鉄道公安と茨木市警が加わると言っても、この事件も国警と大阪市警視庁の二者が主導せざるを得ないことは新城にも容易に想像が付いた。

五年前に設置された鉄道公安局は国鉄用地内の一次捜査権を持つが、その権限は鉄道敷地に限定されている。茨木市警も見ての通りの弱小自治警で、腰を据えて殺人事件の捜査をするなど、どだい無理としか思えない。

森下もその思いは同じのようだ。

「現住所の捜索は何とかすませましたけども、こないな小所帯やさかいに遺族への聞き取りもマル害の足取りもまだですねん。国警さんと警視庁さんが帳場置いた事件やったら、そっちにやってもらわんとかなわんですわ。現場保全と周辺の目撃者の当たりはこちらでやっときますさかい。遺族のおる三島郡は国警さんの所管でっしゃろ？」

「分かりました。私の方でも警視庁捜査幹部に話を通しておきます」

「おおきに、助かりますわ」

森下から仁科の関係先を聞き取っていると、河原に一台の車がやってきた。茨木市警の中古ジープでも大阪市警視庁の米国製警邏車でもない、国産車のタクシーだ。降りてきたのはいずれもカメラを首から下げた、くたびれたスーツ姿の四人の男だ。

「ブン屋でんな」

新聞記者は現場では見慣れた人種だ。府下北部を担当する各社の事件記者が乗合で来たのだろう。

在阪各紙はどこも、宮益秘書の一件を煽情《せんじよう》的な見出しと共に、一面から社会面まで大きく掲載している。一方で茨木の轢死体発見は大阪北部向けの地方面の小さいベタ記事が精々《せいぜい》の扱いであった。

警視庁も茨木市警も両事件の関連性についてはまだ報道発表していないが、勘の良い者は気づいて早速取材に動いているようだ。

「森下はん、エライ騒ぎになってまんな。大阪の市内でも似た遺体が見つかったってホンマでっか」

歩み寄ってきたひとりが声をかけると、いずれも見知った顔なのか、森下も先ほどまでのへりくだった様子はどこへやら、鷹揚に記者たちに声をかける。

「おう、せやで、何ならもう国警さんと警視庁さんがそこに来たはるで」

と新城と守屋を指す。記者たちは目の色を変えてふたりに詰め寄ってきた。

「北野代議士秘書の一件で、国警と警視庁が茨木市警と合同捜査ということで？」

「何か共通項があったんでっか？」

「共産党によるテロルの可能性は？」

記者から矢継ぎ早に飛んでくる質問の数々に閉口する新城。森下はおそらく地元記者にいい顔をしたくて軽い気持ちで紹介したのだろうが、新城は答えられる立場になく、まして知っていることもほとんどなく、面倒事以外の何物でもなかった。

「あー、その辺は」

本庁で聞いてくれ、と新城が続けようとしたときである。

「憶測で嘘を平気で垂れ流す記者風情に、われわれがくれてやる情報などない」

木で鼻をくくったような、という言葉がよく似合う冷たい声色だった。

「人の不幸でカネを稼ごうという分際で、神聖なる治安の現場に足を踏み入れるな」

何を言われたのか理解が追い付かずポカンとしていた記者たちが、ようやく我に返ったのか見る見る顔を赤くして、

「記者の取材活動は新憲法で守られた権利やぞ！」

「オイコラのままのつもりでおる気か。こら！」

「何ぞ隠したいことでもあるんか！」

と口角泡を飛ばして抗議し始めた。さらに言葉を続けようとする守屋を、

「ま、ま、国警さん、ここはワシが収めまっさかいに、今日の所はいったん、何卒」

森下が頭を下げながら両者の間に割って入って、早く去れ、と新城に目で合図を送ってきた。

「ほな、よろしゅう頼んます」

守屋を急き立てて逃げるように車に戻った。

「一体どういうつもりでっか！」

車を発進してすぐ、新城が怒鳴り声を上げた。

「あの物言いは何ですねん！　わざわざ記者を敵に回して何ひとつエエことおまへんで」

巡査の分際で警部補に食って掛かっている己の無分別は、重々承知しているつもりだが、言わずにはおれなかった。

「彼らは市民の代弁者のように振舞うが、治安の現場にあっては何ひとつ有益な存在ではない」

エンジン音と砂利を跳ねる音が響くなかで、守屋は淡々と持論を展開した。

「社会の木鐸《ぼくたく》だ何だと名乗りながらその実、己の新聞の売り上げのために耳目《じもく》を集めるニュースを求め、他人を出し抜いたことで得られる仮初《かりそめ》の栄誉を独占したいだけだ。羽織ゴロとはよく言ったものだ。あんな連中にいい顔をする必要などない」

守屋は、ふんと溜息をつくのみ。

「そらその通りでっしゃろな。ブン屋なぞ、偉そうにワシらのことをボロクソ書き殴りよって、邪魔しかせえへん厄介モンじゃ」

新城にだって新聞記者への恨みつらみなら山ほどある。

通報を受けて署から走って事件現場に駆け付けると、先に上等なハイヤーで到着した記者たちにわが物顔で現場を踏み荒らされ「また足跡から犯人が辿れん」と鑑識課の嘆き節を聞かされたのも一度や二度ではない。捜査幹部と記者クラブの取材とも雑談ともつかぬ会合を優先され、上長への報告ができないことなど署の日常茶飯事だ。

その癖に紙面では、やれ横暴だ、やれ態勢が不十分だと、すぐ警察の不備を書き連ね、天下国家を大上段に語る。それを見て幹部は右往左往して、そのときそのときで取り繕《つくろ》う策を講じ、結果振り回されるのは現場だ。

質《たち》の悪いことにそんな記者連中は、無頼派を気取ってはいるものの大卒で裕福な良家の子弟なのだ。新聞社の給与だって、中卒で警官になった新城より何倍ももらっているはずだ。結局はボンボンのお遊びなのだ。

「そんなんアンタに言われんでも百も承知じゃ！」

だが、今は記者への恨みつらみよりも、目の前にいる守屋への怒りが勝っていた。

「口の利き方に気を付けたまえ。分かっているならなぜ君が反発する必要がある」

もう我慢の限界だ。

ブレーキペダルを思い切り踏み、急停車する。前のめりになった守屋がこちらを睨んできたが構うことなく睨み返す。

「ワシらはな！　ワシら現場は、アンタらみたいに何でもかんでも、上から命令して片のつく世界とちゃうんじゃ！」

アパッチの地でのひと悶着《もんちゃく》と、その結果もたらされた屈辱が蘇る。

「日下部みたいなヤカラとも生意気なブン屋連中とも、喧嘩して終わりやないんや！　また警察の横暴やと叩かれて、苦情を受けて幹部がアタマ下げて、ほんで付き合わされたワシまで処分食らわなアカンのが現実なんじゃ！」

それが、いま新城が身を置く大阪市警視庁の隠しようのない姿だ。

しがらみや建前に振り回され、やる気も職業倫理も欠如した警官だらけの環境で、臭いものに蓋《ふた》をするように浮浪者狩りに勤《いそ》しむ日々は、殺人の帳場に入ったところで変わることはなかった。それでも何とかやれることをやろうとしているのに。

仕方ないことだと割り切っていくつも呑み込んできたことを、この男はすべてぶち壊そうとする。この何もかも気に入らない男が、この何もかも気に入らない警察を。

「さすが、脳味噌は内務省のまんまや。その腰にサーベルはもうないんやど！　何が警察統合や、おどれらのようなモンと一緒になってたまるか！」

この怒りは守屋に対してなのか、それとも警察に対してなのか、もう分からなかった。

「言いたいことは言い切ったかね」

荒い息を整えながら守屋の顔に目線をやる。五月の陽気に、窓を閉めた車内は汗ばむほどだが、守屋の表情はむしろ冷ややかさを増していた。

「大阪市警視庁の刑事が現場の現実を説いて、所詮はその程度か」

「何やと」

「警察権力は何によって立つかという認識が、君と私では決定的に違う」

守屋が淀みなく語り出した。

「警察権力とはすなわち、職掌と人員と予算によって規定される」

この男は一体何を言い出すんだ。

「だが茨木市警を見たまえ。人員は五十人、保有する車は払い下げのジープとトラックが一台、署長はせいぜい警部。単独では新聞社ほどの人員もおらず、記者に情報をねだらざるを得ないから連中と馴れ合うしかない。彼らが君ら大阪市警視庁と同じような捜査ができるのかね」

「それは」

言い返せない。

国警と自治警の二本立て体制に真っ先に悲鳴を上げたのが、零細町村部に置かれた自治警だった。

内務省が作り上げてきた強固な警察機構を自治体で独自に運用することは、財政的にも人員的にも不可能だった。だから昭和二十六年に一部法改正で、住民投票による自治警解散と国警への合流が認められると、当初千六百五あった自治警は一気に四百二にまで減った。

「今回の事件など典型例じゃないか。捜査ひとつをとっても、少し所管を跨《また》がったらいちいち上層部や地検に書類を回して協力態勢を敷かなければならない。弱小自治警単体での捜査など望むべくもなく、犯罪の広域化には到底太刀打ちできない。資金と人員が潤沢な大都市のみがなしうる民主警察という贅沢を、彼ら自身が喜んでいない」

いまだに自治警を有している比較的余裕のある自治体でも、年度末や歳末になると財政が厳しくなり、警官の給料も危うくなるため、自治警トップ自らが街頭に立って募金を求める光景は枚挙にいとまがない。

「君たち警視庁だって、今日のように地域の有力者におもねらざるを得ないではないか。自治警筆頭と息まいてもそれが限界なのだよ」

大阪市警視庁が気炎を吐けるのも、結局は大阪市という大都市の潤沢な予算があってこそなのだ。それを握る市長や市議会の政治家、そしてそれに連なる公安委員や有力者たちに、首根っこを摑まれているも同然だった。

「だからこそ警察は、ＧＨＱが押し付けた空理空論に頼らず、国の指導下で統一された強力な機構を再構築しなければならないのだ。内務省は解体されこそしたが、その本義は失っていない。共産党ゲリラや一昨年の吹田枚方騒擾《ひらかたそうじょう》を見れば、明らかだ」

朝鮮動乱前後から弾圧されるようになった共産主義勢力は山間部で武装闘争を繰り広げるようになり、また労働争議や反戦運動、在日朝鮮人の権利闘争など騒擾事件も各地で勃発《ぼっぱつ》している。とくに昭和二十七年六月、吹田や枚方で同時多発的に発生した騒擾事件は国警や各自治警の連携不備が事態を拡大させ、数百人の検挙者を出すに至った。

「この国の治安を守れるのは、海陸軍が解体された今や警察しかいない。国民が求める強力な警察を、われわれは再び作り上げねばならないのだ」

守屋の語り口は熱を帯び、劣勢のなかで悲壮な決意を胸に秘めた前線指揮官のようだ。

その姿に、虫唾《むしず》が走った。

「はっ」

そしてもうひとつ、守屋が語る中に決して聞き逃すことのできない言葉があった。

「守屋さん。アンタ海軍将校やったやろ」

「は？」

守屋は怪訝《けげん》な表情を浮かべた。

「今朝うどん屋で、アンタ、片手で器用にうどん食べてましたな。あれは、海軍さんの仕草やて、ワシの親父が昔、言うとったんや。ほんで、さっきの『海陸軍』ときたもんや。わざわざ陸やなくてあえて海を前に置きよった、こらもう間違いないと思ったわ」

「それが……」守屋が何か言い返そうとするのを遮《さえぎ》る。

「ワシの親父は外航汽船の船員やったんや」

守屋は口を噤《つぐ》む。

「戦時中は船ごと徴用されて東シナ海を行き来しとって、大連沖で米軍の潜水艦にやられて撃沈や」

徴用船舶は内外航路の汽船や機帆船、沿岸の哨戒《しょうかい》任務に充てられた漁船など、計七千二百四十隻超が沈んだ。そして徴用船員の実に四割に上る六万人が海の藻屑《もくず》となった。

「死にゃせんかった、何とか朝鮮に流れ着いて命は助かった。やけど腕には火傷の跡が大きく残っとるし、足もイワして廃人も同然や」

戦後、船舶会社や船主そして船員に、国からまともな補償はなされなかったうえに、戦争協力企業として指定された結果、廃業や解散に追い込まれた会社が続出した。

そのなかに、新城の父が勤めていた会社もあった。

戦後にいち早く結成された海員組合には父の知人も何人かいたので、わずかばかりの義援金を寄越してはくれた。だが、戦後の混乱期の援助など限界があった。

――洋。海軍さんはな、左手で丼持たんと片手だけでうどんを食うんや。それも、あの白い軍服やのにカレーうどんやで。

父が長期の航海から戻ってきたとき、子供だった新城にそんな話をしたことがある。

器を持たないなんて行儀が悪い、と言うと父は朗らかに首を振った。

――狭い軍艦の中でメシ食うためにそうしとるんや。海軍さんはスゴイぞ。ワシら船乗り守ってくれとるんや。

あのときの軍隊は、守ってくれなかったではないか。

「お前ら海軍が腑抜けやったからワシの家は無茶苦茶や」

九年のあいだ沈殿していた思いを吐ききった。

「アンタら立派なご身分の人らは国の立場から偉そうに言うとるが、ワシには結局あのときの海軍と同じにしか見えん。国の都合でワシらを駒のように都合エエことこき使《つこ》て、いざというときは守らんのや。それなら贅沢でも欺瞞《ぎまん》でも、エラそうなヤカラや記者どもに振り回されても、まだワシらで作った民主警察の看板の方がナンボかマシや」

これ以上、邪魔をしてくれるな。

車内が静まり返るなか、再び新城はブレーキを解除し、車を発進する。横の守屋の表情は窺いしれない。見たくもない。

○

ふたりとも、一切の口を利かなかった。

車は茨木川の上流、三島郡福井村の農村部の砂利道をしばらく走ると、家紋の入った提灯を門に掲げた屋敷が目に入ってくる。

山を背にした大きな茅葺《かやぶき》屋根の母屋を中心とし、蔵や納屋の周囲を瓦葺《かわらぶき》の高い塀が囲む。その造作は富裕さをうかがわせ、周囲の他の農家と比べても二倍三倍は大きかった。ここが安威川の鉄橋上で轢死体となって見つかった仁科の生家だ。農地改革以前は地主として地域の顔役だった家柄だろう。

《敬供　衆議院議員　北野正剛》

墨でそう書かれた立派な花輪は、屋敷の門の前で他を圧倒していた。

モンペ姿の腰が折れ曲った老婆が出迎えると、守屋が事務的に用向きを伝えた。三島郡は国警の所管であるだけに守屋に任せるのが筋だし、先ほどのような諍いがあっても、もう自分の知ったことではない。

母屋の客間に通されると、仁科の母親と兄の甲輔《こうすけ》が共に黒い着物姿で出てきた。屋敷の中は家人や親族がこの晩に通夜を執り行うべく、忙《せわ》しなく立ち回る足音や掛け声が鳴り響いていた。

「乙治は鉄道に轢かれて死んだとか。酒にでも酔うて線路に寝転がっとったんでっしゃろ。警察の方々にはエライご迷惑をおかけしまして、家長のワシから伏してお詫びを申し上げます」

貫禄のある紋付姿で出迎えた甲輔は、愛想笑いを浮かべたまま頭を深々と下げた。

「茨木市警からどう説明があったかはわかりませんが殺された可能性もあります。乙治氏の交友関係などを伺えればと」

守屋が淡々と用向きを伝えると、痩せた体をまっすぐ伸ばして威厳を保っていた母親は、冷めた口調で言い捨てた。

「死ぬまでやくざな愚息でございまして、ホンマにもう、親子の縁は切ったものやと思とりました。最期も酷い死に方して、身体も返ってこんのに通夜を挙げるなんて無様《ぶざま》で、ホンマに家門の恥で世間に示しがつきません」

兄の甲輔はそこまで無体《むたい》ではないが、関わりがないと長々と弁明するかのごとしだった。

「あれは、ワシがうちの屋敷田畑を継ぐっちゅうことで、若い時分から東京に出しとったんやが、死んだ父も甘やかしてましてな。いっこも家には寄りつかんと、終戦までよそをほっつき歩いとったんですわ。それが戦後しばらくして、父親の三回忌も終わった頃に何を思てか茨木に居を構えて、政治ゴロを始めよったんや。まぁあれも人の子なんで故郷が恋しなったんでしょうけどもな、田舎なもんで嫌でも耳にしとりましたわ。政治なんぞ手ェ染めても面倒事しかあらしまへんよってな、一切関わるつもりはなかったんですわ。ほんで急に死んだもんですからな、まず茨木の在所をどないするか、落ち着いたら茨木市警と相談しますよって。そのときに何か分かればお伝えしますわ」

言葉の端々から、家産を継げず外に出た次男は戸主《こしゅ》——戦後に失われたはずの概念だが——たる自分とは身分が違うという封建時代さながらの特権意識、そして、これ以上身内の恥を話す気はないという無言の主張がありありと感じられた。

「乙治氏と連絡は取りあっていたんですか」

「いや、もう面倒事にはよう関わりとうないよって、年賀の挨拶くらいでんな」

「お母様は」

「一切存じません」

甲輔も母親もまるで取り付く島がなく、守屋もついに黙り込んでしまった。

やれやれとばかりに新城が口を開いた。

「いやあ、しかし立派な造作の家でんな。この辺りの名主の家柄でっしゃろか」

まるで今までのやり取りを聞いていなかったような問いかけに、守屋は何事かと眉を吊り上げるが気にしない。

「はあ、まあほうでっせ」と満更《まんざら》でもない様子で甲輔が答えた。母親は相変わらず口を噤んでいる。

「ほったら、戦後の農地改革でエライご苦労なさったんでっしゃろな」

「ああ、うちもだいぶ取られましてん。お陰で昔からの小作やら使用人やらも、ほとんど暇を出さんならんようなりまして」

「こんな立派なお屋敷、ワシとこやったらよう回しまへんわ。誰も小間使いさんおれへんのんですか」

「今おるのは婆さんひとりだけですわ」

「出迎えてくれはったおばあちゃんでんな。そら難儀な話ですわ」

「ホンマや。GHQちゅうのは何でもかんでも無茶ばっかりしていきよりましたわ」

同情するような新城の問いかけに、甲輔の口も滑らかになる。

「不躾《ぶしつけ》でえらいすんまへん、お宅は戦後はどないして生計立てたはりまんのや」

「食糧難のご時世ですし、残った自作地で何とか野良《のら》してますわ。近在におる昔の小作にも手伝《てつど》うてもろてるけどもなかなか慣れまへんでな。あとはまぁ残った財産で株やら投資はしてますけども、近頃また不景気でおましてな」

「お商売されてはるわけではないんでっか。ここへ来たとき、えらい立派な供花が並んでまして、あの何でしたっけ、衆院議員の北野センセからもお花が来てましたな」

「ああ、北野先生には戦後ようお世話になっとりまして、愚弟が死んだいうてわざわざお花を寄越して下さったんですわ」

新城は少し大袈裟《おおげさ》に、驚いたようなそぶりを見せた。

「え？　弟さんの政治団体が北野先生の関係やないんでっか？　お兄さんの方でも関わりがあるんでっか？」

はっとした表情を一瞬見せたが、すぐに思い出したように微笑む。

「そらもう、弟が世話ンなっとったっちゅうことで、ワシが頼ったんでして」

「へえ、例えばどんなことでっか」

「……それが何か関係ありますのん」

「ワシら別の事件も捜査してまして、北野センセのとこの秘書さんも殺されましてん」

甲輔が一気に三度瞬きをした。母親は一瞬だけ目線を逸らした。

「北野センセのとこの秘書の宮益さん、ご存じでっか？」

甲輔の唾を飲む音が今にも聞こえそうだった。

「いや、存じ上げませんでしたなあ。そら難儀なこって」

「ほうでっか」

甲輔が微かに見せた動揺をよそに、新城は次の質問を繰り出す。

「弟さんは東京の中学校に進学されたと聞いたんですが、茨木にも中学はありますけど、わざわざ東京に出さはったんでっか?」

「ああ、それは父の方針でしてな。ワシはここで田畑を継ぐいうことで、中学も茨木に行きましたが、弟には手に職つけさせて独立心を養うべし言いまして。まあそれであないなモンになってもうたんかもしれませんが」

「弟さん、中学を出てからは何をされてはったんでっか」

「東京で医学校に行きましてん。薬剤師の勉強をしとったようですがモノにならず、そのままフラフラしとったようです」

「生活費の無心などは」

「それはなかったですわ」

「何をして生計立ててたとかはご存じでっか」

「ワシらもそこはよう知りませんわ」

すでにある程度知っている情報をぶつけてみると、甲輔は嘘こそつかなかったが、警戒心を強めたのか曖簾に腕押しだった。これ以上探り合いをしても向こうの油断を誘うのは難しいだろう。

「五月十五日の二十時頃、おふたりはどこで何をしてはったのか伺ってよろしいか」

甲輔の顔から、それまで張り付けていた笑みが消える。

「なんや、ワシら身内が殺したんやないかと疑われとるようでんな」

「気ぃ悪くさせてすんまへん、皆さんに伺っとりますんで申し訳ないんですが……もちろん、何もなければ何もないちゅうてキチンとこちらも分かりますよって、このあとはご迷惑かけることもありませんで」

さすがに海千山千と見えて、甲輔はすぐに余裕を取り戻した。

「ワシも母も家で夕餉《ゆうげ》を取っとりました。朝から晩まで慣れぬ野良で出ずっぱりで、遅なりましてな」

「ご家族以外でそれを証明できる方は」

「手伝いに来とった昔の小作がおりますわ。今日も通夜の手伝いに来とりますが話させましょか」

「ほな、お願いします」

しばらくあとに客間に年老いた農夫が呼ばれてきたが、甲輔の言葉を否定するようなことは特に口にしなかった。いまなお田舎の有力者である旧地主家の当主を、目の前で怪しいと糾弾するなど、よほどの恨みがないとしないだろう。

「もうよろしいか。早《はよ》う通夜に戻りたいんですわ。母も歳ですねん」

「エライすんまへん。何か心当たりがありましたらいつでも連絡下さい。茨木市警の方でも大阪市警視庁の方でもよろしおまっさかいに」

「へえ、そらもう」

追い立てられるように見送られ、新城と守屋は門の外に出た。

仁科家の非協力的な態度からも、読み取れることはいくつかあった。乙治はこの家族の中で鼻つまみ者だった。新城らに対して事あるごとに現在は一切関わりないと強調するほどだ。ただ、単純に嫌っているだけではなく、何かを隠そうとしている。とくに北野との関わりを尋ねられたときの甲輔の微妙な変化を、新城は見逃さなかった。

それについて、守屋がどう考えているか興味はあったが、まだ先ほどのやり取りが胸の中に燻《くすぶ》っていて、話しかける気にはなれない。

すでに夕方五時、西日で橙色《だいだい》に染まった屋敷の塀には白黒の幕が張り巡らされ、通夜の出席者も見え始めた。参列者向けの葬式饅頭《まんじゅう》のおこぼれに与《あずか》ろうと近在の子供も集まっており、屋敷前に停まる米国製の警邏車を物珍しそうに眺めていた。

子供らをどう追い払うかと考えていると、ふと、先ほどふたりを迎え入れた使用人の老婆が道端で腰を叩いているのが目に入った。

「婆ちゃん、ちょっとエエかいな」

新城は車に戻ろうとする守屋を無視して老婆に呼びかける。

「何やお客はん、もう帰らはるんでっか。お茶も出さんとエライすんまへんなぁ」

老婆は萎《しな》びた芋のような顔に一層皺を増やし、歯の抜けた口をもごもごと動かす。

「婆ちゃん、ここの屋敷に仕えて長いんか？」

「へぇ、もう日露戦争の終わった年からおりまっさかい、五十年になりまっさ」

「ほったら今回亡くならはった乙治はん、もう小さい頃からよう知ってはるんか」

すると老婆は小さな体をさらに小さくして、はぁと溜息をついてモンペの裾を握る。

「乙治坊ちゃんはホンマに可哀そうなことで、へぇ。小さい頃から賢うて、旦はんも大層可愛がってはったンに、妾《めかけ》の子ぉやさかいに奥方はんには疎まれよるし、戦犯にもされて長いこと家にも帰れんと、挙句若い身空《みそら》でこないな始末ですわ。もう不憫《ふびん》でなぁ」

母のあの態度は妾の子だからか。この老婆には、乙治は厄介者の放蕩《ほうとう》息子ではなく、義母と兄に虐《しいた》げられた哀れな次男坊と映っているようだ。

ふと、ある言葉が気になった。

「戦犯ちゅうのは何をしたんでっか」

「わてはよう知らんのンや。旦はんも若旦はんも一切口外するな言うてはったけどもな、何年もGHQから逃げなあかんかったよって、方々で乙治坊ちゃんの生活のために金策も尽力なすったんやけども、御家《おいえ》の農地も取られとったし、旦はんは心労で亡《の》うなってもうたんや。ああ、おいたわしや」

新城が、老婆の知っていることをさらに聞き出そうとしたが、

「ヒサ、油売っとる暇があったらお客はんに茶出してこい」

いつの間にか門先に立っていた甲輔が釘を刺した。老婆は「へぇ」と頭を下げておっかなびっくり裏口へ戻る。

「お巡《まわ》りさん、うちの使用人が何ぞ不始末でもしましたかいの。申し訳ないんやが、こ

ちらも忙しゅうてな、もうこの辺りで」

甲輔が薄ら笑いを浮かべながら歩み寄ってくる。目は笑っていない。

通夜の用意を手伝っていた家人や近在の農夫らしき出席者が十人ほど、甲輔のあとに続いて出てきて、ふたりを遠巻きに囲んだ。手に鍬《くわ》や鋤《すき》を手にした者もいた。不穏な気配を察知したか、警邏車の周囲にいた子供らが蜘蛛《くも》の子を散らすように逃げていった。

戦後の警察にはかつての威光はなく、衆を頼んだ暴徒によって少数の警官が殺傷される事件は珍しくもない。新城が入庁した頃にもなると世相は安定してきたが、騒擾事件で負傷する警官の姿は幾度も目撃してきた。没落したとはいえ近在の名士である仁科家に盾突いた警官ふたりなど、この地にいる住民らに囲まれたら、ひとたまりもないはずだ。

嫌な汗が新城の背中をつたったとき、

「乙治氏は戦犯だったんですか。先ほどはお聞きできなかったのですが」

守屋が一歩進み出て新城の前に立ち塞がった。

「そないなこと、何でいちいち警察に言わなアカンのですか。仁科の家は真っ当な家門や、それを汚した不肖《ふしょう》の弟のことをこれ以上ほじくり返されても、迷惑千万ですねん」

「本件は政治テロルの可能性があり、国家の治安に関わることです。もちろん黙秘の権利はありますが、それはあなた方に不利益があるからという理解でよろしいですね？

北野代議士の秘書が殺害された件は、本当にご存じなかったんですね？」

「街の邏卒《らそつ》はホンマに聞き分けが悪うおまんな」

甲輔の声が一段低くなり、周囲も新城らにも緊張が高まる。

「仁科の若旦はん、えらい賑やかでんな」

場違いのように朗らかな声が響いた。

仁科家の門から出ようとする恰幅のよい髭面の中年男性が、こちらを向いて鷹揚に手を挙げると、甲輔の顔色がさっと変わり途端に頭をぺこぺこと下げ始めた。

「こら笹川《ささかわ》先生、お越しやったんでっか。挨拶もでけずにエライ失礼しましたわ
「こちらこそ今しがた来たばっかりで、手ェだけ合わさせてもらいました」。ホンマはもっとゆっくりしたかったんやが、用事がおますさかい。いやしかし、生前の弟はんは立派な国士やった思いますわ。道半《なか》ばにして早逝されるとは御国の損失でんな」

「そないもったいない言葉を。愚弟もあの世で浮かばれますわ」

「なんのなんの、ほなワテはこれくらいで失礼しますわ。若旦はん、近頃は物騒でっさかいにキチンと戸締まりして用心しなはれ」

地元の名士である甲輔が恐縮する相手とは村会議員か府会議員か、と新城が首をかしげていると、

「新城君、彼に話を聞こう」

守屋が今までに見せたことのない緊張した様子で話しかけてきた。

その声からは刺々《とげとげ》しさは消えていた。

「わ、分かりました」

先ほどまでいきり立っていた甲輔たちも、その男の前で新城らに手出しすることを躊躇っている様子だ。かまわず新城は立ち去ろうとする男に駆け寄った。

「あの、すんません、大阪市警視庁のモンなんですが、ちょいとよろしいでっか？」

○

「いや、送ってもろてありがたい話ですわ」

「礼にはおよびません。この山の向こう側の、豊川村《とよかわ》というところでよろしいんですね。大阪市内でもお送りしますが」

「そこにワテの生家がおましてな、大阪戻った折はいつもそこに泊まってますのや」

笹川と呼ばれた男は、山をひとつ越えて一時間もかけて歩いて来たという。歳の頃は五十前後、精力的そうな体躯《たいく》や顔つきに違《たが》わぬ健脚である。

通夜に来た笹川を家まで送るという名目で警邏車の後部座席に乗せ、あの場を何とか抜け出せたのは渡りに船だった。

「しかしおたくはん、話しぶりから察するにワテをご存じなんでっか」

笹川に尋ねられた守屋は、事もなげに答える。

「モーターボート競技を一手に取り仕切る笹川さんのことは重々承知しております」

「その通りやけど、警察の方にそこまで覚えられとるっちゅうのは、悪さでもしたようで居心地悪うおまんな」

「もちろん、われわれ国警の警備部にはあなたに関する資料は揃っています」

「なんやワテもエライ札付きみたいでんな」

「東京裁判にしょっ引かれた方が、いまさら日本の警察を恐れる道理もありますまい」

「はっはっは、そら道理や」

笹川が痛快そうに笑いながら守屋に品定めするような視線を巡らすのを、ハンドルを握る新城はバックミラーで覗き見るほかなかった。

東京裁判にしょっ引かれた。それはつまり、連合国軍に裁かれた戦犯容疑者だったということか。

「仁科乙治氏、あるいは甲輔氏とはどういうご関係で」

笹川は口髭をかきながら、事もなげに答える。

「仁科の先代は近所の名士やさかい、昔から浅からぬお付き合いがありましてん。四年ほど前に仁科の次男さんが茨木で政治団体を作らはった言うて、ご挨拶にも来られてな」

「仁科乙治氏は戦犯指定されていたようですが、巣鴨《すがも》での縁があったのでは？」

巣鴨とは戦犯が収監された巣鴨プリズンのことだ。やはりこの男は元戦犯容疑者か。

「はっはっは、乙治はんは巣鴨には収監されとらんかったらしいですわ。今やったらもう言うてエエと思いますが、ＧＨＱの戦犯訴追が厳しゅうのうなる頃まで、先代はんやら甲輔はんやらが匿《かくも》うとったっちゅう話でんな。ほいで、逆コースなった頃に素知らぬ顔で地元に戻ってきたんや」

笹川はあっさりと重要なことを述べた。もし事実なら、甲輔は守屋に対してやはり虚偽を答えていたことになる。

「匿っていた？　それは身内から犯罪者を出すまいとしてですか？」

「まあ、それもありまっしゃろな」

「戦犯の容疑は何だったんですか」

「ワテはそない詳しいことは知らんですわ」

笹川の言い方に新城は引っかかりを覚えた。匿っていた理由が「それもある」？　ということは、それ以外の理由もあるのか。だが、守屋は気づいていないのか、別の方向へ話を持っていこうとしている。この聞き方では埒《らち》が明かない。

「前から口挟んですんません。仁科家では乙治氏はえらい鼻つまみ者のようですけど、それを何年も匿うてGHQから逃がしとったちゅうことは、家の体面だけやのうて、何かしら見返りを求めてっちゅうことでっしゃろか」

「そういうことでっしゃろな」

笹川は鷹揚に頷く。

「仁科の家は戦後に家産《かさん》をだいぶ失うとると見ました。そんななかで戦犯匿ういうたら、随分な負担に違いないかと思いますねん。そうなると、やはり儲け話でっか」

「まあ、そういうこともありまっしゃろな」

この男はやはり何かを知っている。しかしこちらが核心を突かない限りは、のらりくらりとかわし続けるとしか思えなかった。それを詰め切るだけの手札が今はない。

「乙治氏の政治団体がこの近辺でどういった活動をしていたか、差し支えない範囲でお教え頂けませんか？」

守屋が警備部らしい切り口で再び質問した。するとそれまでニコニコしていた笹川が、渋い顔をする。

「それがなぁ、乙治はんは天長節《てんちょうせつ》に天皇陛下万歳を唱えるわけでもなし、ストを打つアカを蹴散らすわけでもなし、その手の話をいっこも耳にしいひんのんですわ」

「どういうことですか？」

「看板に偽りありっちゅうことですわ。せやからワテはホトケさんの手前ああ言うたが、彼を国士やとは思うとらんのんですわ。死人を悪う言うんは性に合わんですしな」

仁科という男は一体何者なのか、新城も守屋もわけが分からなくなった。

「ほったら仁科の何たらちゅう団体は、何のために作ってまんのや」

新城の問いかけに、笹川は思い出したように「せや」と呟く。

「茨木神社で乙治はんが何や怪しげな会合しとる、気味悪いよって何とかしてくれ、いうて近在の者に陳情されたことはおまんな」

茨木神社はその名の通り、茨木の町の中心部にある神社だ。

「集まるのは夜遅うで、来る連中も身なりの汚いルンペンやと聞きまして、そのうちに何とか言うとかなと思うとったんですがな……あ、間もなくウチですわ」

福井村から亀岡《かめおか》街道を南下し、東西を走る西国《さいごく》街道を西に曲がって二十分もした頃だろうか。日はあと一時間もすれば暮れようという頃で、北西に見える箕面《みのお》の山々の影が黒さを増すなか、西に延びる街道筋の宿場町の一角にとりわけ富裕そうな一軒が見える。

先ほどの仁科家もなかなかの造作だったが、それを上回る家格を感じさせた。

「送ってもろてほんまありがたい話ですな。またこの辺りで何ぞございましたら、御国のためや、何でも協力させてもらいまっせ」

車を降りた笹川は門を潜《くぐ》る前に、新城の方を振り返った。

「若い刑事はん、お父さんお母さんはご健在でっか?」

ドキリとした。この男が、自分の身上を知っているはずがないのに。

「母は亡《の》うなりましたが……父は生きとります」

「ほうでっか」

笹川の大きな瞳に、何もかもを見透かされたような気持ちになった。

「ほな、お父さんを大切にしなはれ」

笹川は屈託のない笑みを浮かべて、屋敷へと入っていった。

車を再発進させ、今来た街道を引き返す。

しばらく続いていた沈黙は、守屋から破った。

「今の男、あれはな」

「は？」

急に話しかけられて思わず妙な答え方をしてしまったが、守屋は構わず続ける。

「戦前のファシスト団体の党首だった男だ。A級戦犯の被疑者として巣鴨に収監され、不起訴で釈放されたあとは競艇事業に手を出している」

「A級……そらエライ大物でんな」

思わず新城も言葉を漏らす。

A級戦犯には、かつて戦争を指導した東條英機《とうじょうひでき》らが指名されて処刑されている。禁錮刑に留まった者、あるいは不起訴となった者たちは、朝鮮動乱以降の逆コースのご時世で続々政財界に舞い戻りつつある。

新城にとってA級戦犯とは、国のかじ取りを誤った者たちという負の印象しかなかったが、先ほど会ったあの朗らかでどこか底知れない笹川がA級戦犯の被疑者だったとは、にわかには信じ難かった。

「右翼としても何かと疑惑の多い男だし、一方で様々な情報を持っていることだろう。実に興味深い」

そう語る守屋の表情はうしろから差す西日の影になって読み取りづらいが、声色はどこか楽しげですらある。

「ワシには計り知れん世界ですわ。そういうのは守屋さんにお任せしますわ」

今なら、今日一日の長い捜査について素直に意見をぶつけられるのではないか。古市が日中、已に見立てを問うて来たように、守屋のそれも聞いてみたくなった。

「守屋さん」

「何だね」

「宮益と仁科のふたり、どう見ます？」

「どうとは」

「どちらも麻袋を頭に被せてありましたし、北野代議士の関係者です。やはり同一犯やと見ますか」

「ふむ」

しばらく思案するそぶりを見せ、

「同一犯の線は極めて濃厚だろう。ただ、それが北野代議士の人脈とどう関係するか。宮益が代議士秘書、仁科の表の顔が政治団体主宰者という、その表面上の政治的な問題だけなのか。それとも仁科家が隠そうとする乙治の別の顔が関係するのか」

「戦犯容疑と絡む話でっか」

「それもある。政治団体という顔自体がそもそも何かの偽装の可能性も高い。調べねばならぬことがまだ多いな」

少し意地の悪い質問も投げかけてみた。

「今も左翼か右翼かの事犯やと思てまっか？」

刑事と警備のわだかまりの一端をあえて振ってみたが、守屋の答えは素っ気ない。

「分からん」

「意外でんな。是が非でもそっちの話にしたいのかと」

「治安の現場にあっては、すべての可能性を考慮すべきだ。予断を持たないだけだ」

「なるほど」

そんなやり取りをしているうちに、車は茨木市の役場がある中心地に差しかかる。ここから南下して大阪市街に入る前にふと思い出す。

「もうすぐ茨木神社の近くですけど、寄って行きまっか」

「そうか、ならそうしよう」

新城がハンドルを切る。

◯

そろそろ日も暮れようという薄闇の中に、古びた石造りの鳥居が現れる。笹川との会話で出てきた、乙治の政治団体が集会を開いていたという茨木神社だ。

社務所のそばにある宮司の家を訪ねると、

「確かにときどき、夜に十人ばかりを集めた会合を境内《けいだい》の隅の方で目にしたことはありますわ。不定期でいつも十分もあれば終わっとったさかいに目くじら立てる必要もないんですけども、気持ち悪いなとは思てましたわ。ええ、皆見知らんよそモンばかりで、復員兵やらルンペンみたいなぼろを着た連中が多くて気味が悪かったですわ」

宮司の証言から浮かび上がるのは、右翼団体の集会とはやはり思えない光景である。

「他に何か思い出せることはありますか」

「そうでんな……ああ、連中、小さな荷物か何かをやりとりしとるんですが、そんときに誰かがえべっさん、えべっさんのお陰じゃ、言うとったんですわ。あないな連中から、そない信心深いような言葉が出るとは思わんかったもんでっさかいに、なぜか覚えてまんねんな」

えべっさん。どこかで聞いた記憶があるが、どこだったか。

「それよりお巡りさん。今日も得体の知れん男が夕方から来とって、今も東門の辺りをうろついとるんですわ。ほれ、あれですわ、連中の一味か分からんですけどもな、気味が悪うてな」

宮司が玄関から指さした先には、白髪交じりの小柄な男が、薄暗い中しゃがみ込んで木造の門をじっと見つめている。

もしや仁科の集めていた浮浪者のひとりか。うしろに宮司と守屋を引き連れながら砂利の上を歩み、

「おいおっさん、こんな時間に何しとるんや」

と肩を叩く。無論、警職法に定められた職務質問ではなく、一私人としての声かけでしかない。拒まれても強要する術はない。一抹《いちまつ》の不安を抱えていると相手が振り向く。

顔の造りは意外にも三十くらいと若い、四角い黒縁眼鏡をかけたインテリ顔であった。

「ああ、すみません。神社の方ですか。こちらの由来に興味があって、つい熱中してしまいましてん」

悪びれる様子もなく、すっくと立ち上がる。小柄で、背広に包んだ身なりはさほど汚くもない。普通の勤め人といった風体だ。

「この東門はかつて、中川清秀《なかがわきよひで》や片桐且元《かたぎりかつもと》が城主であった茨木城の搦手門《からめてもん》を移築したものやと聞きました。立派な造りですわ。ここへ来るまで、戦国期の城郭の縄張りなんぞも歩いて探してみたんですが、今はもうあまり残ってへんのですな」

歴史学者だろうか。こちらから何かを聞こうとする前に、まだ話し足りないのか、男はさらに言葉を続ける。

「茨木神社さんは、大同《だいどう》二年（八〇七）に坂上田村麻呂《さかのうえのたむらまろ》が荊切《いばらき》の里を作ると同時に鎮座したという由緒があるらしいですが、これは坂上田村麻呂による蝦夷《えみし》征伐の結果、関東や陸奥《むつ》からの蝦夷の俘囚《ふしゅう》を住まわせたんやないかと考えとるんですわ。そのあたり、どのように縁起が伝わってはるんでしょうか」

「さぁ、ワシはそこまでのことは……」

男の問いかけに、宮司がたじたじになる。

「こちらの神社には大国主命《おおくにぬしのみこと》と事代主命《ことしろぬしのみこと》を祀《まつ》る恵美須《えびす》神社もあるので、てっきりえびす信仰と蝦夷に関係があるのではないかとも考えてたんですが、いかがでしょうか」

するとと宮司は、そこだけは何とか分かるとばかりにハッキリと答えた。

「ああ、そらちゃいますわ。えべっさんをお祀りするようになったんは、江戸時代やと伝わっとります。社殿も明治になってこさえたもんで、そないに歴史があるもんとはちゃいますねん」

男が肩を落とした。

「何や……そうやったら面白いと思たんやけどもなあ」

中卒の新城にとって、まるでちんぷんかんぷんの蘊蓄が飛び交う場だったが、けむに巻かれている気がしないでもなかった。

「あの、ちょっとよろしいか。大阪市警視庁の者なんやが、おっさん、ここいらのモンとちゃうな？　仁科いうモンの会合でここへ来たんかいな？」

男はおっさん呼ばわりが気に食わなかったのか、口をへの字に曲げる。

「おっさんとは心外やなあ……まあ、もう人生車庫入りしとるような中年には変わりないですけども。その何とかという人は知りませんで。今日は休暇と仕事を兼ねて、大阪から足を延ばしただけですわ」

「本当だな？」

守屋のさらなる追撃に肩をすくめる若白髪の男。

「嘘ちゃいますよ。僕はこういうモンなんで、気になるなら会社に問い合わせてください」

男は懐から名刺を取り出してふたりに渡してきた。近くの灯りを頼りに覗き込むと、在阪の経済新聞の社名と文化部記者の肩書、そして「福田《ふくだ》」という名字が記されていた。てっきり株式相場ばかりが載っている新聞かと思っていたので、文化部があることが新城には意外だった。

「茨木は歴史調査にとっては宝庫ですからね。ここのように坂上田村麻呂と縁《ゆかり》の神社もあれば、藤原鎌足《ふじわらのかまたり》が葬られているとされる古墳もあるし、大楠公《だいなんこう》、ああ今じゃ楠木正成《くすのきまさしげ》って言わなあかんのやけど彼が創建した茨木城の遺構や西国街道の本陣や宿場町もすぐそこですわ。自転車を借りて一日回ってみたんですが、これがどうして飽きひんですな」

先だっての事件記者とは異なる博学ぶりに、当初訝しんでいた守屋は「ほう」と感嘆の声を上げた。

やはり新城には外国語のようにしか聞こえない。男の身元の真偽を確かめる術はないものの、ひとまずは連絡先を渡してくるだけ信用しようという気にはなった。

「大阪の警視庁さんと国警さんが揃い踏みで、何ぞ事件があったんですか?」

新聞記者である以上、気にはなるようだ。轢死事件の捜査に来たと言うと、一瞬ネタを漁る猟師の目になったが、すぐに自嘲するように笑った。

「ま、僕にはもう関係ない話やし、サツ回りの記者が取材しまっしゃろけども」

まるで記者らしくもないが、文化部記者とはそういうものなのだろうか。

普段は新聞の文芸欄など読まないし、まして歴史などに興味のない新城は、このまるで学者のような若白髪の男にひとつ聞いてみたくなった。

「そういや、えべっさんについて詳しいんでっか」

「それほど詳しいわけではないですが、何か？」

「えべっさん言うんは、あれやろ、大阪の堀川戎《ほりかわえびす》やらに祀られとる神さんやけども、一体どういうもんなんでっか」

どういうもん、という非常に茫漠《ぼうばく》とした聞き方だったが、福田はどこから引き出してきたのか早速蘊蓄を披露した。

「いわゆる海の神様として海から漂着する富、すなわち漁労の神になったり、あるいは福神さんに転じるというのが一般的な理解ですけども、このえびす神は事代主命、すなわち大国主命の息子で、天照大神《あまてらすおおみかみ》ら天津神《あまつかみ》への国譲りで退場した国津神《くにつかみ》と同一視されることも多いんですな。いわば征服民族としての大和朝廷に平定された、先住民族の象徴でんな」

それほど詳しくないと言いつつ、まるで大学の講義のような説明で、最後の一文以外は何を言っているのか分からなかった。

新城のぽかんとした表情に、福田がはっとしたようにはにかむ。

「何や、学生さんに講義しとるみたいな気分になってきまんな。いかんいかん」

その様子は年相応以上に若々しく見えた。

「こちらこそ無学で恐縮ですわ。えらい興味深い話を聞かせてもろて、おおきにですわ」

やがて福田は軽く手をあげて「そろそろ帰らないといかん」と言いながら、阪急電車の駅のある方向へ足早に立ち去って行った。

○

夜の九時を回った頃、ようやく東署に戻ることができた。

これから報告書を書き始めることを考えると、今晩も泊まりだろう。冬子には伝えておきたいが、実家には電話は引いていない。事件が起きれば二、三日帰れないなど日常茶飯事なので、電報を打つほどでもないかと思案していると、

「どういうことやそれは！」

帳場が置かれている上の階の方から怒鳴り声が響いてきた。

「それは道理が通らんやろ」

「どこからの圧力や」

途切れ途切れに聞こえる言葉の端々は穏やかではない。新城と守屋は顔を見合わせ、足早に階段を駆け上がった。

「土壇場になって出張中止いうんはどういうことでっか！」

三階に上がったところで、野次馬たちが騒ぎを遠巻きに囲んでいた。その間から顔をのぞかせると、東京の北野に事情を聴きに行くために、本来ならもう夜行列車に乗っているはずの西村がまだそこにいた。古市や数人の捜査員らを引き連れて、渋い表情の狭

間一課長に摑みかからん勢いで詰め寄っている。手元には出張用の大荷物もすでに用意されており、これから出ようというときに急遽「待った」がかかったらしい。

「せやから、宮益の実母が言うとったらしいがな。昔のアカの仲間に金をせびられとると手紙にあったと。まずはそっちの線を攻めてからでエエがな。まだ何も分かっとらん今の段階で北野センセにわざわざ当たる必要があるんか？」

「それのどこが理由ですねん！　宮益殺しにあの代議士が関与してへんいう証拠もナンもない状況で、捜査員送らんでさっさと決めつけてまうんでっか？」

「ワシも同感ですわ、課長」

捜査会議での抑制された軍隊調の話しぶりはどこへやら、古市も色をなして素の話し口調で狭間に詰め寄る。

「ワシらは己の目ぇで見たモンだけ信じて、予断を排さなあきまへん。それやのうても政治家の秘書が殺されとるんです。政治テロルの可能性もあるとすれば、代議士本人や他の関係者にも被害が及ぶ可能性かてありますねんで。北野はんにも事情を聴かんことには捜査の方針も立てられませんで」

古市は説得を試みるが、狭間はそれでも頑として聞かないどころか、頭に血が上ったか、わなわな震えながら、

「北野センセは市の長者番付にも名前が載るような御方で、おまけに代議士や。近藤警務部長とも懇意にされてはる方や。その北野センセを、秘書が殺されたからいうて、周

辺をすぐ疑ってみぃ。万一間違いやったらお前、責任取れるんか！」

「課長、それはつまり……」

古市は言葉を詰まらせた。

地方警察とはいえ、本庁の課長ともなれば一握りしかいない幹部だ。まして、花形部署である捜査一課を率いる一課長の言動は、大阪市警視庁を代表するものとして見なされる。だからこそ古市も、狭間の態度に違和感を抱きながらも面と向かって批判することを憚っている。

「もし何も関係ないのに、ワシらがいらんこと詮索したいうて睨まれてみぃ！　警察統合の折に、ワシら全員、山奥の駐在送りや！」

その重い立場の捜査一課長が、己の保身しか口にしないとは。

「太秦はんは東京モンや。自治警が大阪の顔役連中と上手いこと折り合いつけなならんことも分かっとらん。お前らはどうせ警察統合なったかて所詮は地方公務員や。東京のお偉いさんのご機嫌窺うんやのうて、大阪の顔っちゅうのが誰かよう考えた方がええ」

狭間の賢《さか》しらぶった物言いに、

「ええ加減にしさらせや！」

遂に堪忍袋の緒が切れたのか、西村が顔を真っ赤にして狭間に殴りかかろうと振りかぶった。古市が「阿呆ヤメェ！」と何とか食い止めるが、

「おう、上官に向かって何様のつもりや！」

と古市の背中越しに狭間も気炎を吐く。

「喧《やかま》しい！　入庁十五年やけどもな、こない情けない警察に奉職した覚えはないわ！」

西村の悲壮な叫び声が響く。近くにいた者で双方を押さえるが西村の咆哮《ほうこう》は止まらず、周囲の野次馬も「どう考えても無理筋や」などと狭間へ非難の言葉を投げかける。

「何なんや、これ」

その輪から少し離れたところで見ていた新城は、思わず漏らした。

刑事として事件解決を目指し、純粋にヤマを追いかけていたかったというのに、大阪市警視庁の、それも本家本丸の捜査一課のトップが、ここに来て怖気《おじけ》付いて捜査に介入しようとしている。民主警察の「民主」とは、権勢に恃《たの》む代議士にへつらえという意味なのか。

――大阪市警視庁の刑事が現場の現実を説いて、所詮はその程度か。

守屋の言う通りだ。「民主警察」の総本山でございと振舞っている組織が、中を覗けばこの有様だ。偉そうな理想を掲げても、虚《むな》しさすらある。

何もかもが馬鹿らしくなった。

そのとき、横に立っていた守屋が前の人込みをかき分けて進み出た。

「狭間一課長、それは警察権力に対する認識不足です」

狭間も、西村や古市も、突然の乱入に困惑した表情を浮かべた。

「守屋警部補……？」

「われわれは司法警察職員として、非常に強力な権限を有しています。内閣や国会や地方議会といった政治の指導のもとに置かれようとも、政治家の不正や政治事犯に対しても捜査の矛先を向ける必要があります。確固たる被疑事実がなくとも捜査上の必要があれば、任意で聴取する程度のことに問題はないはずです」

「それはやな君、現実というモンを……」

「現実というのであれば」

突然の正論に狼狽《ろうばい》する狭間の言い逃れを、ひときわ大きな声で遮る。

「お宅の刑事部長は、東京警視庁の捜査二課長だったときに、昭電事件の端緒をつかみながら、結局GHQの圧力で検察に良いところを奪われた御仁でしたね。あの頃はGHQの権力は絶大で、逆らえる者など日本にはどこにもいなかったでしょうし、圧力に屈しても誰も文句は言いません。太秦さんも左遷されましたがむしろ名誉の負傷でしょう。そんな骨のある経歴をお持ちの方のもとで再び、それも独立回復した今になって、与党の一代議士を過度に恐れて捜査を躊躇うことがあれば、警察官僚としての刑事部長の経歴にいたく傷がついてしまうかと」

「それが何や！　太秦はんは所詮は東京モンで左遷された立場や。それが……」

「太秦刑事部長個人だけでなく、大阪市警視庁全体の不始末として、全国の国警自治警に記憶されることでしょうね」

「ぐっ……」

実に官僚じみた理屈で狭間を言いこめようとする守屋を、周囲の捜査員らは呆れ半分驚き半分で見守る。

「加えて言えば、刑事部長まで決裁が通った出張だと思料しますが、それを覆すというのであれば、刑事部長の裁可は当然あるんでしょうね？　もしなければ、単なる指揮系統の混乱になり得ます」

それは誰もが思っていただろう。刑事部長の方針を、その下にいる一課長が覆すことなどできるのかと。それでも狭間の立場が、それを指摘することを躊躇わせていた。

しかし守屋には、その肩書は怯むに値するものではなかった。

図星だったのか狭間は何かを言おうと口をもごもごと動かすが、言葉にならず、

「国警はんがそない言うんやったら、国警はんも泥被ってくださるんやろう！　もう勝手にしたらええ！」

と捨て台詞《ぜりふ》を吐き、背中を見せて立ち去った。誰もが呆気に取られて立ち尽くすなか、

「おい西村、行けるか？」

古市が真っ先に我に返って西村の肩を叩いた。西村も慌てて腕時計に目を落とし、胸ポケットから取り出した簡易時刻表をめくって確かめる。

「大阪発東京行の夜行は最終が……二十二時半発ですわ。何とか飛び乗りますわ」

「よろしゅう頼むで」

大きく頷いた西村は帳場へ駆け戻り、その場にいた捜査員らは緊張の糸が切れたのか、

溜息をつきながら、三々五々自分の席へと戻っていった。

最後までその場に残っていた守屋の許に、帳場から戻ってきた西村がまだ熱気冷めやらぬ様子で近寄り、睨みつけた。

「今回は借りイチや。アンタの言うことに筋はある。それは認める。それでもな、ワシら自治警で叩き上げでやってきたんや。いまさら介入してきよって、許せるモンやない」

西村は西村で捜査一課、そして自治警としての警視庁の看板を自ら背負っているのだろう。

「下らない意地はよしたまえ。政治テロルの可能性を考慮に入れたうえで、われわれ国警警備部の力を借りることに変にむきになる必要はない」

「そういうところが気に食わんの」

西村は一瞬、むっとした表情を見せたが、舌打ちしただけで、足早に階段を下りて行った。

ふたりのやり取りを見つめていた新城の肩を、古市が叩いた。

「つまりや、こういうこっちゃ」

去っていく古市の横顔には、どこか満足げな表情が見えた。

帳場に戻ると、守屋は用意された机で悠然とした様子で煙草を吸っていた。

「エエ煙草吸うてはりまんな」

卓上に置かれていた紙包みは、黄土色のラクダが描かれたキャメルという洋モクだ。

安月給の公務員が日常で吸うようなものではない。舶来趣味だったという海軍の名残《なごり》なのか、あるいは帝大まで出た育ちの良さなのか。

「自分の給料で買ったものだ。とやかく言われる筋合いはない」

相手を苛立たせかねない物言いだが、守屋には悪気がなく、こういう言い方しかできないのだと今日一日で分かった。

この守屋というエリート警部補は、スマートな見た目とは裏腹に何事につけても愚直で生真面目で、決して小器用でないのだろう。官憲を舐め腐ったような屑鉄商や口八丁のブン屋連中には、必要以上に力を見せつけて上から押さえ付けようとするし、一方で警察内部の権力を巡るいざこざに対しては正論を貫く。

「別にエエんちゃいまっか。人間エエもん食うた方が頭も働きますよってな。煙草も同じですやろな」

「……新城君」

「何でっか」

「今日は一日、すまなかったね」

「突然どないしたんでっか」

今日一日の高慢な態度はどこへやら、いやに神妙だ。

「私は警備畑一筋で事件捜査は初めてだ。デモ隊の学生や労働者の検挙であれば、暴徒を上回る力と正論、そして法的根拠でねじ伏せればよい。事件捜査も、正面からわれわれ警察の力を見せつければ何とでもなると思っていた。だが、白でも黒でもない連中に協力させるというのは、そういうわけにはいかぬようだ。あの手この手で宥《なだ》めすかし、下手《したて》に出たと思ったら隙をついて顔色を窺う、まるで商売人のそれだな」

ああ、これは貶《けな》しているんじゃない、と守屋が言い添える。

「君は現場で慣れているだけある。店でうどんを食ったら、その店主の懐に入って雑談から情報を集め、仁科の家では門前の花輪から話を引き出したかと思いきや、北野とのつながりを暗に語らせたようなものだ」

理解はするが実践できないということが、この優秀な男のプライドとしては許せないのだろう。わずかだが悔しそうな色が滲む。

意外によく見ている。確かに、飯屋の店主との雑談で話を拾うのも、甲輔に対して北野の名を突きつけたのも、これまでの経験で培《つちか》った新城なりの技術だ。

事件捜査に制服巡査として初めて出張った頃から、聞き込みのイロハは現場の先輩警官から叩き込まれて来たが、「目で見て盗め」という職人気質な世界であった。だから明確に手法を教わることはなく、数年かけてようやく自分なりに形にしてきた。

「さすが、帝大出ぇの警部補さんは、できがちゃいまんな」

前にも一度同じことを言ったが、あのときは皮肉を込めてだった。今は違う。

守屋がここまで言うのなら、と新城もアタマを下げる。

「ワシも、きょうは巡査ごときがエライ口の利き方をして申し訳ありませんでした。そのうえ、仁科の家では庇《かば》ってもろたようで」

甲輔が取り巻きを従えて歩み寄ってきたとき、守屋は新城の前に立ち塞がった。

先ほどもそうだ。あの保身しか考えていない狭間とは対照的な、警察組織の上に立つ者のあるべき姿を見せられたように思えた。

「アンタは、ワシら下っ端を切り捨てたりはせんのでっしゃろな」

守屋が皮肉げに笑う。

「また海軍が国民を守らなかっただなどと言われては名折れだ」

確かにそのようなことを、新城は言った。

「重ねて申し訳ありませんでした」

「何、事実だ。海軍は海と船を守れなかった。資源小国である我が国にあって、それはいかなる罵倒にも値する。君の父上には苦労をおかけした」

「エエんです。まあしょうもないオッサンでっさかいに」

守屋とこんな会話をしていることが、どこか照れ臭かった。

○

五日経った、五月二十一日の朝。

新城の卓の近くにひかれた警電に外線から電話が入った。

『アンタ、まだ帰って来おへんの？　もう一週間やで』

「何や、姉ちゃんか」

『何やちゃうよ！　もうすぐ夏やのに着替えもなしで、汗でぐしょぐしょとちゃうの、汚いわあ』

何日も帰宅しない新城にしびれを切らした冬子は、おそらくは王来軒から電話をかけているのだろう。

「今回は今までとは比べ物にならん、でっかいヤマなんや」

『はいはい、無茶したらアカンで』

こういうときに姉は無理解だ、とうんざりする。

『それよりお父ちゃんな、あれから仕事がいっこも見つからん言うてお酒の量が増えとんのよ』

「なら飲ますなや」

『そんなん言うたかて、飲めへんかったらすーぐぷらっとどっか行ってまうんやで』

「どこ行っとんねん。家から出すなて」

『知らんし無理やて、うちかて仕事あるんやし』

いつものやり取りを帳場の電話でしなければならないことに、気が滅入りそうになったとき、大会議室の出入り口がにわかに騒がしくなった。

「西村が東京から戻ってきた。すぐに会議や。仮眠しとるモン叩き起こしてこいや」

古市がその場に待機していた捜査員らに声をかけ、帳場は慌ただしくなる。

「姉ちゃん、今から会議やから電話切るで」

『あ、ちょ、洋ちゃ』

受話器を乱暴に元に戻し、立ち上がる。

夜行列車の三等客車で片道十一時間の長旅を終えて大阪駅に着いた西村らを、駅前に待ち構えていた車に乗せて帳場に直行させた。その場で捜査会議を持つということで東署の帳場に全捜査員が待機していた。

日々の報告は古市に上げていたが、全体での会議は初日以来となる。

この五日間、署の道場で寝泊まりして各現場を駆けずり回っていた捜査員らは、ある者は無精髭に剃刀《かみそり》も当てず、ある者はシャツに濃い汗じみを浮かばせて、一様にギラギラした目つきで座っていた。

他の者と同様に髭も伸びてきた新城の横で、髭を綺麗に剃り、平然とした表情で身綺麗にスーツを着こなす守屋は、どこか浮世離れして見えた。

まずは東京出張を労《ねぎら》われた西村が口を開く。

「北野代議士は酷く冷淡ですわ。電話で約束を取り付けとったのに、直前に何度も面会を延期されましてん」

同じ自治警のよしみで東京警視庁の官舎の空き部屋に寝泊まりし、四日間、北野が東京に持つ別邸に日参した。最初の三日は会えず、ようやく四日目で捕まえたと思ったら立ち話しかできなかったというのだ。

「宮益についても、戦前のアカやっとった頃の話は一切知らん、戦後に国許の秘書として雇って以降も仕事以外のことは関わりないとの一点張りで、時間も五分しか取らせてもらえませんでしたわ。ほんで、お前ら警察は野党のスパイか、みたいな疑いの目ェで見られたら、もう敵わんですわホンマに」

先日目にした新聞のインタビューよりも、よほど酷い対応だ。

機関車の排煙で煤塗《すすまみ》れになりながら長時間揺られたからか、代議士から門前払い同然の扱いを受けたからか。普段は精力に溢れている西村の顔にも疲労困憊《こんぱい》の色が濃かった。

「分からんでもない。今国会はいつになく混戦模様だし、加えて党人上がりの北野は今の政権内の扱いもさほどよくない。己の身は己で守るほかないと気が立っているんだろうよ」

太秦刑事部長が、どこか興奮した様子で昨今の政界の動静について言及する。大阪の一警官であっても、その辺りの事情はラジオや新聞であらかたは知っている。

まず警察法改正と並ぶ重要法案として提出されているのが、防衛庁設置法と自衛隊法の二法案。警察予備隊から始まった戦後日本の新しい「軍隊」は、陸海に加えて空の三軍を整え、そのために防衛庁という組織が置かれる。国家警察と軍隊の再建という明らかな「逆コース」に左右社会党などの野党勢力からは猛烈な反発が起きていた。

困難な国会運営に追い打ちをかけるのが造船疑獄の追及だ。

海運・造船業者が政府高官に贈賄したとされる造船疑獄は、ついに東京地検特捜部が佐藤栄作《さとうえいさく》自由党幹事長らの逮捕状を請求しようとした四月、犬養健《いぬかいたける》法務大臣が指揮権を発動し、強引に捜査の幕引きが図られた。前代未聞の奇手を繰り出した犬養法相は辞任したが、野党の批判は収まる気配もない。

国会での荒波に加えて、与党自由党も北野にとっては必ずしも庇護者たりえない。元々が外務官僚の吉田茂《よしだしげる》首相は「吉田学校」と呼ばれる自身の派閥に官僚出身者を多く起用しており、与党内では党人と呼ばれる政党上がりの議員は重要視されない。長期の吉田政権に対する不満から、鳩山一郎《はとやまいちろう》ら党人派による吉田降ろしの流れも出ており、保守政党合同という話も持ち上がっている。そんな中で、吉田ら官僚出身者からすれば党人出身の北野の不祥事を庇おうとはしないだろう。

つまるところ、北野も北野で孤立無援であり、秘書の死に足を引っ張られる余裕はないということなのか。しかし、

「仮にも八年雇った秘書が殺されたというのに、さすがに素っ気なさすぎるとも思います。何か隠しとることがあるとは思いました」

西村が刑事としての勘に自信を滲ませて最後に一言添えて、新城の疑問を代弁してくれた。

続けて、西村班の残留組で引き続き大阪の陣営関係者を当たった者、そして各地に散って宮益の親族や知人友人を洗っていた古市班の捜査員らが順次戻って情報を持ち寄り

報告したが、宮益に対して強い怨恨を持っている者の影や、事件当日のアリバイが怪しい者は見つからなかったという。

「気になる話で言うと、第一の被害者である宮益義雄の実家で、金遣いの荒さを匂わせる手紙を入手しました」

近江八幡にある宮益の実家から戻ってきた一課捜査員が押収した手紙は、五月九日の消印が押され、次のような内容が書いてあった。

《近頃、悪友に無心を頼まれホトホト参つてゐます。火遊びの不始末を今更になつてせねばならぬとは、因果は巡るものだと痛感いたします。誠に申し訳ないのですが御父上御母上に御助力賜りたく……》

筆跡鑑定によると宮益が書いたもので間違いないという。先日、狭間が言っていたのはこの手紙のことだろうが、非合法の左翼活動の友人とは一言も書いていないのに「昔のアカの仲間」と決めつけたのか。前方で興味深げに聞き入る太秦の横で、狭間は気まずそうに努めて平静を保とうとしていた。

「こりゃホトケがこいつひとりだったら、この悪友とやらのカネの話で捜査するんだがなあ。二人目がいるから、バクッと食いつけねえなあ」

先日のひと悶着を知ってか知らずか、ズケズケと言ってのける太秦。それを聞いて表情が青ざめていく狭間はまるで喜劇役者のようで、会議場内から笑いを誤魔化そうとして咳き込む音が相次いだ。

「もちろん悪友とやらのカネの線も追って欲しいんだが、その連中の身元は分かるか?」

古市班の捜査員が挙手する。

「実家の両親には、その相手についてはこれ以上語ってはないそうです。こちらでかつての非合法時代の左翼活動家ではないかと見当をつけ、警備部に照会したところ、当時宮益と活動をしていた幾人かが、現在も府下や隣県で左派政党の職員や組合専従をしとったので当たってみました。しかしどうも、宮益は早々に転向して活動から足を洗ったっちゅうことで、そちらの界隈《かいわい》からは随分嫌われとります。悪友とやらが何者かはわかっていません」

「左翼活動の繋がりじゃあねえのかねぇ」

左翼政党や組合の関係者は官憲、こと警察に対しては非協力的だ。彼らの言葉がどこまで信用できるか分かったものではないが、裏切り者を庇う道理がないのも事実だ。

「カネの動きでは見えてこないか」

宮益の自宅を担当した別の古市班捜査員が挙手して付け加えた。

「自宅で押収した本人の銀行口座や郵便貯金は、今の話を裏付けられるような表立ったカネの動きは見られませんでした」

妻子のない宮益がひとりで暮らす市内の自宅には争った痕跡もなく、加えて何か手がかりになるような連絡先や帳簿、名簿の類は見つかっていないという。

引き続き二課の応援要員として、主に北野の地元関係者を当たった中津が付け加える。

「北野代議士の後援会長などを当たりましたが、国許での金の流れはすべて宮益が引き受けとったため、詳細は宮益しか分からんと言うてます。記憶力抜群で、関係者への対応や金銭の授受に関してはすべて本人の記憶で処理していたようです」

「いざってぇときに証拠になる文書を残さねぇあたりが、非合法左翼活動家の出身てなだけあってか用意周到過ぎる。表に出せん政界資金を動かしていてもおかしくねぇな。おい中津君、こいつを叩けばサンズイのふたつ三つ出てきそうだったが、残念だなぁ」

口では残念と言いつつ、太秦はますます目をらんらんと輝かせる。まるで獲物を見据えた猟犬だ。その風貌からいうと、咥えた獲物は離さないブルドッグが近そうだ。

獰猛《どうもう》さと愛嬌《あいきよう》を兼ね備えた太秦の問いかけに中津は、苦笑いしながら淡々と答えるしかなかった。

「カネの流れについては、まずは通帳の見つかった銀行の支店に捜査事項照会をかけてみますが、銀行は支店間でも秘密主義で、それぞれ捜査照会をかけるのはなかなか骨が折れそうですわ」

そう言いながらも飄々としているのは、人柄なのか二課畑ならではなのか。

「ふたりの間で諍いがあったっていう話もあったろう。裏は取れたか」

すると中津は、初めて困った顔を見せた。

「近頃は北野と宮益が距離を置くようになったと言う者はおりました。ただ……」

「ただ?」

「一方で、ふたりが他の者を交えずに会合を、特に今年に入ってからようさん重ねとるっちゅう者もおりまして、はたしてホンマに不仲になっとったのか……」

「なんでぇ。見当違いかね」

「これぱっかりは」

肩をすくめる中津。太秦が書類に目を落とす。

「仕方ねえ。そっちはもう少し掘り下げてくれや。宮益の死亡推定時刻は、監察医の検案および司法解剖の結果、五月十五日の十二時から十九時にかけてだ。この前後の足取り、どこか出てるか」

大阪の北野陣営に、一課から当たっていた捜査員が、

「宮益は国許では遊軍と言いますか、どこで何しとるんかよう分からんっちゅうのが専《もっぱ》らの評判ですわ。せやから、最後に事務所に顔を出したんが十日で、その後五日間の足取りは誰も知らんて言うとります」

「だからこそ怪しまれずに連れ出せたってぇこともあるか」

政治家というのは表に出せない折衝も多く、それを私設秘書が引き受けることなど珍しくもないのだろう。まして、宮益は金庫番も兼ねている。

「北野のうしろ暗いことを全部知ってるはずの男が、ねぇ……何かあるよなあ」

太秦が顎を撫でながら首を傾げる。

「それじゃ、二人目の遺体が見つかった茨木方面はどうだ」

まず、上層部で正式に要請を受け、茨木市警からも捜査員がひとり加わった旨が通達されるが、国警から守屋が派遣されてきたときほどの動揺はなかった。茨木市警の刑事課の巡査部長が朴訥《ぼくとつ》とした話しぶりで報告した。

「済生会吹田病院での司法解剖の結果、仁科氏の遺体は生体轢断、つまり生きた状態で線路上に置かれて轢かれたものと判断されます。損傷が激しいため断定はできませんが、腹部に刃物で刺されたような鋭利な刺創も一部ありました。他にも腕に縄で縛りつけた跡があり、下を流れる安威川には縄の切れ端が残っていました。死亡日時は、列車の運行ダイヤから十五日午後八時から同五分の間だと推定されます」

生きたまま列車に轢かせるという残酷さに、捜査員の間から低い呻き声が上がった。しかし、これで仁科が何者かに殺害されたことはほぼ間違いない。

「あちらのホトケも、麻袋で顔を隠されていたんだったな。麻袋は何か手がかりは出たか？」

東署から応援で駆り出された初老の捜査員が立ち上がった。

「印字のあった中央卸売市場に行って参りましたが、道端に捨てるほど転がっとる代物《しろもの》ですねんな。誰が拾ってもおかしないですわ」

「そうか……まあ、仕方がねえな」

元々、さほど期待されていたわけでもないのは、署の足腰の弱った老兵が麻袋の担当に充てられていたことからも察しがつく。

「第二の犠牲者の仁科の方面はどうだ」

ようやく、守屋と新城の報告の番が回ってきた。守屋が立ち上がる。茨木市警の森下から手渡された資料に目を落とし、最低限共有すべき事実内容を淡々と述べ終わると、守屋が顔を上げる。

「三島郡福井村にある仁科乙治の実家に住む兄と継母は、乙治を妾腹と見なして、毛嫌いしていました。しかし家の使用人や近隣住人の話を総合すると、彼はどうやら戦時中の行為で戦犯指定されており、戦後は実家が彼を匿っていた模様です。嫌っていたのに匿うというのは、何か裏があるのではとも思われます」

「それが、今回の宮益や仁科の殺害とどう絡むってんだい」

「身内の恥を隠したいだけかもしれませんが、分かりません。他の近隣住人に改めて話を聞いたのですが、明らかに緘口令《かんこうれい》が敷かれており、皆一様に口を噤みました」

旧地主の威光がいまなお及んでいるのか、あるいは彼ら自身も言いたくない何かがあるのか。唯一口が軽そうな笹川は、出会った翌日に上京しており不在だった。

「小学校を出てすぐに東京に出たということで、中学校や医学校での教師や友人を当たるには東京で調べる必要があり、これはすでに東京に向かっていた西村班の捜査員に、合間を縫ってということで依頼しておりますが……」

守屋が目線をやると、西村がぶすっとした顔で立ち上がった。最初の毛嫌いぶりでは考えられなかっただろうが、守屋の捜査依頼を古市を通じて西村が引き受けていた。

「医学校時代の同級生で、都内で薬剤師をしとる者を見つけたんで聞いてみましたが、仁科は何考えとるかよく分からん酷く無口な奴で、友人もあまりおらんかったそうです。加えて、卒業後は台湾に渡ったとかでそのあとを知る者も見つけられませんでした」

戦災でさま変わりした東京で、それも北野聴取の合間を縫って四日間で関係者をひとりでも探してきたのだから御《おん》の字《じ》だろう。

「感謝する」

守屋が謝意を示すが、仁科の足取りをそれ以上追えなかったことを刑事のプライドが許さないのか、西村は「これで貸し借りなしや」と苦々しげな表情で座る。

「あとは仁科の主宰する政治団体、これは仁科の家に北野から花輪が贈られたことからも、北野と何かしらの関係があるとは思われます。しかし団体とは名ばかりでそれらしい活動はしていない、と地元の右翼から証言が取れました。茨木神社で不定期に人を集めていたという目撃証言があり、政治団体は何らかの目的で隠れ蓑《みの》に使われていたとみられます」

報告を終えた守屋に向けられる捜査員の視線には、数日前までのような敵意や畏《おそ》れの色はなかった。

「ふうむ。政治テロルとしての可能性はどう見る」

「現時点では何とも」

太秦は考え込むように天を仰ぎ、数秒して正面を向き直った。

「ひとまず各方面から上がってきた情報は分かった。まだ犯人《ホシ》を絞る段階には当然ないが、このまま捜査を続けてもらってかまわん。ただ、急いだほうがいいな。北摂《ほくせつ》の記者連中に嗅ぎつかれていると守屋君の報告にもあったから時間の問題とは思っていたが、長屋の連中も茨木とこっちの事件の関連性に気づいて、騒ぎ始めているぞ」

長屋とは、大阪市警視庁の記者クラブに加盟する在阪各紙のことを指す。警視庁本庁舎が置かれている旧第四師団司令部庁舎の横に長屋状の簡易な小屋を設け、そこに各社一部屋ずつ割り当てられて常駐していることからこう呼ばれる。各社ともに精鋭の事件記者を投入し、同じサツ回りでも郡部の所轄署を回っている若手やロートルよりも一癖も二癖もある連中が集まっている。

「見ろ。おそらくは茨木市警から漏れたんだろうが、手口が似通っていると出てるぞ。このあと、記者クラブで抜かれた連中からアレコレ突っつかれることになるだろうな」

太秦刑事部長が、在阪の日刊紙と夕刊紙、合わせて十近い紙面のスクラップを広げて捜査員らに見せてくる。情報を先に摑んだであろう三紙が《頭に麻袋被さる》《共通の手口、同一犯か》などと報じていた。朝刊紙以上にセンセーショナルな記事が多い夕刊紙は《自治警間の連携不足露呈》《警視庁の特権意識が影響か》などと早くも攻撃的な書きざまだ。

駅や街中の売店で売られる夕刊紙は労働者が主な購読層だ。大阪は戦後、無数の夕刊紙が創刊し、警察をはじめとする官公庁の不祥事を面白おかしく書き立てることで購読者層の鬱憤《うっぷん》を晴らして部数を増やしている。現場からしたら面白くはない。

「まだ何も見えてこねえ、おまけに向こうにゃ代議士がいる。難しい事案なのは重々承知だが、まぁホシを挙げちまえばコッチのモンよ。残念ながら、俺ぁ今日このあと、東京のお偉方に詣でなけりゃあならねぇから、十日ほどして俺が大阪に戻った頃に雁首《がんくび》揃えてホシを俺の前に引き回しておくれや」

鷹揚に語る太秦だが、警察法改正法案が衆院を通過した今、「東京のお偉方」に会う。そこにはおそらく、いくつかの政治的な意図が含まれているだろう。新城たち捜査員の多くがそこに疑念を抱いたのを見越して、太秦が言葉を継いだ。

「察しの通り、与党の連中に例の警察法のことで意見を求められている。そこで取引もできる。北野のことだ。こりゃ、西村捜査員ひとりに任せていい話じゃあねえ」

ひとりで口を割れなかったことの尻拭いをされている、と自負心を傷つけられたのか、西村は非常に面白くなさそうな顔をしていたが、太秦は先刻承知のようだ。

「まぁ捜査で挙げてきた証拠でキッチリ口を割らせるのがお前さんらの仕事だ。俺がやるのはお膳立てと尻拭いだ。任せとけや」

太秦がそう言ったとき、階段を慌ただしく駆け上る音が響き、やがて廊下から帳場にひとりの捜査員が飛び込んできた。

「安治川《あじがわ》に土左衛門が上がった！　また麻袋被せられとる奴や！」

帳場が一瞬の静寂に包まれ、そして蜂の巣をつついたような騒ぎが場を支配した。

第三章　八百八橋

八月九日。

朝焼けと共にソ満国境の東の空が砲火で真っ赤に染まった。ソ連軍が中立を破って参戦し、突然その矢面に立たされたのだ。精鋭無比と謳《うた》われた関東軍も、もはやわれわれのような補充兵しかおらぬ。塹壕《ざんごう》にへばりつきながら銃を握って必死で応戦しても、銃弾すらろくにない。頭上に我が物顔で爆撃機が飛んできて無慈悲に爆弾を落としていき、塹壕ごと潰される。通信兵があちこちの守備隊から飛んでくる悲痛な玉砕の知らせを伝えてくるが、じきにわれわれもああなるのだ、という悲愴感しかなかった。

幾日もせず、玉音放送を聞いて故国が敗れ去ったことを知った。茫然自失のうちにソ連兵がやって来て、われわれは虜囚として遥か西のラーゲリ（収容所）へ送られた。

寒い。寒い。寒い。

零下四十度。満洲の冬も厳しかったが、ここのそれは比にならなかった。外に出れば涙やまつ毛も凍り、素手で鉄に触れば張りついて剝《は》がれなくなる。そんな極寒の地で、朝から晩まで凍った大地のうえで労働に駆り出される。木を切り、石を掘り、煉瓦をこねた。斧《おの》を握る手はかじかみ、つるはしを下ろすと衝撃が腕から伝う。

寒さと疲労に打ちのめされたわれわれに与えられるのは、粗末な黒いパンや豆粕《まめかす》、凍ったイモ、薄い粥《かゆ》だけ。それでも飢えを凌《しの》ぐためには食べねばならぬ。ソ連将校の残飯まで漁《あさ》った。

朝起きると、隣の者はこと切れていた。栄養失調だ。宿主の最期を悟った虱《しらみ》が一斉に身から離れていく。それが己に取り付かぬよう払うので精一杯だ。

夜戻ると、朝飯を共に食った者がいない。伐採中の倒木に巻き込まれたらしい。班のノルマに遅れが出たと誰かが舌打つ。

寝床にいると、タタタタンと軽快なマンドリン機関銃の銃声と短い叫び声が響く。誰かが脱走を試みたのだ。また監視が強まる。

われわれの命は敵兵の気まぐれ次第だ。粗野なソ連兵のなかでも、とりわけ素行の悪いソルダートという囚人上がりに目を付けられたら殺されても文句は言えない。

連中に心酔した者たちがアクチブと名乗って共産主義の理想に身を投じよと強《し》いてくる。身も心も連中に捧げなければ吊るし上げられた。

スメールチ。連中の言葉でいう「死」がそこかしこに満ち満ちている。

誰かが逝くとその都度、凍った大地を円匙《えんぴ》（シャベル）で掘り起こし、冷たい亡骸《なきがら》を放り込む。

戦友たちの肉体から、ゾッとするような冷たさが手袋を嵌《は》めていても伝わってくる。身体の芯まで、そして心の奥底まで、氷になったように凍えた。

故国の蒸し暑い夏が今では懐かしい。

絶望に侵されゆくなかでも、妻と娘という心の支えがあった。

嫁は小心で心配事が絶えぬ。稼ぎ手がおらぬとずっと文句を言い続けているだろう。娘がうんざりしてしまう。娘はこれからどんどん女らしくなるはずだ。一通りのことはこなせるだろうが分別はまだ幼い。俺がそばにいてやらねばならぬ。

別の部隊に行った幸三の行方も心配だった。あいつは俺より要領が良いし身体も頑強だ。きっと無事にやっているに違いない。幸三の一家もうちのと一緒にいるのだろうか。娘同士は相変わらず仲良しだろうか。

あの会社はこれまでもわれわれに良くしてくれた。われわれが一生懸命働いて尽くしたからだ。あの社長なら、残した家族の面倒はきちんと見てくれているに違いない。風の噂では引き揚げも始まっているという。妻と娘はもう国に帰ったのだろうか。それとも旅順《りょじゅん》や大連に留まって俺を待ちわびているだろうか。

地獄のような日々も、微かな希望へ思いを馳せることで耐えきった。

それすらも。

——騙されたんや。みな見捨てられた。

幸三は見る影もなく痩せ衰え、ベッドの上から残る気力を振り絞ってそう言った。送られたラーゲリで体調を崩して収容先を転々と移って、偶然俺と同じラーゲリへ回されて来た。軍医の下で病棟の患者の世話をしていた俺が見つけたときには、もはや死を待つばかりだった。

約一年ぶりの再会を喜ぶどころではなかった。そんなわけがあるか、社長がああ言っていたのだ。家族は無事に違いない。そう反論したが、

——ここへ送られてくる前に、近くの街の連中と同じラーゲリにおった。連中がじかに見聞きしたから間違いないそうや。

会社の上層部はソ連軍が侵攻したあの日、工場にはいなかったという。軍から事前に情報を得たのか、社長の側近と財産だけをトラックに乗せて、一目散に逃げたのだ。あとに残された女子供と老人しかいない富桑村の開拓団は逃げる間もなく、馬賊や国府軍の襲撃になすすべもなかったという。

呆然としながら、妻と娘の顔を思い出す。

妻とは結婚十一年で子供は芳子ひとりしか恵まれなかったが、夫婦仲は悪くなく、いつかもうひとり欲しい、などと語らったりもしていた。豊かになったとはいえこれまでは必死に働くので精一杯で、ゆっくり旅をしたり贅沢をする余裕はなかった。そろそろ嫁のこれまでの苦労にも報いてやりたい頃合いでもあった。

芳子はまだ国民学校の四年生で、これからどんどん美しく成長するはずだった。我が

娘ながら器量はよく、きちんとした学校に学ばせてお嬢様のように育ててやりたいと思った。もし幸三の娘も同じ女学校へ行けば、きっと富桑小町と呼ばれるようになろう。そう思い描いていたはずなのに。

何も言えずに立ち尽くす俺に、幸三は弱々しく、薄っすらと笑った。

――奪われるくらいなら、最初から幸せなぞいらんかった。

乾いた目から涙が垂れ落ち、苦しそうに呻く。

病室にいた軍医が、敵兵からくすねてきたという銃剣を俺に渡してきて握らせた。

――もう長くない。楽にしてやれ。

軍医の手元には薬も栄養剤もなかった。おそらく、何人も手にかけて来ただろう軍医の目の奥からは、底知れぬ諦めしか感じられなかった。子供が駄々をこねるように俺は何度も首を横に振って拒否したが、幸三がすがるような目つきで俺にこう言った。

――お前がやってくれ。

そのとき初めて銃剣で人を刺した。この極寒の地で久しく感じることのなかった生温かく柔らかい感触が、硬い銃剣を通して手に広がった。

幸三は幼い頃から知恵者で、よその悪童と喧嘩しても口で負けたことはなかった。それで勉強もできたが貧しい小作の倅だったから尋常を出て働きに出ねばならなかった。それでも満洲に渡って内地では得られぬ成功を手にした。そんな幸三に俺は何度も助けられたのに、その幸三を殺したのだ。幸三の嫁に、娘の勝江に、何と詫びればよいのか。いや、そもそも幸三の嫁も娘ももはや無事ではないだろう。

幸三の亡骸を埋めてやろうと、板に乗せて軍医とふたりで外に担ぎ出したとき、その顔が俺を睨んでいるように思えた。咄嗟にごみ捨て場にあった小さな麻袋を被せて顔を覆った。

なるほど、満人の苦力《クーリー》や支那の捕虜たちも、同胞を葬ったときにはこんな心持ちだったのか。そんな恨みがましい目で見んでくれ。

俺は奴ら苦力や捕虜と同じだったのだ。己はあちら側の、搾り取られる側でないと懸命に言い聞かせて自分を騙くらかしてきたが、会社からすれば等しく使い捨て、最後には穴に埋めて捨てればよいだけの存在だったのだ。

俺たちを見捨てた社長――澤といったか。出征の日のあの自信に満ち溢れた表情の裏で、俺らをいかに捨てるかと算盤《そろばん》を弾《はじ》いていたのだ。あの技官も、出入り商人も、皆、俺らを騙していたのだ。

俺と幸三の一生とはなんだったのか。嘘偽りの豊かさの上に仮初《かりそめ》の幸せを与えられて、それをすべて剝ぎ取られて何も残らなかった。

何と虚しいことか。

心の中で張り詰めていた糸が切れた。

病棟の世話を終えたある日、咳《せき》が止まらなくなり、血痰を吐くようになった。見る見るうちに痩せこけ、同じラーゲリの者からは別人のようになったとまで言われた。訝しんだ軍医から呼びだされると肺結核だと診断されて、幸三と同じ病室に寝かされた。

嗚呼《ああ》遂に俺にも死《スメールチ》が訪れたのだ。

それが何だというのだ。もはや俺には何もない。虚しく消えるだけなのだ。

そのとき、隣のベッドに寝ていた別の病人が、俺の心の内など知らずにこんな話をしてきた。

——えびす様に祈ると願いを叶えてくれて、病も治るし国にも帰れるらしい。

身体を治して、あまつさえ国に帰ってどうするのだ。俺には何もないのだ。そのときは取り合わなかった。

その晩、酷い熱にうかされた。外気は零下なのにまるで身体が茹でられたように熱く、息をするたびに血痰と咳が止まらなくなる。朦朧とする意識のなか、今夜が峠だと軍医に告げられた。汗どころか大小便も垂れ流しで、身体中から水が抜けていった。

死はもはや怖くなかったはずなのに、あまりに苦しくて、意識も定かでないなかでつい叫んだ。

えびす様とやら、俺を楽にしてくれ。

すると翌朝、熱はたちどころに引いていた。軍医も目を丸くした。結核は治っていなかったが、小康状態になっていた。

本当にえびす様が俺を助けてくれたのか。そうとしか思えなかった。

地獄の底にあって救いの手を差し伸べられたことで、俺は本能的に生きたいと思ってしまった。わずかな食糧を得るとまずえびす様に供え、手を合わせた。起床後と就寝前の朝晩二度も拝んだ。己を国に帰せるのですか、えびす様。

はたして数週間経ったある日、忌々《いまいま》しい露助《ろすけ》連中に告げられた。トーキョーダモイ。帰国だ。病弱な者を置いておける余地はないのだとも言われた。それでも故国へようやく帰れる。この地獄から逃れられる。えびす様は本当に叶えて下すった。

あらゆるものをあの氷の大地に残してきた。温かい人間らしいものなど、ひと欠片も残っていないだろう。もはや亡霊の如しだ。

亡霊ならばもう何も怖いものはない、そう思って再び故国の地を踏んだときだ。

嗚呼、嗚呼、えびす様、これはお導きですな。

えびす様。

○

安治川の河岸には、漁船やタグボート、艀《はしけ》、屋形船などが隙間なく泊まっている。かつて八百八橋《はっぴゃくやばし》の水都と謳われた大阪は「太閤はん」と今も慕われる豊臣秀吉《とよとみひでよし》の時代から市内に張り巡らされている各種運河が、主要な産業交通網としてその繁栄を支えてきた。心斎橋《しんさいばし》、天神橋《てんじんばし》、天満橋《てんまばし》、淀屋橋《よどやばし》、京橋……橋の付く地名が、水路の栄えた往時を今に伝える。

それが近年は、市電や私鉄といった鉄道網や、バスやトラックなどの自動車にその役割を譲りつつあり、戦後は戦災瓦礫《がれき》処理のために各地で河川の埋め立てが進んだ。加えて、大量に排出される工業廃水や生活排水によって汚染も広がっている。

大阪の河川や運河はもはや汚い厄介者として、時代の表舞台から消えつつあった。

間もなく六月、初夏の陽気が川面《かわも》を温め悪臭は一層酷くなる。その川面に浮いた油膜とヘドロ、出荷を待つ材木の間を縫うように幾艘かのモーターボートが河口へ下る。

大阪市の港湾と淀川などの水系を管轄する大阪港水上《すいじょう》署の、古びた二階建て庁舎の横の岸壁にボートが接岸したのは、新城や守屋ら捜査員が車で乗り付けた頃だった。

車から真っ先に飛び降りた西村が、モーターボートから上陸した捜査員の中で最年長と見られる五十がらみの者に話しかけた。

「本庁一課の西村です」

「船舶課班長の荒磯《あらいそ》や」

荒磯は赤銅色の肌に細目の面構えで、白髪交じりの頭には鉢巻を巻いている。制服を着ていなければ漁師にしか見えない。

「ホトケさんはどちらに──」

「通報を受けたあと、すぐに引き揚げて署の一階の安置所に置いとる。ワシらはあの泥とこれから格闘や」

荒磯が顎をしゃくった先では、船から降りた水上署員や応援の他所轄署員が、泥にまみれた靴や服の入った木箱を大儀そうに下ろしていた。網や棒で川底を浚《さら》えて出てきた物の中から遺留品を捜すのだろう。

「詳しい状況は捜査課のモンに聞いてくれや。ワシは海と川のことしか分からん」

水上署の主な任務は海上、河川での違法漁業や密輸の取り締まりであり、船舶運用のために独自に船舶課を置く一方、刑事課と保安課は小所帯なので合わせて捜査課とされている。

「ひとまず氷を詰めて凌《しの》いどるけど、なんせこの陽気や、早いこと引き取ってもらわんとかなわんことなるわ」

荒磯は表情を歪め、元々深く刻まれている皺を一層深めた。船乗りの経験で水死体の腐敗の具合は見ればわかるようだ。

車を停めてきた新城が船着き場に駆け寄る。突然の通報を受けて会議が打ち切られたあと、他の多くのヒラの捜査員はそれぞれの持ち場へ戻っていったが、新城は守屋というお客様をお連れするドライバーとして現場入りしていた。

——夏の水死体は腐ると、えらい臭いがするんや。揚子江《ようすこう》やら黄河《こうが》やら河口近くの港で船を泊めとるとな、上流から兵隊の死体が流れてきよる。あれはたぶん支那兵やな。

いつぞやか、新城がすでに国民学校に上がっていた頃だ、航海から戻ってきた父がそんな話をしたことがある。胡坐をかいた父の膝の上に乗って、その話を何度も聞かされた。曰《いわ》く、人間の体は内側に多くのものを抱え込んでいて、皮一枚で辛うじて保たれている。それが水死体になると皮がふやけ、留め置かれていたものが噴出してくるのだと。今の落ちぶれたさまからは想像できない、快活な語り口だった。新城はそれを無邪気にはしゃいで聞いていた。冬子と母は、気持ち悪そうな顔をしていた。

「捜査課で何か言えるモンはおるか？」

西村の問いかけで、現実に引き戻される。ボートから降りてきた若い捜査員が、財布や靴の入った木箱を地面に下ろし、恐らく右背部から刺されたらしき刺創が複数、腹部まで貫通しとるのもありましたわ」

と語った。前からとうしろからの違いこそあるが宮益と同じだ。

「頭は麻袋で覆われとったんかいな」

「そうです。卸売市場の印字入りですわ」

「早よ阪大に電話して、監察医の検案と司法解剖の手配せなな」

中堅以上の捜査員らが討議しながら署の中へ入っていき、安置所へと向かう。

遺体には白い布が掛けられていた。署員の応急処置か、遺体を囲むように古新聞を置いて水気を取り除き、製氷店から買い集めたであろう氷で腐敗を抑えてはいたが、それでも川特有の生臭さが死臭と相まって安置所に立ち込めていた。部屋に入った捜査員らは一様に表情を歪め、口と鼻を押さえた。新城は口を両手で塞ぎ、吐き気を抑えるので精一杯だった。守屋ですらポケットから取り出したハンカチを鼻に当てた。

「土左衛門いうんは、いつも酷いもんですわ」

厚手のマスクを着けた水上署の制服警官は慣れたものなのか、平然とした様子で白い布を取り除く。

現れた遺体は、うっすらと生えた無精髭や凶悪そうな面構え、そして着ているアロハシャツが、素行の悪いチンピラを思わせた。

だがそれ以外は、おおよそ通常の遺体とはかけ離れた異形の有様だった。

「水に落ちて三日も経つと皮膚が真っ白になるし、身体に水を含んで水膨れしよる。見てみぃ、膨れた腹の中には腐敗ガスも溜まっとる。司法解剖したら地獄やでコレは」

荒磯が、口元を押さえずに淡々と語る。

続いて、河本《かわもと》という水上署捜査課の班長がこれまた慣れた様子でメモをめくり出す。

「遺体の発見は十時半、通報者は砂利船の船長ですわ。市内の浚渫《しゅんせつ》工事現場から出た砂利を埋立地に運搬していた途中、船に乗せていた犬が酷く吠えよるんで甲板に出てみたら川面に遺体が浮いているのを発見したらしいですわ」

「衣服や水中の遺留品から身元の分かるモノは」と西村。

「ないですわ」河本の答えは明瞭簡潔だ。

「凶器も見つからずでっか」

「土左衛門は、川で凶器見つけるんはなかなか難しいんですわ。どこから遺棄されたかも、川の流れだけやのうて潮の満ち引きも影響してきまっさかいに、落とされたり、まして殺された地点の特定は気の遠くなる作業でっせ。まあ、一応やりますけどな」

荒磯は、大阪の水域を知り尽くした者として答えた。

「市内でも数署、下手すれば他の自治警や国警にも協力要請せなな……」

西村が呟くと、一同が重苦しい沈黙に包まれる。

「この先は、太秦はんは出張に行くから、狭間はんに仁義切らなならんのか」

わしゃわしゃと西村が髪をかきむしりながら、腐臭と面倒事のどちらにも我慢ならないとばかりに足早に安置所をあとにする。他の捜査員も西村に続いた。

水上署は税関が近いため、海辺の官公庁を回る報道各社の記者クラブが庁舎内に置かれている。目立った動きを見せると第三の遺体だと勘付かれてまた騒がれかねない。遺留品捜索の継続と司法解剖の手配を水上署に任せて捜査陣は東署に引き揚げることとなった。

ふと横を見ると守屋の顔色が悪い。

「海軍やったら、こんな死体はよう見たんちゃいまっか」

新城が軽く聞くと、守屋は自嘲気味に笑った。

「私は前線には出てない。この手の死体は見慣れてなくてね」

「ほな、どこぞの鎮守府《ちんじゅふ》勤めとかでっか」

帝大の頭脳を生かし、主計士官になった出陣学徒は数多《あまた》いる。

「大分にいた」

「大分？」

守屋は、一瞬言うのを躊躇《ためら》った様子だったが、

「特攻の基地がそこにあったんだ」

大戦末期、航空機に爆弾を積んで敵艦への突入を命じられた特攻隊。必死の作戦に壮絶な決意でもって臨んでいたにもかかわらず、出撃前に敗戦を迎えて死に損なった者たちには、命知らずの荒くれ者として鳴らした者も多い。新城も子供の頃、闇市で幾度か彼らのギラついた目つきを見た記憶がある。

守屋の怜悧な官僚としての印象と、闇市の狼のような彼らが同じものだと、どうしても思えなかった。

「あれほど己の死が身近な場所にあったはずなのに、私は死体のひとつも見ずに戦後を迎えたんだ。皮肉なものだが、こうして死のあり様をまじまじと見つめてしまうと、自ら死地に赴く決心が揺らいでしまっていたかもしれない。われわれに死を見せずに死地に赴かせようとした上官たちの判断は賢明だったと言えるかもな」

そこまで言い切ると、守屋は大きく息を吐き、

「こういうものに日々立ち向かうのが、君ら刑事か」

「そうなりまっしゃろな」

「まだまだ覚悟が足りないようだ」

守屋が、先ほどまで口元を押さえていたハンカチで汗をぬぐい、

「このあと、府庁へ向かいたい」

大手前《おおてまえ》の府庁には国警大阪府本部が入る。新城は少しおどけて、

「政治テロルの可能性はないと諦めて引き揚げでっか」

「馬鹿言うな。私はまだすべての可能性は捨てきっていない」

「さいでっか。ほな何用で」

「仁科の団体の資料を返してくる。帰りは歩いて帰るから、車は先に戻っておいてもらって構わん」

府庁から警視庁本庁舎は目と鼻の先だ。ちょうどこのあとに捜査会議がある。それまでに水死体を見て動揺した心を落ち着けておきたいのかもしれない。

「ほな先戻らせてもらいまっさ。会議はワシが出ときます」

「頼む」

○

太秦が不在で、そして守屋も所用でしばらく戻らない。

主導権を取り戻す好機だと狭間は思ったのだろう。

「そのチンピラ風の男がこれまでの事件とどれだけ関係あるんか、まだいっこも分から

ん状況で国警や他の自治警に要請できるわけないやろ」

安治川で見つかった遺体について、遺棄場所を探し当てるための捜索範囲をどうするかと捜査会議の場で問われた狭間は、平然とこう言ってのけた。

「そもそもや。安治川の一件だけやない、仁科の件も宮益殺害と同一の事件やと見なして調べていること自体、一度考え直さなアカンかも分からん」

どよめく一同。安井署長は真っ青な顔をしている。

先日と同じく、トップである太秦の方針に、捜査一課長として現場を仕切る狭間が真っ向から批判を加えているのだ。それも、今回は捜査方針を決める会議の責任者としての発言だ。これはもう一時の気の迷いなどではないだろう。

「太秦はんはああいう御仁や、何でもかんでもサンズイにしたがるやろな。せやから東京から飛ばされてきたんやろが。ま、あの国警はんも似たようなモンか分からんな」

最後の方は段々と小声になっていった。

「一人目がたまたま代議士秘書やったさかいに似た手口のモンを関連付けようとして、無理にアタマ悩ましとるのが現状や。いったん別々に考え直した方がエエのやないか。安治川は、まずは水上署の署長指揮事件としてやるのが筋やろな」

思わず新城が立ち上がった。

「麻袋の件はどないなりますねん。殺し方も一緒やないですか」

所轄の一巡査に嚙みつかれるとは思いもしなかっただろう、たじろいだ狭間は、

「たまたまやないと、どうして言えるんや」

　子供の言い訳のような解釈を口にした。もはや反論する言葉すら出てこない。怒りで顔が火照っているのが分かる。

　これ以上、公の場である捜査会議で一巡査が課長に反論しようというのなら、職を辞する覚悟で臨むことになる。あと一歩のところで思いとどまっていると、

「課長、三つもホトケさんが上がっとるっちゅうのに何を眠たいこと言うてはるんでっか。もう一体上がったらどない責任取りまんねや」

　上司を上司とも思わぬ不遜《ふそん》な態度で、西村が怒りを剝き出しにした。先日の一件もある。これ以上西村に喋らせたらまた紛糾しかねないと踏んだか、古市が割って入る。

「課長、ワシも西村やないですが、すでにこれだけ犠牲が出とるなかで個別犯罪の見立ては厳しいんちゃうかと思いますわ。どうかご再考を」

　その古市からしても、西村と同様に明らかに捜査方針に異議を唱えている。己の立場と発言の際どさを天秤《てんびん》にかけながらなんとか翻意《ほんい》を促そうとするが、

「やかましいわ！　今はワシが責任者や！　文句は言わさん！」

　狭間の目は血走っており、部下の意見を聞き入れる冷静さを失っているように見えた。

「とりあえず、それぞれの事件の洗い直しをせんかい。そのうえで、この帳場を維持するべきかどうかは上で判断する。必要なら管轄を茨木市警や国警に引き渡す。ええか！」

　戸惑いと、反発と、諦め。その場の捜査員の顔に三様の表情が浮かんだ。

「どういうことやあれは！」

ビールジョッキを机に乱暴に叩きつけながら、誰かが吠えた。

捜査会議後、古市が主だった面々に声をかけて東署近くの東横堀川《ひがしよこぼりがわ》沿いの居酒屋に流れ込んだ。狭間の投げ込んだ爆弾をそのままにしていたら、捜査員全員が爆発しかねないと判断した古市のガス抜きだ。

普段から本庁の捜査員が馴染みにしている、料理や酒を出す落ち着いた店だ。この日は平日の早い時間ということもあり店内に誰もいなかったので、古市が言い含めて急遽貸し切った。そこで周囲を憚ることなく、皆、思い思いに狭間批判を始めた。

特に怪気炎を吐いているのが西村だ。ビールを瓶でラッパ飲みして、顔を真っ赤にしながら、

「あの腐れ外道、戦場やったらうしろから撃ち殺しとる」

酒臭い息を深く吐く西村の目がすわっている。それまで思い思いに吠えていた周囲の捜査員らが正気に戻って目配せし合い、西村を宥める始末だ。

その輪から外れたところにいるのが守屋だ。府庁から帳場に戻ってきた守屋は事の顛《てん》末《まつ》を知るや、元々は青白い顔を上気させながら、

「なるほど」

と呟いたきり一言も発さなかった。狭間に抗議に向かうかとヒヤヒヤしていたが、結

局は帳場でもこの場でも誰ともつるまずにひとり黙々と酒と煙草を呑んでいた。

　西村と守屋の対照的な姿を眺めながら、古市はぽつりと呟いた。

「どうやら一課長《オヤジ》の奇行は、近藤はんの意を汲んどるらしい」

　丁度空になったコップに新城がビールを注《つ》ぎに来たときだった。

「どういうことでっか……？」

「近藤はんが地元政財界のボス連中とズブズブなんは有名やが、もうすぐ定年退官の近藤はんを北野代議士が関連会社の重役に迎え入れようとしとるらしい」

「それを邪魔させへんように近藤はんが一課長に……」

「そこまで近藤はんも露骨なことはようせんやろうが、オヤジはノミの心臓やさかいに、そんなことにエライ気を揉んで、ほいで何とか守り抜こうとしとるようや。ホンマ、情けのうて涙が出てくる忠義やな？　ええ？」

　新城が注いだビールを古市は一気に飲み干す。

　新城も馬鹿らしくなって笑いが込み上げてきた。そんな下らない媚びへつらいのために、まるでガキの言い逃れのように成立していない屁理屈を押し付けられて捜査を邪魔されているのだ。悲劇を通り越して喜劇だ。

「こんなん、西村にはよう言わん。言うたら、ホンマに拳銃で殺しかねへん」

　新城が再びビールを注ぐと、古市は今度は一口だけに留めてコップを置く。

「戦争で死ぬ将校のいくばくかはな、うしろから自分の兵卒に殺されたっちゅう話や。

実際、ワシもそういう死体は見たことがある」

「それは……古市さんは憲兵やったたって聞きましたが、そのときに?」

従軍経験者は往々にして戦争の記憶を語りたがらないというが、古市は気にしたそぶりは見せなかった。酒でとろんとした目を向けてきて、

「そうや。あの頃の憲兵っちゅうのんは身内のどうしようもない話の揉み消しも、ナンボでもさせられた」

古市は西村の方を向くが、その目に映っているのは、かつていた戦場の光景だろう。これ以上は若造が突っ込んでいいものかと思案していると古市が自ら語り始めた。

「ワシは徴兵されてフィリッピンに送られて、憲兵隊に選抜されたんや。フィリッピンはアメ公の植民地でアメ公贔屓やったからな、民心の掌握は憲兵隊の重要任務やった。大東亜共栄圏の理念を体現すべく、皇軍の不埒《ふらち》な行いは兵卒も将校も厳しく取り締まって範を示す。それを莫迦《ばか》正直にやっとったんやが」

戦後、日本軍が占領地で行った戦争犯罪は、連合国によって軍事裁判で裁かれることとなった。フィリピンでも、マニラの戦いで多数の一般市民が虐殺されたという。新城でもその名を知るシンガポール陥落の英雄、マレーの虎こと山下奉文《やましたともゆき》大将がその責任を取らされてマニラで絞首刑になっている。

「一番の敵は身内や。警察に入ってもこれは変わらん。せやからうしろから刺してくるモンが必ず出てきよる」

どこか物悲しい笑みを浮かべて語っていた古市だったが、

「刺す……刺す……」

古市が自分で発した言葉を反芻《はんすう》しながら、遠くを見ていた。「どないしたんでっか」

という新城の問いかけを無視して、古市は近くで飲んでいた別の捜査員に声をかける。

「おい、今日見つかったホトケの傷跡の写真あるか？」

「あ、はあ、夕方に現像終わったやつが、今カバンに入ってますけど……」

「ちょっと見せろ」

古市のただならぬ雰囲気に、それまで狭間批判で憂さ晴らしをしていた捜査員たちが静かになる。

「これは……もしやとは思うたが」

「どないしたんでっか」

呂律《ろれつ》の怪しくなってきた西村が、酔っ払い特有の大きな声で問う。

「宮益のときも、この傷跡はどこかで見たと思った。これは銃剣の刺突《しとつ》やないか」

従軍経験のある捜査員らは「ああ」「言われてみれば」と同意し始める。

「宮益もやが、背中まで直刀で貫通しとる。包丁やらナイフやったらもっと刀身の刃が肉を斬っとるはずやが、その痕跡があまりない。刀身に刃が一部もしくは全部ついてないっちゅうこっちゃな。そんな刃物、日常使いでそうそうないぞ」

「銃剣を、銃身に着けんと手ェで柄《つか》握って腰だめに構えたら、丁度これくらいの場所と違いますか」

　顔は真っ赤だが正気に戻った西村が両手で握る動作をし、両拳を右腰に持ってくる。

　おおそうやと盛り上がる三十代以上の捜査員とは対照的に、本庁一課の二十代後半と思しき捜査員が「やっぱり兵隊帰りはちゃうな」と新城のうしろで小声で呟いた。

「いまどき銃剣を手ェに入れること自体は難しいか」

「占領軍の武器接収は、銃砲類や軍刀なぞはそら徹底されましたけどもヤー公に流出して抗争に使われてますわ。まして銃剣は管理も一段ゆるくて、ちょいと裏の故買商《こばいしょう》に当たったり、昔の駐屯地跡地を漁ればすぐ手ェに入るらしいでっせ」

　古市は俯いて何かを考えるそぶりを見せる。

「手ェに入ることは分かったが、マグロ包丁やら匕首《あいくち》やらもっと簡単に手ェに入る刃物があるのに、ひと手間かかる銃剣を持ち出してきとる。何か意味があるのと違うか」

「それは……軍隊での恨みつらみとかでっか」

「今日のホトケさんは分からんが、宮益も仁科も軍隊には行っとらん。しかし何らかの形で軍隊と関係しとったのかもしれん」

　それまで黙っていた守屋が、咥えていた煙草を灰皿に押し付けて立ち上がった。

「仁科は戦犯として追われる立場にありました。戦時中の活動内容は詳しくは分かっていませんが、それに絡む可能性はあるのでは」

　一同の注目が守屋に集まる。目がすわってはいるが言葉はいつも通り理路整然としている。守屋に先を越されたのが気に食わないのか、西村がむきになって割って入る。

「宮益も、戦中に満洲で陸軍絡みの商売しとったっちゅうなら、ここを掘り起こしてみる価値はありまっしゃろ。地元にもう一度、捜査員やった方がよろしおまっしゃろ」

古市が頷き、数日前に近江八幡へ出張した捜査員ふたりを指さす。

「お前らは明日一番で地元行ってこい。戦時中の足取りをもう一度洗え。夕方の会議でオヤジに諮《はか》る前やが、この帳場は宮益の捜査やっとるんや、文句は言わせん」

「分かりました」

「西村、お前んトコは陣営関係者に当たってくれ」

「おっしゃ」

「守屋はん、仁科の過去は洗えまっか」

「仁科家の周辺は難しいが、戦犯事務を所管する法務省に明日問い合わせよう」

「ほなそれでお願いします。あとは今日のホトケさんやが、こればっかりは水上署の調べを今は待つしかないな」

「まどろっこしいのう」西村が吐き捨てる。

「やれることからやるしかないが、ひとつ手がかりは出てきた。これを手繰《たぐ》り寄せよう」

古市の見立てでは、現時点ではひとつの可能性に過ぎない。

それでも、この進展のないなかで一筋の光明が見えた。

「あの狭間の阿呆をぎゃふんと言わせたれや」

怪気炎を上げる西村を中心に「おう」と呼応し、酒をあおる一課捜査員。十人ばかりの熱狂の渦に、追加の酒を持ってきた店主が驚いていた。

新城がその勢いに圧倒されていると、古市が再び話しかけてきた。

「西村は下のお前らからしたらおっかないかもしらんが、ワシら一課の斬り込み隊長や。おどれの勘と経験を信じて、上にも下にも臆せず噛みつけるだけの胆力がある」

数日前は「シバくぞこら」と脅してきた西村は今や陽気に酒を浴びている。本性はこちらなのかもしれない。

「ぶっ殺したれ！」と物騒な言葉が西村たちから届く。

古市は「しょうがないやっちゃな、あいつも……」と苦笑いする。

「今の警視庁の本庁刑事部には、西村のような腕っこきが上におもねらず自由闊達《じゆうかったつ》に議論できる環境がある。今の刑事部長があんな人やからなおさらやろうけど、なかなかない環境や」

確かに、この帳場での意見のやり取りは相当活発だ。警察学校やこれまでの所轄署勤務のなかで、これだけ一捜査員が自分の意見を求められる場面はなかった。

「これはOPPや警邏車と違《ちご》て目には見えへんもんやが、民主警察っちゅうもんがもたらした側面やないかとワシは思とる。ひとりひとりが己で考えて行動するっちゅうのが民主主義なんやったら、それが捜査員に行き渡っとる」

上司が言うことに従えばよい、理不尽であってもそれが命令だから仕方ない、と諦めてきた新城にとって、ようやく巡り合えた「民主警察」の姿かもしれない。

「ワシのおった憲兵はバリバリの上意下達やったし、ときおり仕事でよその自治警や国警と一緒になったときにも感じたこっちゃ。エエもんはエエ、アカンもんはアカン、道理さえ通っとればハッキリ言えるし、上のモンはキチンと聞き入れる……まぁ、オヤジはどうもその空気が分かっとらんようやが、この自由さが今の捜査現場の最大の財産や」

それをなぜ狭間が阻《はば》むのか。今はそれが許せない。新城のその思いを読み取ったか、古市は釘を刺す。

「ただな、自由と勝手を履き違えたらアカンで。さっきのうしろから撃つ話やないけどもな、オヤジもワシらの敵になりかねんかもしらんが、ワシらは警官や。警官が一時の感情で道理もなく上官をうしろから刺してみぃ。この国には法を守る番人はおらんようになるぞ。ようようここまで戻ってきた秩序や」

奇しくも守屋とよく似たことを言う。

その守屋は再び店の隅っこに戻り、独りで黙々と酒と煙草を消費し続けている。目の前の灰皿は吸い殻が山盛りだ。

「自治警が国警に吸収合併されて警視庁の看板も消えるかもしらん。せやけど些細な話や。どういう形であれワシらは、民主主義っちゅうもんを受け入れた今の日本の番人や。ワシが憲兵やったときは大東亜共栄圏の大理想のもとに、ちゅうとったが、世の中ガラッと変わったいうてもやることは同じじゃ。法に則《のっと》って秩序を保つ。それだけや。そのなかで、せやけどワシらは新しく生きていかなあかんのや」

いつにもまして古市は饒舌《じょうぜつ》だ。

その言葉は、驚くほど書生臭い正義感に満ちていた。まるで政談に熱が入る左翼学生さながらだ。警察組織の、それも刑事部の中核にいる現場指揮官からそんな言葉を聞かされたのが新城には新鮮で、しかしどこか懐かしさを感じた。

――伊達に「民主警察」名乗っとるわけやないと先生は思とるで。

ああ、そうか。

新城は懐かしさの原因に思い至った。年恰好も立場もまったく違うのに、中学三年の担任と似たものを感じ取った。

「古市さん、熱いですね」

古市はおどけて心外そうな顔を作った。

「何やと、暑苦しいのは苦手か？　これやから昭和生まれの戦後派はなっとらん」

昭和生まれ、それはいまどきの軟派な若者の代名詞だ。空襲や疎開は経験しても従軍経験はなく、多感な時期に戦後民主主義の洗礼を受けた、新城ら新しい世代のことだ。従来の常識や道徳が覆り、どこか冷めた視点を持っていることで、上からは「何を考えているか分からない」と言われる。

「そうや。戦後の若造や。せやからお前を守屋はんと組ませた」

古市がこれほど語る機会は、この先はなかなかないかもしれない。

「どういうことでっか」

守屋が、崩れそうな灰皿の山にまたひとつ吸い殻を載せるのが、視界の隅に入った。

「ワシら警視庁は確かに新しい理想を掲げてはおるが、現実問題この大阪のしがらみにがんじがらめや。いくら看板新しいことしたかて中におるモンが昔のままやさかい、できへんことも仰山ある。近藤はんがまさにそうや。そのなかで、あの守屋はんはそんなこといっこも気にせんと正面から理屈を掲げてくるやろ」

「ええ」

警邏車の中でお互いに吠えたのはたった五日前だ。随分前に思える。

「そら東京から降ってくるお偉いさんは現場のこと知らんお坊ちゃんばかりで、面倒な指示ばっかり飛ばしてきよる。せやけども、そういう人らを神輿《みこし》に担ぐっちゅうのは大事なことや。ああいう人らが動くとワシら現場が百人おってもできへんことが一夜にして成る。どんでん返しもできる、トランプのジョーカーやな」

古市が語る光景は警察に入ってからの話なのか、あるいは軍隊にいた頃の話なのか、定かではない。どちらもかもしれない。

「それができる守屋はんに物言うべきなんは、昔を知っとるロートルとちゃう。それやったら結局昔のようにしかならん。そうやなくて、戦後の今の警視庁しか知らんで昔と今のひずみをまっさらな状態の目で見てきたお前や」

古市は新城の背中を乱暴に叩く。突然の「鉄拳制裁」に思わず呻き声を上げるが、

「情けないのう、昭和生まれは、ええ？　大丈夫か？」

と古市が豪快に笑う。阿呆らしくなって苦笑いする新城。

古市は真っ赤に酔い上がった顔を真顔に戻す。

「今日の会議で、課長に真っ先に歯向かったおどれの胆力はなかなかやったど。この調子であの阿呆の横槍を覆せるだけの何かを、何としてでも見つけ出せるのがお前らやと期待しとる。頼むで」

夜も十二時になろうという頃、店主が店を閉めたいと迷惑そうに申し出て、宴席はようやくお開きとなった。

○

真っ暗闇の草むらの上に新城の身体が転がされていた。

手足は縛られたように動かない。新城が何とか身をよじって上半身を起こすと、遠くに何かが光るのが見えた。

銃剣だ。

何者かが手に握っている。頭部に麻袋を被っており、顔は見えない。覗き穴もなく、前が見えるはずもないのに、そいつはすっくと立ち上がり、新城を見た。

目が合ったのが分かった。そして、麻袋の下で笑っているのも。

腰だめに銃剣を構え、こちらへ突進して来た。確かな足取りでまっすぐと。

やめてくれ、ワシは違う、違うんや。

あと少しの距離まで駆けて来たそいつが、笑いながらこう言った。

——お前が何と違うって？


掛け布団を蹴飛ばして目が覚めた。

寝間着代わりのシャツが汗でぐっしょりと濡れている。周りを見回すと、道場に敷き詰められた煎餅《せんべい》布団は死屍累々《ししるいるい》といった有様で、誰ひとり起きる様子もない。壁の時計は九時五十分を指していた。

定時の九時を大幅に過ぎている。眠気が吹っ飛んだ新城は慌てて布団から抜け出し、髭も剃らずに大急ぎで着替えだけ済ませて帳場に駆け込む。

だが帳場には誰もいなかった。すでに外へ出た様子もない。息を整えて冷静に考えると、元々捜査現場に定時出勤という概念は希薄だし、今日は土曜でもある。そして何より、昨日の狭間による方針転換で現場の士気が大幅に下がったところで、昨晩のあのガス抜きの宴会だ。誰ひとり、定時に出勤しようという奇特な者は——。

いや、ひとりだけいた。守屋が腫れぼったい顔を一層不機嫌そうにしかめて、座っていた。

「おはようございます……」

「ああ、君か。他は誰も来ないな」

「大丈夫でっか？」

「酷い二日酔いだ。そういう君は随分元気だな。若いね」

「まあ、はあ」

昨晩はほとんど飲んでいないとはさすがに言い出せなかった。まったく飲めないわけではないが、酔って醜態を晒すのが恐ろしいのだ。

あの父親のようになりたくない。その思いがブレーキをかける。

「他の連中はまだほとんど死んでまんねやろ。まあ無理せんと」

守屋は目をきつく瞑《つむ》って、乱れた頭をガシガシと掻いた。煙草を咥えて火を点け、深々と煙を吸い込むと、多少は顔に生気が戻ってきた。

「そういうわけにもいかん。高文組がこういうときに醜態を晒すと、下に示しがつかん」

「そら大変でんな」

「他人事のように言うな、君は」

「所詮は中卒の巡査でっせ。学士様の警部補殿に気張ってもらいまっさ」

新城は軽口を叩きながらも、真昼間から署内で書類仕事で時間を潰しているのは気が咎めた。

「……けど、課長が何と言おうと、ワシらで突破口を見つけなならんのは確かですわ」

昨晩、古市から発破《はっぱ》をかけられた。すぐにその糸口は見いだせないが、ここにいても何も進展は期待できない。

「まずは東京の法務省に仁科の戦犯容疑について問い合わせの書簡を送ろう。速達で送れば、五日もあれば返事が来るだろう。それは私が今から書いて送る」

「ほなよろしゅ頼んます」

「しかし待っている間に何かできることは……」

「現場百遍て言います。第三の遺体が見つかった安治川沿いと、こっそり水上署に行ってみまへんか」

「課長の方針に真正面から盾突く気か」

守屋はさすがに眉をひそめたが、新城は気にせず、

「あっちの方に、ワシの行きつけの飯屋がありまんねん。中華ですわ。そこへメシ食いに行く途中にたまたま現場通りがかるくらいは、別にええでっしゃろ」

「たまたま、ね」

「今は他に行くところもあれへん。どこ行こうが文句言われる筋合いもあれへん」

「それは、そうかもしれんが」

「何より、刑事はホシ挙げてナンボでっしゃろ。お行儀よう課長の言いつけ守ったかて、ホシは挙がらんのだっせ。何ぞ手がかりだけでも」

「……否定はしない」

「ほな早よメシ行きましょ。どうせ朝食うてませんやろ。早めに昼にしましょ」

「まだ食欲は湧かないが……いいだろう」

　ようやく守屋が煙草を灰皿に捨てて立ち上がった。


　東署から、警邏車で遺体が浮かんでいた安治川沿いへ。守屋は二日酔いなのか、まだ青い顔をしていたので、なるべく速度を出さずゆっくりと走った。

　中之島《なかのしま》によって大川《おおかわ》（旧淀川）がいったん堂島川《どうじまがわ》と土佐堀川《とさぼりがわ》に分かれ、それが合流したと思ったら、また安治川と木津川《きづがわ》に分かれて海に注ぎ込む。中之島の西端は四つの名の河川が交わる、さながら十字路で、その上に架かる船津橋《ふなつばし》と昭和橋《しょうわばし》を市電や自動車が、橋の下を艀やタグボートが行き交う。そのまま道なりに川を下ると水上署の方面だが、先に右に折れ、阪神電鉄野田駅の方面へ向かう。

　時刻はそろそろ十一時。駅前の商店街の前に車を停め、その一角にある「王来軒」の暖簾をくぐると、

「洋ちゃん、アンタ、何日帰って来んつもりなん！　この前電話途中で切ったきり、いっこも連絡せえへんやないの！」

　冬子が新城の顔を認めるや否や、十畳ほどの店内に響きわたる大音声で怒鳴ってきた。

「悪いて。せやさかい、顔だけは出しに来たやんか」

「もー、服も汗臭いわー。何日着た切りすずめなんよアンタほんまにー」

「一応、署にも着替え置いとるから、それとの交代で着とるって」

営業中の店とは思えない家庭じみた会話に、周囲の客も面白そうな目線を送る。

「新城君、こちらは」

戸惑った様子で尋ねてくる守屋にようやく気付いた冬子は口を押さえた。

「え、洋ちゃん、職場の人連れて来てるん？　嫌やわあ早よ言うてーな」

新城の肩を平手で軽く叩きながら、着けているエプロンと三角巾を整えて、「姉の冬子です。弟がいつもお世話になってます」といそいそと頭を下げ、守屋も形ばかりの挨拶をする。

「洋チャン元気か？　おっちゃんもおばちゃんも来てくれて嬉しいで」

油にまみれた厨房から、鉄鍋を振るいながら流暢《りゅうちょう》な大阪弁で声をかけてきたのは、王来軒の店長で台湾人の王だ。つるつるの禿頭とふくよかな体つきが、人の良さを醸し出す。内縁の妻は日本人で、生前の母と仲が良かったために、戦前から幾度もこちらの世話になっていたし、戦後に冬子が働きに出るとなった際に真っ先に王来軒の扉を叩いた。新城にとって、王は今や実の父よりも父親らしい存在だ。

「お巡りさんは、頑張ってる？」

「ええ、まあボチボチですわ」

「ボチボチ、いうのは大阪の商売人はええときに言う。ええことネ」

他愛もない会話をしつつ、守屋に席をすすめる。

「ここの飯はなかなか美味いんですわ」

「ほう」

耳聡《みみざと》い王はすかさず付け加えた。

「神戸や横浜の連中にも負けへんで。何にしよか」

「そやなあ、普段なら炒飯やけど……守屋さんも、まだ二日酔いキツイでっしゃろ？」

「多少残っている」と答える守屋の顔は、確かにまだ青ざめて見える。

「それやったら粥どうや。賄いでよければ出すで」

王の提案にふたりはすぐに頷いた。

しばらくもせずに、ネギを散らした白い粥の丼がふたつ、ふたりの前に置かれた。レンゲで掬って口に運ぶと、鶏がら出汁と塩で味付けした米の甘みが口の中に広がる。

「これは何だね……卵かい？　腐っているのではないか？」

守屋も湯気で曇った眼鏡を拭いながらレンゲで粥を掬うと、中から八等分に切られた黒いゆで卵のようなものが出てくる。

「それは皮蛋《ピータン》言いましてな、アヒルの卵を粘土で包んで発酵させたものです。日本やと珍しいでっしゃろ」

王が得意げに説明するが、守屋はこわごわ臭いをかぐ。新城も初めて食べたときは驚いたが独特の濃厚な味は慣れると美味だ。

はたして、守屋は少しだけ口の中に皮蛋を含んで食べると、

「悪くない。珍しい味だ」

微かに微笑む守屋の顔には、心なしか血の気が戻ってきたようにも見える。一週間一緒にいてこそ分かる微妙な変化で、初めて会った冬子には能面のように見えたことだろう、守屋の表情を遠くからしげしげと窺っていた。

結局、食べ終えたあとも冬子から、

「アンタ、今度来たときに着替え渡したるさかい、次いつ来るん」

とお小言を食らい、逃げるように店から出る羽目になった。その様子に守屋が茶化すように口の端を歪めた。

「随分お姉さんには苦労をかけているようじゃないか」

「まあ、母親の代わりのつもりなんですわ」

「御母上は」

「空襲で亡《の》うなりましてん」

「そうか、それはすまない」

再び安治川沿いへ車を進めて河口へと向かう。川際に密集して立ち並ぶ木造民家はやがて途切れ、倉庫や資材置き場の並ぶ広々とした港湾地帯に入り、水上署へ辿り着く。

土曜で人の少ない二階の捜査課に上がって用向きを伝えると、河本班長が出てきて、

「どないなっとるんや。ワシらもそっちの帳場に合流するはずやなかったんか。こっちの署長指揮事件になると今朝連絡があったど。近隣署から応援はもろとるけど、一課が

来る気配もないし、ワシらだけで上流すべて捜せっちゅうんかいな」

新城に向けて困惑と怒りをぶつけてきた。

「そないワシに言われたかて」

としどろもどろになる新城。守屋が一歩前に出て、

「一課長の方針だ。所轄の一捜査員に当たらず、直接本庁に抗議すればよかろう」

と正論をぶつけた。その高慢な物言いに河本は気色《けしき》ばむが、

「われわれも一課長の方針を無視して来ている。怒りをぶつける相手を間違えないでくれ」

そう言われると、さすがに河本は怒りを鎮めた。結局、どちらも上の方針に振り回されている被害者なのだ。

「そちらも大変でんな」

新城が同情を滲ませると、河本は大きく溜息をついた。

「身元かて遺留品で分かるんやったら楽やけども、川底はヘドロや。これ以上川浚いしてもさほど期待は持てへん」

水上署捜査課の任務は、密輸や違法漁業の監視摘発だけでなく、港湾の警邏業務など多岐に渡る。事件性のある水死体を所轄の陣容だけで捜査するには限界がある。

「あとはもっと上流遡《さかのぼ》って調べるほかないけども、ウチの署長指揮事件としては、そうどこもかしこも調べられんわ」

大川は大阪市警視庁だけでも水上署を入れて計九署の所轄にまたがる。さらに、他の自治警や国警の管轄地域、下手すれば京都府下も入る。どこまで調べればよいか、所轄署で判断できる話ではない。だからこそ警視総監が指揮する本部長指揮事件として捜査すればよいのに、それを狭間の独断で阻まれているのが現状だ。

河本はまた溜息をつくと気を取り直したように、一度席に戻って書類を持ってきた。

「ここまで来たお土産や。見るだけや。おたくの一課長には内緒やぞ」

そう言って阪大で行われた司法解剖の報告書をふたりに見せてきた。河本も河本なりに、狭間にささやかながら反抗の意を示しているのだろう。

「水死体はいったん沈むんや。水温や湿度によっても大分変化はあるが、この時期やったら五日もすれば浮き上がってくる。死亡推定日時も、発見の五日から六日ほど前やと出とる。加えて、遺体の肺には川の水がほとんど入り込んでへん。殺されて息の根止めてから放り込まれたっちゅうこっちゃ」

「ホトケさんが殺されて川に投げられたんは、十五日から十六日っちゅうことでっか」

「発見の五、六日前やったら、そうなるな」

宮益や仁科とほぼ同じだ。

「見たまえ。少し調べれば分かる話だ。同じ帳場で情報を共有していればすぐに捜査は進展するものを、些細な面子《メンツ》のために単独犯路線に固執し過ぎた結果、こんなことも分からなくなる。一体、何のための捜査幹部か」

守屋が苛立たしげに吐き捨てながら、背広の内ポケットから煙草の紙包みを取り出す。苛立ったり疲れたりしたときに煙草が欲しくなる性分らしいと段々分かってきた。手元の報告書を河本に返したとき、うしろから足音がした。

「河本はん、こんちは」

朗らかな挨拶が響き渡る。強い癖毛の若いスーツ姿の男が、ずかずかと捜査課の部屋へと入ってきた。河本がさり気なく手元の報告書を書類の山の中に隠す。

「ども、黒井《くろい》ですわ」

「おお、ヨミさんかいな」

河本が口にしたのは、二、三年前に大阪へ進出してきた東京地盤の新聞の名だ。プロ野球球団の親会社として知名度は高く、在阪大手の隙間を縫って成長している。水上署にある記者クラブ詰めの事件記者か。

「エライ立派な警邏車が止まってますけども、本庁はんが来てはるんでっか?」

「ああ、この前も来とったやろ。例の水死体の件や」

「昨日発表あったアレでっか。なんぞ分からしまへんのか?」

「まだ何も分かっとらん。大したことはないやろ」

この記者とは顔見知りのようで、河本は慣れた様子であしらう。捜査内容を気取られぬよう、先ほどまでの苛立ちを顔から消しているあたり、この班長も曲者《くせもの》のようだ。

「大したことないんやったら、何で二度も本庁来ますねん。これ、割とデカいヤマとちやいまっか」

「さあ、どうやろ」

「水上署さんが遺留品捜索するトコも見に行ってきましたけども、川岸に野次馬ぎょうさんおりましたで。結構注目されてまっせ。市民は知りたがってまっせ」

「えらいケツ叩かれてまんな。頑張りまっさ」

黒井という記者はなかなか鋭い嗅覚の持ち主のようで、しつこく食い下がる。先日茨木神社にいた福田記者のような穏やかさは欠片もなく、図々しさ、厚かましさを前面に出してきている。

河本では埒が明かないと見るや、その矛先はこちらへ向いた。守屋と新城を見て年長の守屋にまずは照準を定めたようだ。

「お宅はん、本庁一課でっか？」

「憶測で嘘を平気で垂れ流す記者風情に、われわれがくれてやる情報などない。人の不幸でカネを稼ごうという分際で、神聖なる治安の現場に足を踏み入れるな」

守屋は茨木での一件と同じ言葉で記者を追い払おうとしたが、二日酔いで普段の迫力はなかった。記者も記者でまったく怒ってもいなければへこたれた様子もない。何かに気づいたか、ニヤリと口元を歪める。

「話しぶりがいかにも東京弁で、高文って感じでんな。しかし警視庁にこないな高文はん、いてるて聞いたこともないさかいに、お宅はん国警とちゃいまっか？」

あえてなのか素なのか、挑発するような物言い。守屋の青い顔に血の気が差してきた。

「だったら何だね」

「何で国警がこないな水上署くんだりまで来まんねん。昨日上がった水死体は、市外の上流から流れて来たんでっか」

「知らん。われわれが知りたい」

「知らん？　何で知らんのに出張《でば》って来るんでっか？　なんか別のわけありでっしゃろ」

「知らん」

明らかに苛立っているが、普段の明晰さはない。これは自分が止めなければ後々面倒事になるのでは……。

と、新城はそこまで思い至って、ふと何かに引っかかった。

面倒事になると、誰が困るのか。


東署に戻ると二時半を回っていた。

新城は、大会議室に残っていた古市に水上署に出向いたことを伝えた。帳場には狭間に通じている者はおそらくいないだろうが、念のために大会議室の外へ促し、誰もいない廊下の端で報告した。

「早速特攻かましたか。まあええ。向こうの河本はんもこっちに味方してくれとるんやな。御礼かたがた、あとでこっちの手の内も伝えとこか」

古市がふむふむと頷く横で、新城が神妙な顔で居住まいを正した。

「それと古市さん、もうひとつ」

古市に短く耳打ちする。古市は眉間に皺を寄せた。

「お前……それはホンマか」

「ホンマです。すんません、勝手なことしてしもて」

「今日の夕刊やねんな」

「そうです」

「市内版も、もう各社届く頃か。おっしゃ、ほな見に行こか」

「え、どこへ？」

「こういうときは署長室やと決まっとる」

悪戯《いたずら》を企む悪ガキのような笑みを浮かべ、大会議室のある三階からひとつ下、署長室のある二階へと階段を下りる。

すると署長室の前に、人だかりができていた。血相を変えた記者たちが、安井署長に詰め寄っていて、捜査員が遠巻きに野次馬になって囲んでいる。

「署長はん、この記事、ホンマでっか」

「国警管内に加えて、市内でも遺体が見つかったんでっか」

「一切発表がないのはどういうことやねん」

記者のひとりが手に持っている新聞を掲げた。

それは先ほど水上署で出会った、黒井の社の夕刊社会面のトップ記事だった。

《安治川の水死体、連続殺人か

代議士秘書殺害との関連捜査

【大阪】二十一日に大阪市福島区の安治川で発見された水死体について、大阪市警視庁が、十五日晩に北野正剛代議士秘書の宮益義雄氏(四三)=同市南区北桃谷町=の遺体が市内東区若月町で見つかった事件と同一犯による犯行として捜査していることが、捜査関係者への取材で分かった。警視庁では他にも府下茨木市の国鉄線路上で轢死体で見つかった政治団体代表の仁科乙治氏(三九)=同府茨木市=の殺害容疑事件との関連もあると見て、国家地方警察大阪府本部と連携して捜査している。ただ、警視庁内部では連続事件として捜査することに懐疑的な見方もあり、捜査方針に混乱も見られるという》

○

水上署で、守屋と黒井記者のやり取りを見守っていたときだ。

「あの、河本さん」

「何や?」

「便所どこでっか? もうそろそろ引き揚げたいんで、その前にと」

「あそこや」

河本は、目の前の応酬にヒヤヒヤしていただけに、少し苛立たしげに顎をしゃくる。

軽く礼を言ってその場を離れようとしたときに、黒井がチラリとこちらを見た。

一瞬目が合い、向こうも何かを察したようだ。

「分かりました、答える気ぃがないっちゅうことでんな。ほな今日はこれくらいで」

守屋との応酬にようやく幕を引いた。

「何度もそう言っているだろう」

守屋が露骨に顔をそむけたところまでは新城も横目に見ていたが、すぐに便所に入って行ったのであとはどういうやり取りをしているか分からない。

新城は一応形ばかり小便器の前に立ち、さほど尿意はなかったが用を足す。

しばらくすると、外から足音が聞こえてきた。

振り向かないでも黒井だと分かった。横の小便器に先ほどの癖毛が並んだ。

「ホンマ、国警さんは面倒事ばっかり持ち込みよるわ」

新城が、わざとらしく独り言をつぶやく。

「あの理屈屋はん、やっぱり国警でっか」

その答えには直接は応じない。

「あの面倒くさい国警さんをまた東署連れて帰らんならんちゅうのが、また面倒くさい」

「東署から来たんでっか？　あそこ、今は例の代議士秘書殺害の帳場が置かれてますわな。っちゅうことは、そちらの捜査員なんでっか？」

「どうやろな」

新城は一切否定しない。

「遺体、なんか共通点があったんちゃいまっか？　ということは、連続殺人として帳場を立てるんでっか？　そもそも国警が立ち入っているっちゅうのは他にも連続殺人があるっちゅうことでっか？　一切発表ないですよ」

「ワシかてヒラやし、詳しいことは一課長に聞いてんか」

「やはり殺しなんですな。強力犯罪担当の一課長が出てきて指揮してはるんですね」

「知らん知らん。何も知らん」

「身元は分かったんですか？」

「そんなんワシらが聞きたいくらいやわ」

「分かってないならなぜ広域捜査しないんですか？」

「ワシに聞かんといてや。何も知らんねんから、一課長か、その上にでも聞いてや」

「一課長の上、言うたら刑事部長でっか？」

「一課長は太秦さんのことなぞ、屁とも思てへんやろ、どうせ」

「ほな近藤警務部長でっか」

「知らん」

そこまで聞いて、黒井は目をらんらんと輝かせて腕時計を見る。おそらく、夕刊に特ダネを突っ込めるかどうかを思案しているのだろう。

「おっしゃ、裏取って載せまっせ。おおきに！」

そう言い残してさっさと便所をあとにする黒井に、新城が小さく声を投げかける。

「ワシ何も知らんで。責任取らんで」

駆けていく背中を見届けて、新城はゆっくりと便器から離れて手を洗う。そう言えば黒井は手を洗わずに出て行ったが、見なかったことにした。

戻ると守屋が所在なさげに立っていた。河本はもう自分の持ち場に戻ったらしい。

「どこへ行っていたんだ」

「すんません、ちょっと気張ってましてん」


はたして、黒井が摑んだ「スクープ」は、大阪府下の特に締め切りが遅い市内版にだけだが、大きな扱いで掲載された。

この記事に真っ先に反応したのが、出し抜かれた形となった他の大手新聞だ。夕刊が届き始めた午後三時頃から、安井に対して説明を要求し始めた。

東署は市内で有数の規模を誇る所轄署だけに、署内にも記者クラブが置かれ、中堅どころの記者が常駐している。署長室には常駐の記者だけでなく、本庁詰めの長屋の記者連中まで駆け付けており、総勢二十名ほどが安井や副署長と押し問答していた。

「すまんが、こちらから発表できる内容は特にないんや」

しどろもどろで対応する安井。

さらに黒井の社では一歩踏み込んだ取材をすでにしていたようだ。黒井の同僚と思しき東署詰めの記者が、一群の中から訳知り顔で安井に質問を浴びせかける。新城も署内で何度か見かけたことのある、眉の太いアクの強そうな面構えだ。

「いったん水上署に捜査員を送り込んでおいて、引き揚げさせたっちゅう話を耳に挟んだんでっけど、何でですねん？　まだ関連性はないと断言できてへんのちゃいまっか。何ぞ、天の声でもしたんでっか？」

それを聞いた他社記者は俄然、色めきたつ。

「それがホンマやったら意図的な隠蔽やないんか！」

「何か上層部の意向で隠したいんか！」

「誰の指図や！」

安井は「待ってくれ」と酷く狼狽《ろうばい》していた。決定したのは自分ではないし、一方で実質的な責任者の狭間の意向も無視できない立場だ。板挟みとはこのことか。

そこへようやく事態を把握したのか、狭間がやってきた。

「どういうこっちゃこれは！」

狭間の威喝《いかつ》は、むしろ火に油を注いだ。

「それはこっちの台詞や！　組織ぐるみの隠蔽か！」

「警務部長の腰巾着のあんたじゃ話にならん、刑事部長を出さんかえ！」

十数分の押し問答の末、結局は多勢に無勢、押し寄せた記者を署長室に入れて臨時の説明会をせざるを得なくなった。

「署長もエライとばっちりやの」

一部始終を野次馬根性で見つめていた古市が、哀れみを込めつつニヤついていた。

「こっからまたしばらくお祭り騒ぎやで」

その日の捜査会議では、茹《ゆ》で蛸《だこ》のようになった狭間が、

「どこから情報が漏れた。現場各員は保秘徹底を厳重にせぇ！」

と口角泡を飛ばしたが、その場の捜査員の多くが白けた気分でいたうえに、やるべき捜査があるといって欠席した者も多かった。

「三件の関連性は現時点では分からんの一点張りで追い返した。各位そのように頼む」

だがはたして翌朝の各紙朝刊では一斉に、茨木や安治川の事件を関連付けて報じた。

《代議士秘書殺害、連続事件か》

《茨木の右翼殺害や安治川水死体との関連捜査》

《警視庁、国警・茨木市警とすでに合同本部》

《関連を一旦否定、発表に遅れ》

新城が署に届いた各紙を目にしただけでも、かなりの内情が漏れ出している。おそらくは、新城以外にも記者にたれ込んだ捜査員がいたのだろう。

再び北野代議士へ追及を向けた新聞もあった。

《北野議員と死亡秘書に不仲説

【東京】十五日に遺体で発見された、北野正剛議員の秘書の宮益義雄氏について、両者が金銭を巡る不仲を噂されていたことが、陣営関係者への取材で分かった。東京・永田町の国会議事堂から出てきたばかりの北野議員は「一切関わりのない話。まったく身に覚えがない」と疑惑を否定したが、関係者からは近年特に表立った活動から宮益氏を排除していたとする声が出た。捜査当局では、両者の関係悪化が事件の一因ではないかとみて慎重に捜査を進める》

活字となった言葉の端々から、北野の苛立ちが滲み出てくるようだ。

新聞や雑誌が書き立てたことで、この事件への市民の注目度は否応なく高まった。元々、代議士秘書の殺害事件として、政治テロルを警戒する者からは注視されていた。それが別の二件との連続犯行で、被害者は三人とも腹部や背中を刃物で刺され、頭から首にかけて麻袋が被せられていた。この猟奇的な犯行手口にはまったくの無関係の者であっても興味を掻《か》き立てられた。次はどこで起きるのか、誰が殺されるのか。

そして同時に、警視庁が捜査方針を巡って内部で混乱していると報じられたことで、日頃警察にいい思いを抱いていない者たちからすれば「やはり警察はなっていない」と憤慨すら抱いたであろう。

その注目の高まりを如実に示したのが市民からの投書を集めるOPPだった。この日の東署管内だけで、数十通もの市民の苦情が投じられた。《警察の隠蔽許すまじ》《政治事件にへっぴり腰》《ダラ幹追放》《この有様では市警解体やむなし》などなど。

「普段の一カ月分やで。えらいこっちゃで」

狩り込みの現場にいた警邏課の班長が、感心するような呆れるような顔でその山を帳場に持ってきて捜査員に見せていたときだった。新城の許に電話がかかってきた。

「はい新城」

『ちょっと洋ちゃん！　あんた、あの猟奇殺人の捜査しとるん？』

「姉ちゃん……それは言えんっちゅうか」

『あんた、あんな恐ろしい事件の担当やなんて言うてへんかったやんか！』

「そうやったとして言えるかいな」

『無茶したらあかんよ！　怪我したらどないすんの！』

「もう切るで」

『ちょっ』

まさか姉までその熱に当てられることになるとは、と苦笑いするほかなかった。

そして大阪だけに留まらず、東京でも各紙それなりの大きな扱いで掲載したらしく、それが出張中の太秦刑事部長の目に留まった。

『俺がいねぇ間に隠蔽を図ったたぁ、どういうつもりだ！　まぁた近藤の横槍か！　くだらねえ派閥争いを刑事部に持ち込みやがって！』

太秦が狭間と安井に電話でカミナリを落とし、安井が心労で体調を崩したという噂が、燎原《りょうげん》の火の如く広まった。

出張はまだ続くものの、太秦は捜査幹部のみならず総監とも早速話をまとめたようで、狭間も近藤も表立った動きを見せることはなかった。古市の言った通り、近藤は狭間ほど露骨な暴挙に出ないだけの慎重さは持ち合わせていたようだ。そうでなければ黒い噂を囁かれながらも警務部長という地位にまでは登り詰めなかっただろう。

日曜の捜査会議では狭間はもはや呆然とした表情で無気力にボソボソと、

「ひとまず、三者の関係性についてはこれを調べつつ、個別事件の場合にも臨機応変に対応できるように」

と、方針にもなっていない方針を口にするだけだった。

「一課長もこう仰《おつしや》っとる。第三の遺体の身元確認については、水上署の署長指揮事件としての単独の捜査は難しいとの判断、またこの帳場で捜査しとる二事件との関係も鑑《かんが》みて、当帳場と大川沿いにある管内九署でまずはしらみつぶしに聞き込みを行う。それでも出てこんかった場合は、国警や他自治警に協力を仰ぐこととする」

代わって、青ざめた顔の安井が何とか指揮を引き継ぐ。再び心労で倒れてしまいそうだが、狭間よりはまだしっかりしている。これまで太秦と狭間の間で翻弄《ほんろう》されていた印象が強かったが、捜査員の間では意外に株を上げたのではなかろうか。

ぞろぞろと捜査員が会議から出て行くときに、新城は隣の守屋に声をかけた。

「守屋さん」

「何だね」

「ブン屋ちゅうのは、恐ろしいでんな」

「ああ、恐ろしいな」

守屋の声色がいつにも増して硬い。

「われわれは警官だ。法と秩序に忠実で、国民には中立であるべき体制の番人だ。それが、誰かが新聞を通じて市民の反権力感情と警察内の権力対立に火を投じ、結果として捜査の進展を実現してしまった」

聞きようによっては、新城を責めているようにもとれる。

「何が言いたいんでっか」

もしかして気づかれたのか。若干の焦りを感じていた新城だったが、それならもっと強い言葉で明確に非難するだろう。

守屋は絞り出すように呟いた。

「われわれは、法と秩序を外れたところで権力を行使してはいけないんだ」

誰かにではなく、自分自身に言い聞かせているようだった。

「おう坊主」

古市が歩み寄ってきて新城の肩を叩く。その拍子に、守屋は他の捜査員の中に紛れていった。古市は薄っすらと笑っていた。

「お前の火ぃの点け方は間違ごうてへん。民主警察が嘘やごまかしで事件を片付けようっちゅう魂胆が、そもそも無理な話やったんや。戦後九年ででき上がった道理に、ワシら警官こそ敏感でおらならんっちゅうエエお灸《きゅう》になったやろ」

守屋とは対照的な受け止め方をする古市。

「ただ、あくまで搦め手《からて》や。あまり大声で言うモンやない。ワシらの本領発揮はここからや。心置きなく捜査したろうやないけ」

その日は、守屋とはそれきり一言も喋らなかった。

○

世論に押される形で、捜査本部の方針は大々的な公開捜査へと転換した。

水上署の河本班が帳場に入っただけでなく、大川沿岸の九署からも刑事課や警邏課の応援が入り、捜査は大阪市内全署を挙げての態勢となった。

狭間は多忙を理由にこの三日間帳場に姿を見せない。無論、いまさら顔を出したところで、一切の発言力を失ったに等しい。唯一幹部席に残る安井は、目の上のたんこぶがひとついなくなったとはいえ、態勢が大規模になったことで重責と書類仕事に苦しめられているようで、胃痛に耐えて何とか帳場を回している。

本庁一課の絵の得意な捜査員が悪臭に苦しみながら第三の遺体の生前の様子を推定し、着衣も交えて描いた似顔絵が、各捜査員に渡った。それを手に、沿岸九署管内で捜査員が片っ端から聞き込みを続けていた五月二十六日。

西署の警邏警官の聞き込みに、松島新地《まつしましんち》の赤線地帯で営業する特飲《とくいん》――つまりは売春業者の男が、反応した。

「こいつ、菅沼《すがぬま》とちゃうか」

複数の特飲業者への聞き込みの結果、第三の遺体は菅沼晋《すすむ》といい、松島新地から野田にかけての特飲業者やキャバレーなどに出入りしてショバ代をせしめていたヤクザ者だと判明した。特定の組に所属しているというわけでなく、そのときどきで頼まれたショバ代を取り立てる半ゲソという半端者だという。

その日の夜に捜査会議が開かれ、西署管内で地取りに当たった捜査員が人定を述べる。

「菅沼晋、大正十一年生まれの三十二歳。本籍も生まれ育ちも大正区で親が工員で八人兄弟の四男、幼少時より素行不良で家に帰らず、小学校時分から賭場に出入りしてヤクザ者の下足番をしとったようです。ただ、ヤクザ者の方でも使い物にならんかったようで、ふらふらしとったところに徴兵で二年兵隊勤めをしてます。復員してからは闇市で用心棒やらしてて、またヤクザ者のもとでメシ食うたりはしとったようです。前科は傷害、暴行、恐喝などの計八犯でうち三犯で懲役くろてます。親兄弟との縁は切れており、今は戦争未亡人の情婦と浪速区《なにわく》で暮らしとるようです」

遺体の顔つきに違《たが》わぬ、典型的なゴロツキの経歴だ。

「これは宮益や仁科、あるいは北野代議士との繋がりはあるのんか」

幹部席にひとり座る安井が尋ねる。

「無論、ヤクザ者なので表立ってはありません。今後追っていきます」

続いて、古市が立ち上がる。

「従軍経験者の見立てで、凶器が銃剣であるという可能性が浮上したため、陸軍軍医やった医師に刺創を鑑定してもらったところ、確かに三十年式銃剣の刺創に酷似しとるとのことでした。また保安隊の伊丹《いたみ》駐屯地における銃剣術の師範にも意見を伺ったところ、銃身に装着してやのうて、手ェで直接柄《つか》を持って刺した可能性が高いとのことですわ。ただ戦技として銃剣を手に持って行う短剣術のそれと比して荒いっちゅうこともあるため、その手の熟練者ではない模様です」

「凶器らしき銃剣はまだ見つかってへんのか」

「まだ犯人が保持している可能性も高いかと」

古市のうしろに座る捜査員らは、ここ数日にない熱気に包まれている。

菅沼の人定や凶器だけでなく、三課の暴力団専従の捜査員が菅沼の人間関係を整理し、水上署の河本班長から菅沼の死因が改めて共有されるなど、これまで滞っていた捜査が二歩も三歩も前進したのだ。

捜査が現場とは関係のない場所で滞り、そしてまた関係のない場所からこれほど進展するものなのか。

新城が感慨にふけっていると、三課捜査員のひとりが菅沼やその出入りする団体が縄張りとする地域を、地図に赤ペンで円を描いて示した。

新城の目に、聞き覚えのある単語が飛び込んで来た。

「えべっさん……」

新城の呟きに気づいたのは守屋だけだった。

「どうした」

「あの円の中心に……」

新城の目線の先には「野田恵美須《えびす》神社」と記されていた。地図上では単なる表記にすぎないが、新城には、その字だけが浮き上がって見えてくる。

――兄ちゃん、えべっさん、どこか知らんか。

「またえべっさん……」

守屋にとってはそうだろう。茨木の神社でえびすがどうとか、そんな話があったな」

「また？　ああ、茨木の神社でえびすがどうとか、そんな話があったな」

「それだけやないんです。最初の宮益の遺体発見の通報を受ける直前に、ワシがおった居酒屋にルンペンが来て、えべっさんがどこ行ったやとか、言い残していきましてな」

「何だと」

「そのときは何やと思うてましたが……」

「なぜそれを今まで言わなかった」

守屋が渋面《じゅうめん》を近づけ、新城は思わずあとずさる。

「ワシも今気づいたんでっせ？　それにこんなん、事件に関係あると言い出しても、誰も信じてくれまへんで」

「うむ……それは確かにそうか……本当に関係があるのか……？」

大阪市内では、「えべっさん」と呼ばれる恵比須（恵美須・戎）神社それ自体は、ありふれたものだ。正月の十日戎《とおかえびす》で有名な今宮戎や堀川戎だけでなく、例えば大阪天満宮にも恵比須は祀られていて、市民の日々の風俗や信仰とは切っても切れない関係だ。逆に言えば気にすることもないほどに溢れかえっている。

だが、みよしで浮浪者から言われた言葉、そして仁科がよく出入りしていたという茨木神社も恵比須を祀っていたことを思い起こすと、菅沼の行動範囲に野田恵美須があるのがただの偶然と思えなかった。

「とはいえ、どう関連付けたもんや、これは……」

会議後、自分の机の上にノートを広げ、三つの現場の簡単な位置関係と、その近くにある「えべっさん」をそれぞれ書き込んだ。

「最初の現場はそもそもえべっさんなかったしなあ……」

捜査とは、たまたま目に留まった共通の単語を切り取って糊《のり》でくっつける、というわけにはいかない。ただの思い付きを捜査会議の場で披露するには、それなりの説得力を持った理屈付けが必要だ。

「考えを纏《まと》めるにも、頭が働かない」

守屋も椅子に深く腰掛け、目元を押さえながら呻くように漏らす。

すでに宮益の遺体発見から一週間以上が経過している。朝から晩まで関係者の聞き込みや立ち回り先の地取り捜査を行い、夜は道場で泥のように眠る日々が続いており、二十歳の新城の体にも、疲れは段々と蓄積されている。

守屋は泊まり込まずに官舎から出勤しているが、その分寝る時間は削られているだろう。目元にくまが浮かんでいた。

「そういえば、今日はまだ夕飯を食べていないな」

「ああ、ホンマや」と新城も鈍く反応する。

帳場の運営を担う会計課では捜査費から捻出して、朝には白米の握り飯と味噌汁、晩は店屋物の出前を手配している。それぞれ総務課が事前に注文聞きに回ってくる。しかし、地取りから戻ってすぐ会議に出たふたりは、出前の希望を出しそびれ、ようやく会議が終わったのは夜八時過ぎだった。

「ほったら、野田恵美須を見に行きませんか？　その帰りにまた王来軒でも寄って腹ごしらえしてもええし」

守屋はふっと思案し、

「野田恵美須と菅沼の関係に注目した捜査員は、今のところまだいないだろうね」

「三課のモンも特段気にはしてへんかったようでんな」

「であれば聞き込みもまだしようがあるということか」

「菅沼の同業の夜の商売のモンやったら、今行った方がよろしいでっしゃろな。ただ、ヤクザにまで突っ込むとなると、この前みたいに特攻するんやなくて、三課の資料に目ぇ通してから行った方がよろしいと思いまっせ」

「この前みたいにとはなんだね」

「日下部ん時みたいに、また上に絞られたないんですわ、ワシは」

「……今日は当たりだけにしておこう」

「そうして下さい」

立ち上がって帳場を出ると、思い出したように守屋が振り返った。

「王来軒、あそこはなかなか美味かったな」

「ほな飯も決まりでんな」

○

ふたりして炒飯の山を平らげ、新城が「ごっそさん」と冬子に声をかける。「はーい」と機嫌よく答えた冬子が、守屋が先に会計をして店を出たあと、

「洋ちゃん」

「ああ、着替えおおきにな」

先ほど手渡された風呂敷包みを掲げると、姉が「それやなくて」と首を振る。

「実はお父ちゃん、昨日からまた帰ってけえへんのんよ。酔っぱらっとるだけやったら

万一どこかの川で溺れ死んでいるのではなどと心配しているようだ。

「ええけども……」

「あんな親父、心配せんでエエて」

「そうは言うけどもやで」

「死んどっても、ワシはもう知らん」

「洋ちゃん。うちらにはもうお父ちゃんしかおらんねんで」

「あんなんおってもしゃあないがな」

あの男は姉にとっても重荷でしかないのに、姉はなぜ父にここまで甘いのか。苛立ちにも似た感情が湧き上がるが、すぐに振り切る。

「まだしばらく帰れへん。また着替えだけ取りに行くか分からんわ」

「気ぃつけてな」

冬子の不安げな表情に気づかないふりをして、店をあとにした。

車に戻ったとき、守屋から突然尋ねられた。

「御父上が帰ってこないのかね」

「え、はぁ、まぁ……聞いてたんでっか」

「盗み聞きするつもりはなかったが、お姉さんも心配だろうな」

他人に自分の父を心配されるということが、妙に居心地悪い。

「まあ、あんな飲んだくれ、どこで野垂れ死のうが、かめへんのんですけどな」

「そう言ってやるな。父親を大事にした方がいい」

答えられなかった。答えたくなかったと言うべきか。

世間一般の幸福な家庭ではそうだろう。父親が子供のために朝から晩まで汗水垂らして働いて育て上げてくれ、子はそれに感謝する。当たり前の光景だ。

そんな当たり前は、新城家にはあの戦争以来、存在しない。

ろくに定職につかず昼間からふらっとどこかへ行ったと思ったら、夜遅くに酔っぱらって帰ってくる人間のクズ。そのクズを見限らず、せっせと働きながら家事をこなす姉に感謝こそすれど、父にそんな思いを抱くことなどありえない。

だが、それを言ったところで、このいかにもエリート然とした、立派な家庭の子弟に違いない守屋には理解されることはないだろう。これぱっかりは中学三年のときの担任にも言っていない。所詮、分かってもらえるなどとは思ってもいないのだから。

気まずい沈黙は、目的地にすぐ着いたために打ち切られた。

野田恵美須神社は、阪神野田駅から大阪市中央卸売市場の方面に南下した道すがらにあり、もう少し先にある堂島川から生暖かい湿気を含んだ風が流れてくる。川岸の卸売市場から漂う青物の生臭さと混ざって不快さは一層増すが、先日の水上署で拝んだ遺体のそれに比べればましだった。

「菅沼のような男が出入りするには、静かすぎるな」

守屋が暗闇の境内を見回す。茨木神社もそうだったが、祭事があるわけでもない時期の神社は夜になるとひっそりとしている。

周囲は卸売市場の周辺に問屋や町工場がある他は閑静な住宅街と言ってよく、境内が樹木に囲まれているからか涼しさすら感じる。

「あっちの方が、菅沼みたいなモンにはお似合いですわ」

新城が見やった南の空はうっすら明るい。安治川を越えた先の九条《くじよう》は繁華街が賑わい、わけても松島新地は夜九時を過ぎて一層活発に活動しているのか、明かりがここまで届く。神聖であるはずの神社と川ひとつ隔てた先が管理売春の拠点たる赤線地帯だ。

「あちらには何があるのかね」

守屋は大阪の地理に明るくないのか、はたまたその手の卑猥な話に興味がないのか、きょとんとしていた。

「ああ、別に」

新城は言葉を濁し、周囲の民家や商店に聞き込みを始めた。夕食後の片付けをする主婦には嫌な顔をされたりもしたが、それでも根掘り葉掘り聞くと、

「境内に、ときどき夜出入りしとる連中がおったわ。ルンペンみたいに身なりの汚い連中や」

と証言する者が二人三人現れた。ある者によれば、一度は警察に通報したというが危険を察知したのか散り散りになったという。

「やはり、二件目の茨木の現場との関連性は高いと思いますわ」

「うむ、一見関係なさそうな話だが、えびす神社、ルンペン、夜の集会、と共通項が多い。一件目だけがまだ関係が薄い気がするが、ルンペンはいた。集会というのも、あの日下部らのように人足を集める者がいるのであれば、それと思われていたのではないか」

「三十八度線の辺りは元々よそ者の出入りも激しいし、気づくモンがおるか甚《はなは》だ疑問ですわ。他ふたつが田舎と住宅街やったから目立ったんでっしゃろな」

暗闇のなか、鳥居に掲げられた「恵美須」の字に懐中電灯の明かりを当てて仰ぎ見ながら、新城がつぶやく。

「ここもえべっさん……えべっさんて、何やねん一体」

ふと守屋が思い出したように言う。

「じゃあ、聞いてみるしかなかろう」

「誰にでっか？」

「まずは君が出会ったというルンペンだ。事件について何か知っているのではないか」

「どこにおるかも分かりませんで」

「あのうどん屋でもいい。他にもあの地に通じている者がいるだろう」

「しかし……前の日下部の一件が」

太秦直々にアパッチの地での地取りから外されたのに、またそこへ出入りしてもいいのか。新城の尻込みに対し、守屋は平然と言い放つ。

「太秦さんの言う『ひとまず控えてもらう』という言いつけは守ったつもりだ。ほとぼりは冷めた頃だろう。それに、一課長の大きな手落ちのあとだ。文句は言われまい」

杓子定規《しゃくしじょうぎ》な守屋の割に、随分と柔軟な解釈だ。以前に古市が言っていた「白切符」「青切符」ではないが、もしかすると守屋も守屋で苦労人の太秦に対して、何かしらの対抗意識があるのかもしれない。

「ほな、あのうどん屋以外にも心当たりがおまっさかいに、そこも当たりましょ。ほんで、まず、ということは他にもおるんでっか？」

「茨木神社にいた記者だよ。名刺をもらっていたろう」

守屋が名刺入れを胸ポケットから取り出し、何枚かめくる。

「そうそう、この福田という記者……何だいその顔は」

守屋が訝しがる。

「記者連中は嫌いなんでは？」

「頭が悪いのにネタだけ漁ろうとしてくる無遠慮な連中は嫌いだ。だが、福田記者の知見はわれわれにはない。参考にしたいところだ」

「頭の悪い刑事も嫌いでっか？」

「警察組織に馬鹿は不要だ」

「首切られんよう気ぃつけますわ」

翌日、そのふたりの尋ね人を当たることにした。

まず身元のハッキリしている方を訪ねた。

○

向かうは千日前《せんにちまえ》。

南海電鉄難波《なんば》駅の近くにある千日前の繁華街は、昼は大阪歌舞伎座や映画館に市民が列をなす。夜は夜で、南海ホークスの本拠地である大阪球場でナイターが行われる一方、ネオンが怪しく光り、四六時中、人々の欲望を旺盛に飲み込む街だ。旧造兵廠跡地に充満するような陰性な空気ではなく、戦後的な陽性さに満ち溢れている。

昼過ぎに新城と守屋は千日前通にある「アメリカン」という喫茶店に入った。シャンデリアのある豪華な内装の店内の一角に、福田が座っていた。

朝一番で福田の勤める新聞社に電話をかけて、話を聞きたいので会えないかと打診した。当初は梅田の本社ビルに直接出向こうとしたのだが、

「サツ官がブン屋に乗り込むんでっか？　そら外の方が都合よろしいでっしゃろ」

と、この喫茶店を指名された。経済界寄りの右翼系と見なされる新聞社も、当世は警察嫌いの左翼がたんといることだろう。警官が非公式に乗り込むなど剣呑《けんのん》でしかない。

「お会いしたあとの報道で、ようやく合点《がてん》がいきました。先日の代議士秘書殺害と茨木

の轢死体、ほんでこの前の土左衛門でんな」

福田が挨拶もそこそこに、ニコニコしながら切り出してきた。

「で、捜査の具合はどないでっか」

文字通り茶飲み話のように福田が尋ねる。

「捜査情報は言えない」

守屋は、多少はましになったとはいえ相変わらずの物言いだ。

「ひどいなあ。僕から話を聞きたいて言うてたのに、僕には何も教えてくれんのんですか。とかくこの世はギブアンドテイクっちゅうやつでっせ」

そう言いつつも福田は飄々としている。

「で、こんな事件の一線を退いた男に何をお聞きになりたいので?」

そう言いながら煙草を取り出そうとする福田に守屋が煙草の紙包みを差し出した。彼が普段から吸っているキャメルだ。

「こんな高級な洋モク、ようもらえませんわ」

さすがに福田も慌てて断るが、守屋は一本抜いて咥えた。

「これで君にひとつギブを作った。だから君の知見をテイクさせてもらって構わんだろう?」

と、しれっと言ってのけた。これには福田も呆れた顔をして、

「ははあ、こらなかなか固い取材先や……おっと今日は僕が取材される側か。こら敵わ

ん」

守屋の差し出した紙包みから一本抜き取り、火をつける。「エエ煙草や」と福田が呟きながら紫煙を燻《くゆ》らせていると守屋が問うた。

「君は、大学で考古学や歴史学を学んでいたのかね」

福田は首を振って笑った。

「いや僕は外語学校卒ですわ。今の会社で京都のお寺さんやら京大やら担当しとった頃がありましてな、歴史やらは門前の小僧何とやらで習《なろ》うたんですわ」

「なるほど。ただのアマチュアじゃあないと。君に先日、この新城刑事が質問していたが、えびす神というのか、あれを大阪ではよく見かける。昨日は野田恵美須神社というのを訪れたよ」

福田は「ああ」と何かを思い出した様子で、すらすらと蘊蓄を垂れ始めた。

「大昔、平安時代の頃ですが、今の大阪平野は難波八十島《なにわやそじま》と言われる島だらけの海やったんです」

ようやく新城も口を挟む。

「海？　ここがでっか？　埋め立てしたんでっか？」

「それもあるかもしれへんけども、どうやらこの地球には氷期と温暖期ちゅうのがあって、氷期は海の水が少のうなって陸が増えるし、逆に温暖期は海が増える。その結果らしいですわ。また大阪が海に沈むこともあるかも分からんで」

市街が海に沈む、という福田の喩《たと》えは多分に真面目な響きを帯びていた。

大阪市は戦前から地盤沈下が酷く、高潮や大雨のたびに中之島が水没する。新城が生まれた昭和九年の室戸《むろと》台風の被害は子供の頃から散々聞かされてきたし、現にここ数年の相次ぐ台風被害は言うまでもない。大阪三大祭りのひとつ、天神祭の目玉である船渡御《ふなとぎょ》は戦後の一時期、橋桁《はしげた》が低くなったために中断されていたくらいだ。大阪はじきに海の底に沈んでもまったくおかしくない。

遠い目をして考え込んでいる新城をよそに、福田は言葉を続ける。

「野田も当然ながら海辺で、そこに建立された野田恵美須神社は漁民たちの信仰を集めたとか。あそこも茨木神社と同じで、戦国時代は野田城いうお城があったそうですな」

守屋が尋ねる。

「えびす神というのが大阪に多いのは、大阪平野が昔、海だったからなのかね」

「それもあるんちゃうやろか。今の大阪城のある上町《うえまち》あたりだけが陸地で、他は海やったらしいんですな。いわゆる難波宮《なにわのみや》はあのあたりにあったと推定されていて、今年から発掘調査をしとるはずですわ」

東署の管轄内、第一の遺体発見現場に近い法円坂で、大阪市立大の元教授が発掘調査を始めている。署に調査団が申請に訪れているのを新城は幾度か見たことがある。古代の都の跡が、こんな大阪の市街地のど真ん中にあるものなのだろうかと訝しんだものだ。

「今宮戎やら堀川戎も、昔は海辺にあったんでっしゃろ。それが海の近くの宗教施設として市場が立って商いの拠点になっていった。昔の難波津は京や奈良と瀬戸内、ひいては大陸を結ぶ水運の起点でんな。そら富が集積されて、石山本願寺の拠点になり、太閤秀吉が大坂城と商都大坂を建設したのも道理でんな。そないして大坂商人が商売の神さんや言うてお祭りするようになったんでっしゃろな」

一月十日、市内の主だった戎神社とその周辺の商店街は「商売繁盛、笹持って来い」の囃子《はやし》が鳴り響き、竹の枝に縁起物を付けた福笹を持った参詣客で賑わう。大阪で育った新城には見慣れた光景だ。

「えびす信仰には何かしら特徴はあるのか。信者に独特のルールがあるとか。特にこの大阪で」

今回の殺人がいずれもえびすに縁のあるものだとすれば、その信仰自体に犯人につながる何か手がかりがあるのか。守屋がもっとも聞きたいことだろう。

ここまで饒舌だった福田は途端に首を傾げる。

「えびす講いうのはありまんな。全国に見られる商売繁盛を祈る行事でんな。ここいらの正月にやる十日戎はこの一種ですわ。しかし、それ以上のことはどないでっしゃろな。ユダヤ教や回教のような厳格な戒律があるわけでもなし、ただの商売繁盛の神さんや。日本の神道らしくゆるいもんですわ」

元々そこまで期待していたわけではないとはいえ、何かしら手がかりが得られないかと多少意気込んで来たふたりとしてはその言葉に落胆した。

「ま、ゆるいと言いますか、元は海の神で、漂流してきたモンが海から来る富の象徴になり、やがて商売の神になる。日本に限らず神々はこないして時代と共に意義付けが変わりますねんな。それは神自体よりは、それを信ずる信者の社会が変容してもたことによるんやろね」

福田は、コーヒーで喉を潤してから、どこか寂しそうな笑みを浮かべて、灰皿に煙草の灰を落とした。

「あの戦争でこの国もエライ変わりようですわ。ほんで再軍備やら警察統合やらで、また変わりまんな。右へ左へ目まぐるしく変わるうちに、また数十年もすればえべっさんも変わってしまうかも分からんですね」

警察統合の渦中にいる、自治警と国警のふたりにとってはもちろんだが、外から眺めている福田もまた、この激動に戸惑っているのだ。

「何でこう、社会は変わるんでっしゃろな。僕もあの戦争ではエライ目遭《お》うたんで、つくづく気になってしゃあない」

守屋は、福田の物言いに同類の臭いを嗅ぎ取ったらしい。

「君は学徒兵かね？」

「ええ、大陸で馬賊にでもなるかと思とったら、陸軍で満洲送られて戦車乗らされましたわ。ソ連参戦の頃にはあっちおらんかったさかいに命拾いしましたけども。そういうおたくさんは？」

守屋は素っ気なく答えた。

「海軍飛行兵だ」

福田は何かに納得いったようで何度も頷いた。

「お互い苦労しましたな」

従軍経験者たちのこういうときの奇妙な一体感は、終戦時に国民学校五年だった新城には計り知れない世界だ。

職場でも居酒屋でも、三十以上の者たちは、どの部隊に所属してどこの戦線で戦ったか誇らしげに語り合う。そして同じ戦線を共にした者同士で酒を飲めば肩を組んで軍歌を声高らかに歌い、死んだ戦友に涙する。守屋と福田はそういう暑苦しいことはないにせよ、学徒兵として相通ずる感情を抱いている。

その場に居合わせると、いつも居心地悪さを感じてきた。戦前戦中を知らないわけではないが、所詮は戦場に赴いていない若造。そう侮《あなど》られていると、ひねくれて捉えてしまう。

「守屋さん、そろそろ」

聞くべきこともなくなった。その場を離れる口実が欲しくなり、新城から終わりを切り出した。

立ち上がったとき、

「あ、そう言えば」

福田が思い出したように手を叩く。

「この前は言い忘れたんやけど、えびすの由来のひとつに、蛭子《ひるこ》ちゅうのがあるんですわ」

「ひるこ？」

問い返した新城に、福田は嚙み砕いて解説する。

「日本の国を造り出した時のことを記した国産み神話のなかで、イザナギとイザナミいう最初の神様同士の間に初めて生まれた子供ですけど、手脚がなかったもんやから、船に乗せられて海へ流されてしまうんですわ」

親が子を捨てるなぞ、敗戦の傷跡が深い今も、この国では日常茶飯事だ。預けられた嬰児《えいじ》を百人以上も死に至らしめた、昭和二十三年の寿《ことぶき》産院事件の記憶はまだ新しい。

「これはこの国の精神風土をよく示した一例やと僕は考えてます。狭い列島に住まうようになったわれわれの先祖は、その狭さゆえに不要なものは海に流して棄てていかざるを得ない。まるで満洲や南洋に送り出した移民ですわな。せやけども、捨てる神あれば拾う神ありで、こんないらんモン扱いされた蛭子神も、流れ着いた先では富の象徴として神様になって、それがえびす神と一緒になるんですな。その精神性をわれわれは思い出す必要があると、思うわけですわ」

どこか語るうちに熱が籠ってきたようで、やはり難しい言葉が多いが、満洲や南洋の例を挙げられると、それは古代神話や歴史の話ではなく、あの戦争による破滅を挟んだ、今と地続きの世界の話だ。

ふと、敗戦の年に天王寺駅で見た罵倒される孤児の姿を思い出した。

彼らは、蛭子のように捨てられたのだろうか。

○

もうひとりの尋ね人を捜しに、あの盛り場へ訪れた。

だが夕暮れまでバラックの店々の辺りを訪ねても、そして城東線の下に点在するルンペンのねぐらを回ってもあのルンペンを見つけることはできなかった。もっとも、ねぐらのほとんどを、この前の狩り込みで壊滅させたのは他ならぬ警察だ。

あの気の良いうどん屋は店仕舞いをしていたが、厭《いと》うことなくすぐに答えた。

「復員服姿で、顔に火傷の跡のあるルンペンでっか？　見かけまへんなあ。この辺りでルンペンのように汚いいうたら、やっぱりアパッチの連中やけどもな。あっちは北の裏切り者やさかいに恐ろしゅうてよう近寄らんよ」

「裏切り者？」

「ワシも朝鮮人やねん」

咄嗟《とっさ》の告白に言葉に詰まる新城を見ても、うどん屋は慣れた様子だ。

「故郷を出て、大阪やら満洲やらあちこち渡り歩いて随分経つよって、日本語も達者になっとりまっしゃろ」

「あ、ああ、言われへんかったら気づかんかった」

「ワシは仁川《インチョン》の出ェやけど、アパッチにおる連中は済州島《チェジュド》の出ェでんねん。北の極悪非道の傀儡《かいらい》に味方したあいつら裏切り者のせいでワシの故郷は焼け野原や」

地名を口にしたとき、初めて朝鮮の訛りが強くなり、憎悪が剝き出しになった。同じ民族で骨肉の争いを繰り広げた朝鮮半島で、休戦協定が結ばれたのは昨年だ。対立はいまだ冷めやらず、在日朝鮮人も日本国内で南北に分かれ、流血沙汰も起きている。

「ひーやんトコに使われとるんも済州島の連中ばっかりや。こっちの盛り場は南のモンが多いけど、あの三十八度線越えたら、それこそ貧乏人のアカ連中ばかりや。警察が早う取り締まって北に送り返したったらエエねん」

随分と警察に対して親切な気のいい男だと思っていた。だがそれは、敵対する同胞への憎悪の裏返しだったのではないか。日本の警官に媚《こび》を売って、さり気なくアパッチの同胞たちを蹴落とそうとしているのだ。胸に少し苦い思いが広がる。

「日下部のトコやなくても、あの辺りでルンペン集めたりはしとらんか」

「さあ、ホンマのルンペン集めとったかは、そりゃ分からんし興味もないしの」

「あと、この辺にえべっさんの神社やら、あったりするかいの」

「えべっさん？　このあたりは元々造兵廠やで。古い神社なぞあれへんがな」

新城は守屋と顔を見合わせる。やはり、たまたま目についた単語を並べるだけでは解決の糸口になどならないのか。今日一日、福田に話を聞いたり、あの浮浪者を捜したりしたのは徒労だったのではと思えてきた。

うどん屋はふたりの小さな落胆をよそに、

「ひーやんとこは三十八度線のすぐ近くやし、ルンペンやったら見てへんか聞いてみたらエエんちゃうか。ああ、でも今の時間はひーやんとこは仕事しとらんで。まだ明けきらん暗いうちにアカ連中使《つこ》て屑鉄を盗掘して、それを朝に捌《さば》きよるさかい、ひーやんは帰るの早いねん。あれで帝塚山《てづかやま》に豪邸持っとるらしいわ」

「ほな、今は誰もおらんのか」

「何やあの陰気臭い副社長とやらがおるはずや。あれは盗掘やらでけるタマやないよって、あそこで見張り役をしとるらしいわ」

えべっさんの手がかりは得られなかったものの、うどん屋は随分と情報をもたらしてくれた。その善意の正体が、今までに何度も見てきた「市民」の醜さと瓜ふたつだったとしてもだ。

その足で、営業を始めたみよしに向かう。あの日、共に浮浪者を目撃した三好にも聞いたが、こちらは即座に一蹴された。

「そんなもん、どこ行ったかなぞ知らんがな。アンタら警察やのにルンペンひとりも捜しきらんのかいな」

「何だと……」

嫌味たらしく言われ、守屋が何か言い返そうとする気配を察知し、

「おっちゃん、何か分かったらワシに連絡くれや」

「何やねん、ワシには何もしてくれん癖に使い走りかいな」

「今度、ツケに色付けて払《はろ》たるさかいに」

「ホンマやな」

ようやく三好は納得してくれたようで、仕込みを進める手を止めずに顎をくいっと上げた。この辺りで多少は話を集めてくれるだろう。

「しかし、あの店主の言葉ではないがルンペンひとり捜し出すのがこれほど骨だとはな」

みよしから離れた頃に、守屋が呟く。

その嘆きは、確かに間違っていない。

「なあ守屋さん。アンタ、ルンペンの狩り込みやらしたことありまっか？」

「いや、ない」

「ルンペンを署にしょっ引いて、色々聞いたりもするんですわ。本籍やら住民登録やら聞いても何も答えやらん。家族もおらん、故郷ももうない、そんな連中が仰山おる」

故郷や家族が健在だったとしても、彼らは答えない。警察から己のような者の引き取り先にされても厄介者扱いされるだけだと知っているからだ。

「糸の切れた凧《たこ》のようなもんで、そのルンペンを手繰《たぐ》り寄せる術がないんですわ」

「凧……か」

警察は、社会の枠組みを守る組織だ。

その枠組みを乱す犯罪者であっても、大体の者は家庭や職場にその身を置いている。犯罪者であっても、むしろヤクザ者のような連中は、親分子分の組織で強固な紐づけがなされていて、その繋がりを手繰り寄せていけば大体捕まえられる。

本当にすべての繋がりから解き放たれた者は、警察にとってそもそも守る対象ですらなく、そしてその無力さゆえに侮られる。

だから平気で蹴り飛ばす。そして目にも留まらぬ。

事件のあったあの日、新城もあの浮浪者をその場で問い質《ただ》すことはしなかった。自分も結局は他の警官らと同じだったのだ。

「ま、蛇《じゃ》の道は蛇《へび》、言いましてな、あのおっさんならワシらより多少連中にも顔が利きまっしゃろ」

「そうなのか」

「残飯ですわ」

「ああ」

守屋も得心がいったようだ。

いかに糸の切れた凧でも飯を食わずに生きてはおれない。そういうときに頼るのが零細の飲食業者だ。

飲食店主は、残飯の多くを家畜の飼料業者に卸して金に換えるが、一部を浮浪者にくれてやることがある。店側に旨味はないようにも思えるが、どうせ追い払ってもうろつくし、ゴミ捨て場を荒らされたりかき入れ時に近寄られても困るので、閉店後に残飯をくれてやる店は多い。

みよしもそういった手合いだし、だからこそ先日はかき入れ時に顔を出したルンペンにあれほど怒りをぶつけたのだ。

彼らが微かに社会と繋がっているのが、誰かの食欲を満たしそびれた残り滓《かす》なのだ。

「ま、ダメで元々ですわ、種は蒔《ま》けるだけ蒔いときましょ」

心の曇りを振り払おうと、新城は努めて明るい声を出した。

辿り着いた日下部金属産業の敷地はひっそりと静まり返っていた。陽が沈む直前で、橙色の夕日はじきに紫になっていこうという頃だ。広々とした敷地の中で唯一明るいのは、事務所代わりのバラックだった。

「日下部はもういないだろうね」

「まあおらんと思いますけど、万一のときにまだワシやったら言い逃れもしやすいやろうし、守屋さんはここで待っといてもらえまっか？」

「うむ……致し方ない」

少し悔しそうな表情の守屋を敷地の外に待たせ、新城ひとりがバラックの扉に歩み寄り戸を叩く。

「はい……な、なんや、あんた、また何ですか」

戸が開くと、裸電球の明かりに照らされた室内から伏屋が顔を出す。新城の顔を認めると、前に面倒事を起こした警官が再来したとあって訝しげに眉をひそめる。

「この前はすんまへんでしたな、例の堅物はんにはキツうお叱りがありましたよってな。社長はんはもう帰らはったんで?」

「そ、そうですが、何か……?」

「いや、大した話やないんやけど、この辺りでルンペンを、アンタ見かけることはあれへんかいね? いまどき復員服を着とって、顔に酷い火傷の跡がある奴や」

「ルンペン?」

「ちょいと、例の殺しの絡みで、何ぞ目撃しとったかもしれんのんですわ」

「さ、さあ」

よほど警戒されているのか、あるいは元々の挙動なのか、伏屋がぎこちなく首を傾げる。ただ、日下部のように挑発的でもなければ反抗的でもないだけやりやすかった。

「もし見かけたら警察に一報くれまへんか? 本町の東署でも森之宮駅前の交番でもエエですわ。電話でもよろしいでっせ」

電話番号を手帳に書きなぐって、ページを破り取って渡すと、新城の顔色を窺うように上目遣いで受け取って胸のポケットにしまい込む。それ以上は何も喋る気配はなく、その瞳の奥に不信の色がたたえられているのに気づいた。警察を敵だと見なしてくる者たちに特有の薄暗い瞳だ。

「ほな戸締り気ぃつけてくださいな。この前の事件もありますよって」

努めて朗らかに別れを告げると、伏屋は「へ、へえ」と頭を下げた。その従順さは狩り込みのときに浮浪者が見せたのと同じ、恐れとへつらいの臭いがした。

「どうだったかね」

待っていた守屋が尋ねる。新城は並んで歩き出す。

「駄目ですわ」

「むう……」

「いったん、えべっさんとルンペンは置いときましょ。他にやれることをやるしかないですわ」

「そうだな。じきに分かるときがくることを祈ろう」

三十八度線と日下部金属産業の敷地の薄暗い一帯から、明るい盛り場へと戻った。

第四章　罪証隠滅

故国に戻り、見知らぬ街を転々とした。故郷にはもう戻るべき場所もない。家族も、そして幸三も失って、今さらどの面を下げて帰ればよいというのか。

稼ぐ手立てもなく、やがて野良犬のような立場に身をやつしながら、大阪に流れ着いた。この街はえびす様がどこにでもいらっしゃる。

幸い、流れ着いた場所は皆同じようなはみ出し者ばかりで、過去など問われなかった。お陰で職にもありつけて野良犬生活からも足を洗え、貧しいながらも人の生活を送れるようになった。ここで穏やかに死んでいくなら悔いはないとも考え始めた頃だった。

——おじちゃん、芳子ちゃんのおじちゃんでしょう？

大阪で名高い、えびす様の祭りに顔を出したとき、綺麗な着物を着た年頃の娘が、まるで幽霊でも見たように驚いた様子で声をかけて来た。娘の手にはえびす様の絵馬のついた縁起物の福笹が抱えられている。芳子の名を口にしたこの娘は……。

そこで、かつてあの畑で見た、勝江の無邪気な笑みが記憶から蘇った。

――生きてたんやねえ。まさか生きて会えるなんて。こんなに痩せて大変やったねえ。勝江が生きておった。まさかこの地で会えるとは。別人のように変わり果てた俺を見て、この娘もよくぞ気づいてくれた。これもえびす様の導きに違いない。娘も俺も泣いて喜んだ。

――私とお母さんは開拓団の人らから遅れてしまって、でも別の開拓団の人らに交じって一緒に帰国できたの。お母さんは引き揚げ後に故郷の村で死んじゃった。芳子ちゃんとおばちゃんは富桑村の開拓団と一緒に行って……ごめんなさい。

やはりそうだったか。しかしあの頃の幸せなども何もかも失ったと思っていた身からすれば、お前が生きていただけでも幸いだ。

これまでどうしていたか尋ねられたが、口を濁した。この子の父をシベリアで手にかけただなどとは口が裂けても言えないし、病にも侵されて今はただぼろ布のように生きているだけなのだ。美しく育ったこの娘の晴れがましい未来のためにも、俺が関わって迷惑をかけてはならぬ。死ぬ前の土産として再び会えたことだけで十分だったのだ。

だが。

――今ね、私がいるところは、立派な先生がうしろ盾におられてね。ちょうど今日は講演をなさるのでこれからお手伝いに行くんよ。

手を引かれて向かった広場には、大勢の聴衆が押し寄せて、演台に立つ男の話に聞き

入っていた。そんな立派な人がうしろ盾になっているのか、と安心と気後れを感じていると、

――わが国の復興はひとえに子供らにかかっとります。その子供らをいかに健やかに育てるべきか。私は母子への医療福祉の拡充を切に訴えるものであります。

その声は。

伏せぎみだった目線を思わず上げる。

目を疑った。

かつてわれわれに「くれぐれも安心して任せていただきたい」と平然と嘘をついて逃げた、あの忌々しい澤がそこにいた。姑息にも名を変えていたが見間違えようもない。昔も今も仕立ての良い服に身を包んでいやがる。男の周辺にいるのは満洲の地で奴の下にいた連中だ。

あの日、われわれを戦地に送り出していったときと、まるで何も変わらぬ光景だった。俺が友も、妻も、そして子までも失ってきたというのに、なぜあの野郎めがのうのうと先に戻り、何ひとつ恥じる様子もなく表舞台に立ち、あろうことか子供を守れと平然と唱えているのか。

俺のすべてを踏みにじりながら、貴様は一体何を。

怒りとも悔しさともつかぬ激しい感情で、頭が真っ白になった。しかし今ここであの野郎に飛びかかろうとしても、聴衆に阻まれるか取り巻き連中に組み伏せられ、復員者

の奇行として片づけられる。何より、勝江に迷惑をかけてしまう。辛うじて踏みとどまることができた。

——おじちゃん大丈夫かね。どこか具合が悪いんかね。

怒りで真っ青になっていたであろう俺を心配して、勝江が声をかけてきた。人がたくさんいて気後れしてしまった、と言い訳してその場をふたりで離れ、人の少ないあたりで腰を下ろした。

そこで勝江に今何をしているのか尋ねてみた。

嬉し気に語る勝江から聞かされた事実は、にわかには信じられなかった。

勝江は気づいていなかったが、俺はピンときた。

あの野郎めは、再び同じことをこの地でしでかしている。この娘はその片棒を担がされているのだ。

そのことになぜ気づかぬのかと、勝江を怒鳴りつけたくなったが、

——おかげでね、白いおまんまをたくさん食べられとるよ。

そうだ。この娘はただ生きるために、食うためになしているのだ。まるであの頃のわれわれのようではないか。そんなところまで似ずともよいのに因果は巡る。それが口惜しゅうて堪らぬ。

——一緒に暮らそうよ。昔のあの村みたいに。

夕餉の香りが漂う畦道から、あの白い花畑を眺め、子供らの手を引いて家に帰った記

憶が蘇る。芳子も勝江もおかっぱ頭の五歳で、乳歯が抜けたのを見せつけるようにニカッと笑っていた。一面綺麗な夕焼けだった。

ああ、赤い夕陽に照らされて、戦友《とも》は野末《のずえ》の石の下。

俺は差し伸べられた娘の申し出を断るとき、どのような表情をしていただろう。

嗚呼、嗚呼、えびす様、何と酷な。今になってこんな現実を見せつけてくるというのに、娘の抱きかかえた福笹におわすあなたはずっと微笑んでらっしゃる。

俺は一体どうすればよいのか。心のうちで問いかけてもえびす様はにこやかなまま何も告げない。体の芯からどす黒い、熱い血にも似た激情が、止めどなく溢れ出す。

畜生、畜生、畜生。

嗚呼そうか。えびす様は導いてくだすったのだ。あの連中を成敗せえと。それをなし得るのは俺だけなのだから。

きっと連中は言うだろう。俺たちは悪くない、時代がそうさせたのだと。より悪い者たちは他にいる。俺も同じ立場であればそう言ったのだろうか。知ったことか。俺にはもうこの幼馴染の忘れ形見しかこの世の未練はないのだ。

己の過ちに気づくことすらせず、再び同じことをなそうとする醜悪さを思い知らせてやる。

これこそ、えびす様のお導きだ。

せめて、せめて俺が教えてやらねばならぬのだ。

本当の「外道《げどう》」とは、かくあるのだと。

〇

二十八日。

それまで停滞していた被害者三人に関する捜査が、一気に動き出した。

まず、新城と守屋の許に、法務省からようやく回答が届いた。封書を開けると、

《仁科乙治に対する戦犯被疑事実照会について

法務省大臣官房調査課

仁科乙治（本籍大阪府三島郡福井村、以下甲）は、極東国際軍事裁判所条例（昭二一・一・一九）第二章第五条ハ項に該当する、人道に対する罪に該当する被疑事実を以て、昭和二十一年二月二十二日、連合国戦争犯罪委員会極東小委員会中華民国代表委員の申し立てがあり、同月二十九日、連合国軍総司令部国際検察局によって起訴状が請求され、極東国際軍事法廷が即日発給したものである。しかるに、甲は同法廷への出廷義務を果たさず、また同法廷の戦犯裁判はサンフランシスコ平和条約発効によって停止しているため、二十九年四月現在、甲の訴追手続きは未了である。

甲の被疑事実は下記の通りである。

一、昭和十九年四月から昭和二十年八月の間、旧満洲国熱河《ねっか》省に所在せる軍需工場に

おいて、満人及び連合国軍（中華民国軍）捕虜に対する非人道的な扱いを行った疑い
以上》

「捕虜虐待の容疑でっか」

帳場の机に広げた書面を睨みながら、首をひねる新城。

中卒で学はないと自認するが、それでも刑法や刑事訴訟法、警察官職務執行法などといった法規を文字通り鉄拳制裁で叩きこまれたおかげで最低限読み取る力はついた。眉間に皺を寄せながらも、何とか堅苦しい文語調の文書の趣旨を理解しようとする。

「満洲……宮益も陸軍出入りの業者で、満洲で軍需物資調達に当たっていたんだったな。そこで何かしら繋がりがあったのかもしれない」

さすがに守屋はさっと読んで内容を理解したらしい。

「しかし、この軍需工場というのも何なのか、今もある会社なのか、そこでどのような行為をしたのか、具体的な罪状が一切分からない」

「調査を要請して、一週間待ってこれでっか。警察同士の情報照会やったら、二日三日もあればまともな回答がありますけども、これやとなあ」

「BC級戦犯の捜査資料は膨大だし、すべてが法務省に保管されているとは限らない。何より、戦犯捜査をいまさら真面目にやろうという奇特な連中はいないだろうさ」

二年前、サンフランシスコ講和で日本が独立を回復して以来、占領期の行政文書は米国に多数渡ったと言われており、そもそも法務省自体が持っていない可能性も高い。

万一あったとしても、GHQの命令で嫌々行ってきた戦犯糾弾をまともにやろうという者はもはやいないだろう。処刑された戦犯の名誉回復と収監中の戦犯の即時釈放を求める国民世論は広がりを見せており、国会への請願は四千万人もの署名を集めている。

「しかし、これだけだと、まだ仁科の兄や義母を吐かせるには弱い……ん？」

そう言って、何かに思い至ったようだ。

「ふむ、所管は大臣官房か……やむを得ん」

しばし逡巡を見せたあと、決心したように頷くと警電の受話器を取って交換手に、

「法務省の代表電話を頼む」

いきなり法務省への長距離電話を始めた。

「ちょ、ちょっと守屋さん……？」

さらに法務省に繋がると、

「大臣官房の丹羽《にわ》を頼む」

一警官がいきなり法務省の大臣官房に電話をかけるなど非常識にもほどがあるが、守屋は涼しい顔だ。

しばらくして電話が繋がった。新城は耳を澄ませて成り行きを見守った。

『はい、大臣官房の丹羽』

「守屋だ、久しぶりだな」

『守屋恒成か。大阪へ赴任するときに送別会をして以来じゃないかい。東京が恋しくな

ったのかい』

「下らんことを言っている暇があるというのは、よほど国会対応が楽なんだろうな。造船疑獄でもっと絞られておけばよかったんだ」

受話器から漏れる声を聞く限り、相手は守屋と親しい間柄らしい。四角四面の物言いはいつも通りだがどこか砕けているし、相手も相手で慣れた様子だ。

『相変わらずで何より。で？ 同期の桜の旧交を温めるために電話してきたんじゃなかろう。僕だって、もちろん前ほど忙しくはないが暇を持て余しているわけじゃあない』

「分かっているからギリギリまで君に借りを作りたくなかったんだ」

『ほう、何を貸せばよい？』

「単刀直入に聞くが、先日とあるBC級戦犯の被疑事実をそちらの大臣官房調査課に問い合わせたところ酷く素っ気ない内容しか戻ってこなかった。これ以上は出てこないのか、という苦情だ」

守屋が仁科の情報を向こうに告げると、しばらく間を空けて、

『分かった。一両日くれたまえ。ただし君が東京へ戻ったら、それなりに頼むよ』

「分かったから早く頼む」

そこで守屋が受話器を置く。恐る恐る新城が守屋に聞く。

「お知り合いでっか？」

「大学時代の学科の同期だ。今は法務省の大臣官房にいるが、前に東京地検特捜部にも

いたことがあって、何かと縁が続いている」

東京帝大出身者は官界のありとあらゆる場所に同窓生がいるというが本当だったのか。

「最初からその人に頼めばよかったんとちゃいまっか？」

やや非難めいた口調で新城が問うが、守屋は覇気のない声でぼそぼそと答えた。

「あいつに借りを作ると、奴が紹介する女と見合いをしなければならなくなる」

「え？　見合い？」

新城の口を守屋が慌てて押さえる。周囲の目を気にしながら守屋が小さな声で、

「奴の細君が女学校出なんだが後輩が多数いて、見合い相手をいつも探しているらしくてな。その餌食《えじき》になっているんだ」

まるで給食の不味い脱脂粉乳を前にした子供のような表情で溜息をつく守屋。新城が今まで気になっていた疑問をぶつけた。

「守屋さんって、三十でしたっけ？」

「そうだが」

「何で結婚してないんでっか」

「職務が忙しくてな」

「見合い話なんて、守屋さんくらいやったら引く手あまたでしょうに。自分から行かんだけでは？」

「知らん」

「女が苦手なんでっか？」

「知らん」

普段の堂々たる態度はどこへやら、拗《す》ねたように目も合わせない。実に分かりやすい。

「何だねその顔は」

「いや別に」

「不愉快だ」

「まあまあ」

そんなやり取りをしていたとき、帳場がにわかに騒がしくなる。

宮益の実家のある近江八幡に派遣されていた捜査員二名が、数日ぶりに帰阪したのだ。

夕方の捜査会議では、まず宮益の報告が挙げられた。

「戦時中の足取りですが、満洲から一緒に引き揚げたモンがおって、一時宮益の実家に居候しとったとき、宮益は関東軍の特務機関におったとその男に漏らしとったそうです」

「特務機関なあ。陸軍出入りの商社いうのは偽装か。しかし転向左翼がよう潜り込めたな」

元憲兵の古市が、複雑な表情を見せる。

「あの頃の満洲はそういうモンが仰山おりましたさかいに。ほんで、どうやら宮益っちゅうのは何でも、金集めが上手かったらしいですわ」

誰かが感心したように呟く。

「はぁ、こいつ、アカなぞならんと、銀行員にでもなっとけば、偉い出世したやろなあ」

それに対して別の声が上がる。

「近江八幡の出ぇやったな。近江商人の流れは健在やな」

戦前は左翼運動、戦時中は特務機関、そして戦後は代議士秘書として、一貫して金集めをしていたというのだから、共産主義者だった割には随分と資本主義的才覚に溢れていたとも言えよう。

「戦時中は、何でシノギ挙げとったんや」

不在の狭間に代わって安井が尋ねるが、帰ってきた捜査員も首を横に振る。

「それは、その男も知らんと言うてました。よほど危ない橋渡っとったんか、引き揚げ時もその点は一切触れんかった言うてました」

「用心深いな。敗戦後に誰ぞの耳に入ったら、身の危険を感じるほどやったんか」

古市が首をひねる。

「ただ、これが本件にどこまで関わるかがまだ見えてこんな。これをどうにか洗い出さなあかんが、それはやはり今の関係者から話を聞くしかないやろなあ」

次いで別の捜査員が立ち上がり、所轄署から上がってきた菅沼の情報を報告する。

「菅沼と宮益が、大川沿いの牡蠣《かき》船で口論しとったっちゅう目撃証言がありました。目撃者は船主で、時期は五月十四日、宮益の遺体が見つかる前日やと言うてます」

川に浮かぶ牡蠣船は、広島から大阪へ牡蠣が安く送られてくることから、市民がちょっとした接待などで気軽に使える店として大阪では根強い人気がある。

「よう覚えとったな、その船主」

安井の疑問に捜査員はわけもないといった様子で答える。

「菅沼の似顔絵を見せたら、すぐですわ。そろそろ旬も終わろうっちゅう頃に宮益からふたりだけで貸し切りの予約があって、エライお大尽やと思ってたら、しばらくして口論しよって、それがごっつい剣幕やったうえに殴り合い寸前やから、何とか止めに入ったんやとか。先に菅沼が出て行って、残った宮益が『こういうモンや、面倒事にはせんよって黙っといてくれ』と仰山カネ摑ませてきたそうですねん。せやから今までもだんまり決めとったらしいですが、さすがに警察に聞き込みに来られては黙っとれんちゅうて話したようですわ」

「そら忘れられんやろな」

「いずれにせよ、宮益と菅沼に関係があるということは見えてきました。例の宮益の手紙も牡蠣船の一件と同様の、菅沼との金銭トラブルっちゅう可能性もあるかもしれません。これは宮益を軸に、北野代議士の関係者として結び付けてもエエのではと思います」

古市が首を傾げる。

「で、そのふたりの繫がりは何やねん」

「分かりませんが、元々北野絡みで国許でのうしろめたいことを宮益が引き受けとるのんやったら、何かしら汚れ仕事をさせとったのでは」

「それが分からんことには、全容解明はまだ先か……」

額に皺を寄せる古市に西村が割って入った。

「少なくとも宮益と菅沼、双方の最後の足取りが分かったのンは一歩前進ですわ」

狭間ほど露骨に排除しなかったとはいえ、安井は北野への捜査には慎重な姿勢を崩さなかった。

「まあ、この辺りは太秦刑事部長が戻ってこられてからやな。その辺の折衝を与党側と探ってはるそうや」

「国会の会期が延長されたら、また延びるんでっか？」

「そこはワシも分からん」

安井が額の汗をハンカチで拭う。

「ひとまずは十四日の、牡蠣船から遺棄現場までの地取りは進めて損はないやろな」

「西署、南署、東署の各署で探させましょう」

最後に、守屋が法務省側の回答について軽く説明をする。

「これはあくまで推論にすぎませんが、宮益と仁科は共に満洲におり、同じ軍需物資関係の任務に就いていたとすれば、この当時の関係が現在も続いていた可能性が大いにあります。詳細は現在追加で調査中です」

「仁科の戦犯容疑についてはまた回答があるっちゅうことでっか？」

守屋は断言する。

「一両日中には」

「さすが、国警はんは顔が広うおまんな」

多少皮肉の色合いもあるが、それを気にする守屋ではない。

「ま、刑事部長が帰るまでにナンボか進展しそうやな。あんじょう頼むで」

安井は目の上のたんこぶがふたつともないためか、肩肘張らない言い草で捜査会議を締めくくった。

〇

「晩飯、どないします？」

捜査会議後、総務課による店屋物の注文聞きが回ってきた。どの丼物にするか、というつもりで聞いたのだったが、

「王来軒へまた行かないか。水上署にでも寄って、そのついでに行こう」

守屋からそんな提案が出るとは思わなかった。守屋は王来軒の味を気に入ったようだ。

「名目とついでが逆でんな」

「多少は許されるだろうし、密な情報共有はこういうときこそ不可欠だ」

一課長による捜査の混乱はまだ多少尾を引いている。現場同士でなるべく顔をつないでおくのは損ではない。

「ほな、今日は炒飯以外にしまひょ。天津飯《てんしんはん》っちゅうのもありまっせ」

新城が車を出して、水上署に着いた頃には夜八時を回っていた。当然ながら夜間当直体制で、当席課長である船舶課長のほか、数人の署員が詰めているだけだった。捜査課の当直に声をかけ、しばらく雑談程度の情報交換をして、適当なところで切り上げることにした。守屋が便所に行ったので新城は先に署の外へ出た。

「ども、お疲れさんです」

車の近くに立っている男から、声をかけられた。

「アンタか」

例の癖毛の記者だ。車のエンジン音に気づいて記者クラブから出てきたのだろう。

「黒井います。お宅さんは東署の新城巡査でんな」

「調べたんかいな」

おそらく、それとなく河本班長から聞き出したのだろう。

「この前はどうも」

「何のことや」

「いや、気にせんといて下さい」

あからさまに情報提供を認めるわけにはいかないので、ぶっきらぼうな口調で突き放す。向こうもそれは承知のようだ。

「ほな、こちらからひとつ」

「何や」

「大阪華信いう信用組合、知ってますか?」

聞いたことのない名前が出てきた。

「は? いや知らん」

「正式名称は大阪華僑《かきょう》同胞信用組合いいましてな、華僑連中の資金繰りのために設立された金融機関ですねん」

「それがワシに何の関係があんねん」

「ここに、最初の犠牲者の宮益がよう出入りしとったっちゅう噂を耳にしましてん」

「何やそれ。知らんがな」

「警視庁の二課さんも摑んでないんでっか?」

「ワシは東署の刑事課や。本庁の二課さんのことなんぞ知らんわ」

もし摑んでいたら、二課から応援に来ている中津班長が帳場で伝えるはずだ。

「帳場で話は出てへんかったようでんな」

だが、今の反応で黒井には内情が分かったようだ。

「どうやら、大阪華信は酷い放漫経営で帳簿もエエ加減らしいですわ。資金洗浄っちゅうんでっか? それには最適でっしゃろ」

「さよか。そないなむつかしい話、ワシは知らんの」

「ほな、また僕も僕で調べますよって、よろしゅ頼んまっせ」

そう言って署の中へ戻っていく黒井の背中を、内心穏やかならず見送る。その入り口に、いつの間にか守屋が煙草を咥えて立っていた。黒井が中へ入るのを見届けて、ゆっくりと車へ歩いてくる。

「あの男は、この前のブン屋かね」

「何ぞ嗅ぎまわっとりましたわ」

守屋は煙を細く吐き、声のトーンをひとつ下げた。

「随分と仲の良い様子だったね」

「……どういう意味ですか」

その仏頂面《ぶっちょうづら》は、煙草の微かな火に照らされて、おどろおどろしくすら見えた。

「例の特ダネは君からだったのか」

「知りませんよ」

「君か」

しらを切ったつもりだが、新城の動揺を嗅ぎ取ったのか守屋は確信したようだ。

「もしそうやったら、どないなんでっか。狭間さんにワシを突き出しますか？　こいつは口のゆるい、刑事不適格者やって」

我ながら苦しいが言い訳が口を突いて出た。現場の捜査員の中にはおそらく新城以外にもたれ込んだ者がいたはずだ。何より、筋が悪いのは狭間の方針転換の方だ。いまさら大っぴらに吊るし上げられることもなかろうという魂胆もあった。

もちろん記者に情報を流すのは建前のうえではあまり褒められた話ではない。だから新城にも負い目があるといえばある。

罵られるのかと覚悟を決めて守屋を窺うと、以前の捜査会議後と同様、絞り出すような声で苦々しげに吐き捨てた。

「君と私の間には、警察組織に対する根本的な認識の齟齬《そご》があることは知っている。それでも私には、連中のような人の不幸を喜んで書き殴り、そして誰かを死に追いやっても平然としていられる輩に、警官たる君が情報を流していることを――」

守屋が顔を逸らす。

「――すまないが、今の私には受け入れられないんだ」

守屋はそこから車で野田の王来軒まで向かう十分ほどの間、助手席から外に顔を背けて一言も発さなかった。

王来軒に辿り着き、出てきた客と入れ替わる形で店に入ると、丁度客が途切れたところだったようだ。

「いらっしゃ……あ、洋ちゃん」

「また来たで」

「あら守屋さん、いつも弟がお世話になってます」

朗らかな冬子の声に、守屋がわずかに会釈する。ふたりの間の微妙な空気に気づかないのか、冬子はいつもと変わらずニコニコと接客してきた。

「洋ちゃんが職場の人をこない連れて来てくれるのン、珍しいね。仲エエねんな」

屈託ない冬子の言葉が遠慮なく突き刺さる。

「それより洋ちゃん、お父ちゃんあれからいっこも帰ってきいひんの」

「この前言うてからか？　さすがにどこほっつき歩いとんねやろな、あのクソ親父」

「もう三日やし、そろそろ警察に捜索願出した方がエエのやろか」

「あんなオッサン、放っとけばエエ」

今日は特に守屋との一件があって虫の居所が悪い。冬子への物言いも刺々しくなる。

「エエことないよ。もう、お父ちゃんしかうちらおれへんねんで」

「あの親父が、ワシらに何かしてくれたか？　戦争から戻ってこっち、ワシらの足引っ張ることしかせぇへんかったがな。もう、ワシは限界や」

父を甘やかす姉への苛立ちが抑えきれなくなってしまった。そこまで言い切って、冬子が真面目な顔をしてこちらを睨んでいるのに気づいた。言い過ぎたか、と焦るが、

「洋ちゃん」

「何やねん」

「先に注文して」

毒気を抜かれ、渋々答える。

「……ワシは天津飯」

「守屋さんは何にします？」

「あ、ああ、そうだなあ」

姉弟の口論が突然終わり、守屋は慌てた様子で、壁の品書きに目をやった。

そのとき、引き戸を壊れるかと思うくらい乱暴に開く音が狭い店内に響いた。

「いらっし……」

「冬子ぉ」

しわがれた声が冬子の声を遮る。

「親父？」

新城が振り向くと、帰ってこないと姉が嘆いていたはずの父がそこにいた。

どこで何をしていたのか、ツンと汗と垢の臭いが店の中に漂う。

「新城さん、お久しぶりやね？」

店主の王も厨房から声をかけて来たが、父は王の方を見ずに冬子に目を向けていた。

その焦点は合っていない。いつにも増して落ち着きがない様子で、額にはまだ五月というのに汗が大量に浮かんでいる。明らかに普通ではない。

「冬子ぉ、お前ぇこんなとこで何しとんねん。早よ家帰ってこんか」

「えっ」

「お母ちゃんとこおらんと、アカンやろ」

「ちょっと、お父ちゃん何言うとんの？」

冬子が問いただしても要領を得ない。酒かと疑うが、顔も赤くなければ息も酒臭くない。

「お母ちゃんの店放っぽって、何しとんや」

その言葉を聞いた瞬間、冬子がびくりと震えた。

「親父、何言うとんのや?」

お母ちゃんの店。

母が生きていた頃、営んでいた一膳飯屋のことだ。元は母方の祖父母の店で、近くにあった松下電器や三菱製紙の工場の工員向けに安く手軽な食事を出していた。一階が店舗、二階が住まいで、その店を手伝っているときに母は父と出会ったのだ。

両親は結婚後いったんは港町の神戸に住んだが、母方の祖父母が相次いで亡くなったあと、神戸にいるよりは慣れ親しんだ大阪の方が良いということで祖父母の家へ一家で越して、そのまま母が店を引き継いだのだ。戦争前、新城が五歳頃の話だ。

その店は昭和二十年三月の空襲で、母ともども失われたはずなのに。

父は、追い打ちをかけるように言う。

「お母ちゃんの店、おらんと、空襲なったとき、大変やがな」

「やめてよ……」

冬子は声を震わせてその場にしゃがみこんだ。厨房から王も出てきたが、父と冬子のただならぬ様子におろおろするばかりだった。

「お母ちゃんはうちのせいやない……うちやない……」

小刻みに震える自分の腕を抱える冬子。

「うちは、先に学校の壕《ごう》に入っとってって、お母ちゃんに言われたんや……」

お母ちゃんの店、空襲、壕。

そういうことか。

「せやから先家出てん、そしたら、そしたら焼夷弾がな、ざざーって降ってきてん」

「姉ちゃん」

「うちのせいちゃうよ！」

「分かっとる」

昭和二十年三月十三日の大阪大空襲の話は、冬子から一度も聞いたことはなかった。

あれから九年、もう傷も癒えているのなら、それを聞くのは藪蛇《やぶへび》かもしれない、と。

癒えてなどいなかった。

今も冬子の目にはあの日の光景が焼き付いていた。母を残して先に逃げ、そして母を見殺しにしたという悔恨が、生々しく残っていたのだ。

「姉ちゃんは悪くない」

新城はしゃがみ込んで、うずくまっている冬子の肩に手を置いた。その途端に冬子はぼろぼろと大粒の涙を流し始めた。

「ごめんな洋ちゃん、ごめんな、お母ちゃんのことちゃんと守ったれへんで、ごめんな」

まるで幼子のように泣きじゃくる。

「お父ちゃんもごめんな。うちが守れへんかったから」

父にさえ謝る。おそらく九年もの間、父にも母のことで負い目を感じていたのだろう。だから今まで父を見捨てなかった、いや見捨てられなかったのか。

冬子は新城と父に何度も何度も謝るが、嗚咽《おえつ》に邪魔されて、じきにろくな言葉も紡げなくなる。

今は泣くに任せた方が良い気がした。

「冬子ぉ！　何しとんやぁ！」

そんな娘の姿など目に入っていないように、父はがなり立てた。

「親父エエ加減にせえよ」

新城の言葉も父には届いていない。新城のことすら眼中にないのではないか。

元から覚束ない足取りが明らかにふらついている。それでも何とかこちらに近づいてきた父が、拳を振り上げる。

いざとなったら、ワシが盾になったる。

そう思い、冬子を庇おうと立ち上がったとき。

横から駆け寄った守屋が父の服の袖を両手で摑み、右足で父の両足を払った。

華麗な大外刈りだった。

父は受け身もできずに背中から床に叩きつけられ、足が当たった丸椅子やテーブルが巻き添えを食らってなぎ倒される。

息が詰まったのか父はぐっと呻き、その様子を店の端から見守っていた王は短く悲鳴を上げた。

守屋は右手で襟《えり》を摑んだまま、すかさず父の背中から覆いかぶさり、両足で胴を固めてうしろを取る。空いた左手で再び襟をうしろから摑んで左腕で頸部《けいぶ》を絞めた。柔道の絞め技だ。警察学校の術科で見たことがある。

父は口に泡を浮かべながらかすれた声で叫んで、両手足をじたばたさせるが、やがて、ううっと唸って項垂《うなだ》れた。

「も、守屋さん」

「意識を飛ばしただけだ」

抵抗が収まったのを見て守屋が絞め技を解く。立ち上がった守屋の呼吸は少しばかり乱れ、額には汗が光っているが、いつもの冷静さを失ってはいなかった。

「大将、店で暴れて申し訳ない」

守屋が倒れた丸椅子とテーブルを片付け始めると、王は「無問題《モーマンタイ》ね」と慌てて床に散らばった箸や胡椒瓶を拾ってテーブルの上に置く。

冬子はしゃくり上げながらもようやく落ち着いたようで、立ち上がってエプロンで顔を拭う。涙と鼻水で酷い顔だ。

「すみません」

王と守屋に深々と頭を下げる。

「お姉さん、お怪我は大丈夫ですか？」

守屋は冬子に優しく声をかけた。王も「今日は客もいないし帰っていいよ」と冬子を気遣い、素直に従った冬子は王と共に厨房の片付けを始めた。

「新城君」

「何でっか」

「御父上を、今から私が指示する病院に連れて行こう」

守屋の声には何かを確信する気配があった。

○

けたたましいレシプロエンジンの轟音《ごうおん》が、夜だというのに頭上を何度も行き来する。

そのたびに、古びた壁や窓がガタガタと音を立てる。

大阪府豊中《とよなか》市と兵庫県伊丹市の境に位置する駐留米軍の伊丹エアベース、その滑走路のそばにある小さな木造の洋館の一室で新城は丸椅子に座らされていた。

「結論から言うとね」

横に守屋が立ち、ふたりの前に座る白衣を羽織った男の言葉を待っていた。

「君のお父さん、覚醒剤中毒やね。いわゆる、ヒロポンと言われるあれや」

皆まで言われずとも、それくらいは警官だから知っている。しかし、それが自分の父と関係のあることだと、頭の中で繋がらない。

「あの、うちの父がですか？　アル中の間違いやないんですか？」

「酒もそこそこのようやけど、それは大した問題やない。落ち着いたら念のために尿検査もするが、あの幻覚妄想の状態と腕の注射痕は結果を見るまでもないわ」

男は淡々と分析を述べ、無精髭の生えた顎をボリボリと掻きながら、どんぐりのような眼を新城に向ける。守屋から「信頼のおける医師だ」と紹介を受けたが、見た目は随分とだらしない。

「腕なんていつ確かめたんでっか」

「部屋に連れていくときに袖がまくれてね。エライ騒ぎようやったけど、まあポン中は皆あんなモンや」

洋館に辿り着く途中、車の中で目覚めた父は再び暴れだしたが、それを守屋が何とか横から押さえつけて走り続けた。幻覚を見ているのか「こんな所におったら潜水艦にボカチンや！　出してくれ」と意味不明の叫び声を上げ続け、しまいには守屋が再び絞め技で気絶させて黙らせた。着いたときは担ぎ込んでいる最中に目を覚まし「全員東シナ海に沈めたる！」と叫び出した。出迎えた白衣の男は慣れた様子で中へ一同を先導し、ある一室に父を押し込んで外から鍵をかけた。

しばらくは中から物を倒したり壁を殴ったりする音が響いたが、じきに収まった。

「ここは米軍機がしきりに行き来しているから外に音は漏れないし、周囲は徴用後も居ついている朝鮮人ばかりだから気にしないでいいがね」

言っているそばから轟音が近づいてきた。数十秒経って静けさが戻ると守屋が言う。

「しばらく、あの患者を預かってはくれまいか。しかるべき行先が決まったら連絡する」

「なるべく早く頼むで」

「行くぞ」

立ち上がった守屋が肩を叩いて、ようやく新城が我に返った。促されるままに立ち上がって洋館の外に出る。来たときはそれどころではなかったが、ガラスのドアに「山城《やましろ》医院」と書かれていることに今更気づく。

目の前の道路を挟んだ先には、広大な滑走路がライトで煌々《こうこう》と照らされている。格納庫に大型の輸送機の影が薄っすらと浮かび上がる。戦時中は旧陸軍が飛行場として京阪神の防空拠点に用い、戦後は米軍に接収されたが軍用機が引っ切りなしに行きかう光景は相変わらずだ。朝鮮動乱の頃は三分とおかずに軍用機が行き来したという。

「一本やるか？」

守屋が差し出してきたキャメルをぼおっと眺めていると、守屋が怪訝な顔をする。

「やらんのか？」

「いや、その、それやったら」

おずおずと一本もらって手持ちのマッチで火をつけて吸うと、しんせいとはまったく違う強烈な癖のある味がした。

むせ込みそうになる新城の横で、守屋は優雅に細く煙を吐いた。

「御父上の異常には気づかなかったのか」

詰問する様子でもなく淡々と。

「注射痕さえ見ていれば気付いたんでしょうけど、親父は船が沈んだときの火傷を隠すために年中長袖着てまして……」

いや、違う。自分は父のことなど見ていなかったのだ。

「親父が、あないな情けない姿をさらしとるんは、酒のせいやとずっと……。思っていたというか、そうやと決めつけて、何も考えてなかったです」

姉の冬子は父の異変に気づいていたかもしれない。だが覚醒剤中毒の知識はない。自分は覚醒剤中毒の知識はあっても、父を意識的に無視していた。

いつから常用していたのかは分からない。だがもしこの一年で、父と一度でも銭湯に行けば腕の注射痕くらいは目に入っただろう。十分でも良いからふたりきりで話せば、幻覚の端緒くらいは摑めただろう。

この数年、その程度の交流すら父との間に持っていなかったのだ。

「情けない話です。身内がポン中やのに、いっこも気づかんとは、警官失格ですわ」

父親が覚醒剤中毒者であるなど、警察にあって、許されるはずがない。上司に申告すれば、警務部を通じて依願退職するよう命じられることだろう。何より、守屋に一部始終を知られている。隠し通すことなどできるはずもない。

「お世話になりました。明日、朝一番で署に辞表を出してきます」

そこまで言い切って、全身から力が抜けた。今立っている地面がいきなりなくなったように足元が覚束ない。踏ん張らないと尻餅をついてしまいそうだ。

中学三年のときに志した刑事の道にようやく足を踏み入れ、初めてのヤマに取り掛かれた。いけ好かないエリートの守屋と組まされ、派手にぶつかりながらも次第に守屋なりの警察組織に対する考えを知った。偉そうだが偉そうなりに筋を通して捜査に臨む守屋の姿勢には好感すら抱くようになった。

守屋だけでない。古市や西村といった本庁の敏腕捜査員らと共に、世間の無理解や政治の混乱、そして上司の妨害にも臆することなく、ひたすら捜査に向き合った。

この数週間はまさしく、自分のなろうと思っていた「警察官」であった。

それが、ほんの短い夢のように終わってしまう。

力なく項垂れると、指に挟んだキャメルの火が目に入った。まるで線香花火の火球のようなそれをぼんやり眺めていると、

「君は、御父上のことを憎んでいるかね」

いつもと変わらぬ口調で守屋が尋ねてきた。咄嗟に言葉が出なかった。

「覚醒剤中毒になって、君や姉上に迷惑をかけるようになった、情けない姿の父上を見て、侮蔑したかね？」

怜悧な瞳が、新城をじっと見つめる。

「そうでんな。あんな無様な姿をさらすくらいなら死ねばエエ。そう思てましたわ」

躊躇うことなく本心が口から出てきた。短い付き合いだったが、守屋には今さら隠すこともない。それにどうせ間もなく辞表を出す身だ。

新城の言葉が終わるのを待って、守屋が世間話でもするように言った。

「私は、父を殺したよ」

新城は思わず顔を上げる。

守屋は前を向いたまま、遠い目で飛行場の方を見やる。

「うちは士族の出で軍人や警官が多く、父も例にもれず内務官僚、特に警察畑で国家に忠誠を尽くした。厳しい人で、その背中を見て私も同じ道を歩むつもりだった」

ふうっと細く、紫煙を吐く。

「だが戦争中、父の不正を知ってしまった。押収したヤミ物資の横流しに、部下が手を染めるのを黙認していたのだ」

戦中戦後にかけ、ままあった話だ。

あの厳しい食糧情勢下、どの家庭も日々の飢えを凌ぐべく、農村や闇市に足を延ばしていた。ヤミ物資の売買は食糧管理法違反だ。戦時中は経済保安課、戦後は経済監視官と呼ばれる専従捜査員を置き、警察は摘発に精を出した。

だが摘発する側の警察で、押収した物資を自らの懐に入れる者は、あとを絶たなかった。官吏ですら配給と俸給だけでは生きていけない時代だったのだ。戦後はより深刻になり、ヤミ米を食べることを拒否した判事が餓死した事件も起きたが、裏を返せば皆ヤミ米に手を出して生きていたのだ。

「戦時中、父は関東近郊のある県の警察部に経済保安課の課長として赴任していた。あるときから、父の部下という課員から付け届けとして米が入った麻袋が大量に送られてくるようになったのだよ。母は喜んでいたがね、明らかにヤミ物資だと感づいた」

県警察部の経済保安課長は、その県のヤミ物資取り締まりの総元締めだ。

「父は言を左右にして明らかにしなかったが、私は父の赴任先に顔を出したときに自分なりに聞いて回ってみたよ。田舎警察は口が軽くてな。すぐにこう言ったよ」

――坊ちゃん、それは役得というものでさぁ。

「いくばくもせずに、内務省警保局の警務から県警察部に監察が入った。そのときに私は自ら名乗り出て、父の罪を知る限り率直に答えた。それが国家のために、そして父や警察のためになると信じたからだ。だが、私が証言した内容がどこからか新聞に漏れた。戦時下で軍事機密には報道管制が敷かれていたが、官吏の醜聞、それもヤミ物資の横領などは、むしろこの時局下に許すまじとばかりに一層煽情的に書きたてられたものだ。お陰で家には石を投げ込まれ、母も精神的に参ってしまい、そして父は」

首を吊って命を絶ったよ、と守屋は抑揚のない声で続けた。

だからか。

──親も売った、血ぃも涙もあれへん奴やて有名でっさかいに──。

当初、あれほど西村が守屋を嫌っていたのは。

新城が記者に情報を漏らして世論を動かしたことを、守屋があれほど嫌悪したのは。

「父殺しとうしろ指を指され、自ら死地を求めて特攻にも志願したが、幸か不幸か生き恥をさらす羽目になった。なら私は背負うしかない。父以上に公正に、法に忠実に、そして強い存在たらねばならない。その一念で私は警察に入った」

それが父への供養であり、「警察官」守屋恒成の原点だったのだろう。

「君も、御父上にこれからの生涯をかけて向き合わねばならなくなる」

「はい……せやからワシは明日……」

「だがそのために、君が警察をやめる必要はない」

「せ、せやかて、身内がポン中やなんて、警官としては」

守屋は目の前の飛行場を眺めながら、滔々《とうとう》と語り始めた。

「覚醒剤取締法では所持と使用は確かに違法行為で、刑事事件として認知されれば警察としては摘発せざるをえないが、現時点では御父上が違法薬物を所持し使用したという確たる証拠はない。そして万一、国家地方警察の警部補たる私がその証拠を掴んでしまえば、職務として適切に対処せざるを得ない。

さて話は変わるが、犯人蔵匿《ぞうとく》と証拠隠滅の罪は、親族が行った場合は刑法百五条に基づいて特例で免除されることがある。君も警官なら刑法に精通していることだろうから承知の通りだ。

あくまで一般論の話だが、もし違法薬物を使用した者の親族が気づいて、適切な治療を行わせたうえで官憲に通報せずに完治させた場合、私の解釈のうえでは誰ひとりとして刑罰に問われることはない。その親族が万一官憲だったとしても、官憲たる身分が問われる収賄罪のような身分犯でない限り、道義上以上のことは問われまい」

いつの間にか新城は指に挟んでいたキャメルを落としていた。

あの守屋が父親の不祥事を隠し通せと言っているのだ。

「新城君」

守屋が一息ついて新城の目を見る。そこには意志を感じさせる力強さが籠っていた。

「覚醒剤がこれほど市中に出回っているのは、軍が戦争継続のために製造を奨励し、戦後も国家が市中での販売を容認したがためだ。世論の高まりで慌てて禁じたのが三年前だが、今なお多くの者が後遺症に苦しみ、若者が新たに手を出すという負の循環に陥っている。戦後復興の足かせですらある」

今までと変わらずやたらと規則ばって、居丈高な鼻持ちならない物言い。

「君の御父上は国家の無為無策の犠牲になったために苦しんでいる。それをむやみに罰することは、そもそもの刑事罰による法益を満たすものではないと信じている」

これが守屋の拠《よ》って立つ正義なのだと、今なら分かる。

「法律とは条文ひとつが変わるだけで、同じ行為を取り締まったり、逆に推奨したりもする。これこそが国家の、そしてそれを執行する我ら警察の権力の源泉だ。だがその本義は何か。国民の生命安全と財産を平等公正に守ることだ。そこを履き違えぬように、われわれは厳正でいる必要がある」

守屋は息を継ぐようにキャメルを深く吸い、細く吐いた。

「正直に言うと、私は覚醒剤をやったことがある」

「え？」

再び新城が絶句する。守屋は口の端を自嘲気味に歪ませた。

「学徒動員で飛行兵となって特攻に志願し、大分飛行場で出撃を控えていた頃だ。すでに敗戦間際で沖縄が陥落して国家存亡の危機にあり、そして父への贖罪《しょくざい》意識から、己が死ぬことに甘美な魅力すら感じてもいたし、一方でやはり迫りくる死への恐怖心は覆しようがなく、日々鬱々としていたときだ。整備員から黄色い錠剤を貰った。飲むと随分と気分がよくなって、そのときばかりは憂いが軽減された。だが翌日、最後の訓練のときに悪い方に作用したようでね、手元が覚束なくなった。操縦を誤り、気づいたときには別府の海軍病院のベッドの上で寝ていたよ」

巷《ちまた》ではヒロポンとは「疲労をポンとなくす」という意味だと言われている。そして警察や医師が用いる覚醒剤という言葉も、疲労を軽減したり睡眠を抑制する、すなわち覚醒させるという意味だ。戦時中、休む間もなく働かされた工員や整備員らの作業効率向上のため、そしてときには死への恐怖を和らげるために戦闘機の搭乗員が用いることもあったと聞く。

「おかげで私は出撃することなく、終戦を迎えて生き残ったから、ヒロポンは命の恩人なのかもしれない。だが病院には後遺症で苦しんでいる患者が大勢入院していた。その病院で面倒を見てもらったのが山城先生だ」

レシプロエンジンの音がまた近づく。父が犯した過ちと、守屋が告白した過去への悔恨、そのどちらをも覆い隠すように、轟音が空間全体を支配する。

「私と御父上は何も変わりはしない」

輸送機が目の前を通って着陸する。辛うじて守屋の言葉は聞き取れた。

「私と君とは同じ警官と言えども、違う立場で物事を見ている。だから記者に対する情報提供など、君の姿勢を受け入れられないところもある」

守屋の手元のキャメルが、灰だらけになってきた。あまり吸う間もなく喋り続けていたからだが、守屋は惜しがる様子もなく吸い殻を捨てて踏み消した。

「だが、警察のありようや、警察が何を守らねばならないか、という根本の信念において、君と私は同じだと確信している」

目元が熱くなるのを必死で堪えた。

「先ほど、もし君がすぐさま隠蔽や口封じを図ろうとしていたら、私は正直に上に報告したかもしれない」

「東京の人は冗談が下手でんな。いっこも笑えまへんで」

「それだけ言えれば上等だ」

こみ上げるものを抑えようと、瞳を力いっぱい閉じた。

○

山城医院を再び訪れたのは、翌日二十九日の昼のことだ。守屋を別の場所に降ろしてから、ひとりで車をここまで走らせてきた。

山城医師の言葉は端的だった。

「君の親父さん、やはり陽性やった」

「そうでっか」

「で、どうするんや」

覚悟はしていた。新城は用意していた答えを口にする。

「山城先生から守屋さんにご紹介いただいた更生施設に入れることで何とか、よろしくお願いします。姉とも相談して決めました」

場所は奈良の山奥にあるらしい。近頃増加している中毒患者を収容して治療する、民間の施設だそうだ。

「ん、分かった。カネはまぁそこそこかかるが、その辺りは」

「これに入っている分で何とかなりますか」

新城が古びた銀行の預金通帳と印鑑を二組ずつ懐から取り出し、山城医師の前にある事務机の上に置く。

「名義人は……君と、これはお姉さんか……何や、これ旧円の頃の預金で五千円ほどかいな。一昔前やったら結構な額やが、今は暴落してしもとるな」

通帳の最初の振り込み日は、昭和七年と九年。それぞれ姉と新城が生まれた年だ。

「まあ、しかし頭金くらいにはなるやろうね。あとは月々の振り込みになるわ」

さっと確認した山城医師が通帳を畳んで受け取った。

ひとまずはこれで安心だ。

昨晩、家に戻って姉に事の次第を伝えたときのことを思い出す。

――お父ちゃんがな、コレを残してくれてたらしいんよ。何かあったときのために、言うて。

昨晩遅くに実家に帰ると、冬子は電気も点けずに居間に座っていた。すでに落ち着きを取り戻していた冬子に、父の異常の原因とその対処について話を終えると、冬子は何も言わずに戸棚から二冊の通帳を取り出してきた。

――外航船で稼いだお金、うちらの名義で随分貯めとってくれてたらしいわ。

通帳を開くと、それぞれに毎年数百円もの金額が振り込まれ、十数年で合わせて五千円近くに達していた。戦前であれば家が一軒建つほどの金額だ。

あの父が。にわかには信じられなかった。

——お父ちゃん、アンタも覚えとるやろうけど、船員としてあの頃は随分稼いでたんよ。それを無駄遣いもせんと、うちらのためにこれだけ貯めとってくれてん。せやけど、戦争のあとにインフレやろ？　お金の価値がのうなってもて、それで心折れてしもたんとちゃうやろか。

——そないな話、いっこも聞いたことないで……。

——うち、空襲の前の日に、万一のことがあったらこれに頼りいうてお母ちゃんから預かっとったんよ。預金封鎖で結局いっこも引き出せんと終わってしもたけど。

何やそれ。

今まで散々迷惑かけといて。昔の力強く、頼もしかった父は、戦争で死んだものと思っていたのに。

いまさらこんな古びた通帳で、父親らしさを見せるというのか。

卑怯ではないか。

そう叫び出したくなる昂《たかぶ》りを何とか抑えた頃には、新城の考えは固まっていた。

——姉ちゃん、これ親父の治療のために使てええやろか。

軍用機が飛び立つ轟音で、新城は現実に引き戻される。

「親父さん、会うてから帰るか？　多少意識が混濁しとるが、暴れるのは大分収まった」

「お願いします。しばらく会えへんやろし」

山城医師のあとを付いていくと、扉の前で「君ひとりで入りや」と促される。

そこはベッドが二台置かれた窓のない部屋で、片方のベッドに父が浴衣姿で寝ていた。

「親父」

父がこちらを向く。周囲にはタオルが散乱しており、暴れた跡が広がっていた。新城を認めるなり、眉間に皺を寄せてきた。

「何や、洋か。何の用や」

「顔、見に来ただけじゃ。すぐ帰る」

「親父には、病院に行ってもらうことになったんや」

よく見れば、昔は船乗りらしくがっしりしていた体つきがひどく痩せている。

「何や、そないなひ弱とちゃうどワシは」

黄色く濁った眼と歯をひん剝いて怒気を孕《はら》む。

「親父」

新城は努めて穏やかに尋ねる。

「ヒロポン、打っとったんか」

父は顔を強張らせ、

「何が悪いんなら！　あれは滋養の薬じゃ！」

今までなら、売り言葉に買い言葉で喧嘩になっていただろう。

だが新城は静かに、

「今まで苦労かけたな」

父は呆気に取られたように言葉を失う。

「ワシも姉ちゃんも、もうキッチリ一人前で食うてけるさかいに、ゆっくり養生してくれや。カネの心配はいらん」

父はわなわなと唇を震わせ、

「何やとぉ……ナマ言いよんちゃうど。ガキの癖に。ワシの何が分かるんなら、おう」

父は突然ベッドから起き上がり、甲板で舫《もやい》や積み荷を軽々持っていた頃と比べて随分と細く弱った腕で、新城の襟元を摑み寄せ、

「親の心配するなんぞ十年早いわ、ボケが。早う去《い》ね」

その眼光の鋭さだけは敗戦前の、強く厳しかった頃のままだった。

「さよか。あんじょうしてくれや」

それだけ言い残して部屋をあとにした。

これ以上話していると目頭が熱くなってきそうだ。

「ほな、もうええか？」

「はい」

まばたきして何とか誤魔化す。山城医師はそれ以上何も言わず、元居た部屋へ戻る。新城もあとに続くと、昨晩はいなかった看護婦らしき女性が緑茶の入った湯飲みを持ってきて、事務机にふたつ置いていった。

「仕事もあるやろうし、そないゆっくりもできへんやろうけど、茶の一杯くらいは飲ん

でいきなはれ」

「ありがとうございます」

促されるままに湯飲みを手に取る。そろそろ熱い緑茶よりも冷たい麦茶が欲しくなる時期だが、心を落ち着けるには温かい茶はありがたかった。

ふと壁に掛かった日めくりカレンダーを見て、今日が土曜日だと思い出す。役所や企業は半ドンで警察も午後からは休日当直体制に入る。

当直に入った日から帳場入りして、土日もなく署に寝泊まりして捜査に奔走する日々が二週間ばかり続いており、曜日感覚などとうに飛んでいた。

「土曜にすんませんな、センセ」

「かめへんかめへん、急患はいつでも来よるし、ポンは金土日が多いと覚悟はしとる」

そう言いながら山城医師はゆっくりと茶を啜る。

「覚醒剤の治療はかれこれ十年近く手掛けているが、君のお父さんはそないに酷い症状でもない。あまり悲観せんでもエエと思うで」

気休めかもしれないが、そう言ってもらってどこかホッとしている自分がいた。

「先生は軍医さんやったとか？」

「軍医いうたかて、医専上がりの即席軍医やけどな」

「戦時中から、あんな患者は仰山おったんでっか」

新城にとっては昭和二十六年に覚醒剤取締法が施行される前後から、社会問題化していた印象が強い。

「あの頃は、あちこちの製薬会社が医薬品としてバンバン売っとったわ。ヒロポンいうのは大日本製薬の商標で、参天堂はホスピタン、武田薬品はゼドリンいうてな」

文字通りの茶飲み話の話題としては妙に物騒な話だ。

「大阪やと、例えば北野製薬っちゅうとこ、アレはなかなか覚醒剤で儲けたクチや。もっとも、社長がそういう手腕でのし上がった成り上がり者やからな」

「北野製薬……」

山城医師が何の気なしに北野の経営する会社の名を口にした。

「山城先生は、北野製薬について詳しいんでっか？」

期待せずに聞いてみたところ、

「僕、祖母が元々、道修町の薬問屋の娘やってね。今も山城製薬っちゅうのあるやろ、あそこの創業家やねん。ほんでこんな医者稼業やさかいに、何かとご縁はあるわな」

山城製薬は大阪の老舗《しにせ》の製薬会社の名だ。その一族ということなら、製薬業界との関係も浅からぬのだろう。

ならば。

「北野製薬の社長の北野正剛さんっていてますやろ？　あの人のことをちょいと聞きたいんですけどな」

○

豊中の山城医院から、国鉄大阪駅前へ車を走らせ、三階建てのビルの前に車を停める。エントランスの上には「大阪華僑同胞信用組合」という看板が掛かっている。

「新城君の取ってきたネタの通り、宮益はここに出入りして出資を受けていたようだ」

エントランスから飛び出て助手席に乗り込んだ守屋が、興奮した様子で話を始めた。

「理事長の湖《こ》という台湾人に問いただしたところ、宮益が代理人として北野製薬への出資をこの信組に頼み、湖はそれに応じていた。これを北野製薬の社員がするならまだしも、北野の代議士秘書たる宮益が求めている点が不可思議だ。この出資金が北野代議士の政治資金に流用されていた場合、これは政治資金規正法に抵触する恐れがある」

新城は車を梅田新道交差点にやり、御堂筋《みどうすじ》を南に曲がる。

「この信組は非常に審査が甘いようだ。華僑の団体だと、占領が終わったとはいえ金融当局の監視の目がさほど厳しくない。やはり北野代議士は何かうしろ暗いカネの流れを隠している。国家の土台を蚕食《さんしょく》する公僕の瀆職《とくしょく》は、われわれ国警の警備部としても看過できぬ。贈収賄専従班の連中と情報を共有しよう」

淀屋橋を越え、信号でいったん停まる。

「守屋さん、こちらからもひとつ」

「何かあったのか?」

「代議士であり、かつ北野製薬の社長である北野正剛氏ですが、そもそも北野製薬の創業家の分家の人間ですらないそうです」

　山城医師に聞いた内容をつらつらと述べる。

「表向きは遠縁から婿養子に入ったことになってますが、その遠縁の筋にまず養子入りしてから先代社長の娘の婿になったそうで……実態は大陸で陸軍の下請けをしていたときに麻薬を売って、荒稼ぎしたカネに物を言わせての強引な縁談やったようです」

　それまで静かに聞いていた守屋が得心がいった様子で眉をしかめる。

「北野が陸軍の下請けで麻薬製造、宮益は満洲で特務機関員、仁科が大陸の軍需工場で捕虜虐待の容疑で戦犯、菅沼はまだ分からないが……」

「北野と宮益、そして仁科の三人は、満洲の麻薬でつながっとったんとちゃいまっか?」

『問い合わせのあった仁科乙治についてだが、満洲国熱河省にあったアヘン工場で、技術責任者をしていたようだ』

　法務省大臣官房の丹羽からの電話があったのは東署に戻ってすぐのことだった。

『戦犯訴追のために作成された履歴書によると、仁科は東京の医学校で薬学を学んだあと、台湾のアヘン精製工場に就職して技術を身につけ、戦時中には満洲国へ渡って熱河省や内蒙古でアヘン精製を技術面で指導していた。その際に原料製造のケシ畑の開墾で中国人捕虜を大量に使役して、幾人かを死に至らしめている。被疑事実はこれだ』

「ちなみに、そのアヘン工場の経営母体はどこで、経営者は誰か分かるかね」

『工場の所有者は、満洲大同化学工業で、その社長は……澤正剛《まさたけ》という男だね。金沢の旧字体の澤に、正しいに剛直の剛でまさたけ』

守屋と新城はその名を聞いた瞬間、顔を見合わせた。

「これが、北野の本名とちゃいまっか」

「下の名前も、音読みと訓読みの違いがあるが、可能性が高い」

その日の捜査会議で守屋がすべてを報告すると、捜査員たちからどよめきが漏れた。

「この北野正剛と澤正剛の関係について。北野正剛の本籍は、現在は婿入りしたことで東区道修町に置かれており、それ以前は和歌山市にありましたが、そもそも北野の戸籍自体、戦後に作られたものです」

古市が身を乗り出す。

「どういうことですか」

「和歌山に居住していた北野家の分家筋は、昭和二十年七月の和歌山大空襲で当主以下家にいた全員が死亡し、加えて戸籍は市役所にあった正本と和歌山法務局にあった副本が焼けております。二十一年二月、この戸籍は再製手続きを取って再製されています。この手続きを行ったのが北野正剛を名乗る男です。市役所にはその家の次男で、戦後大陸から引き揚げてきたと申し出、丁寧に本家北野家の当主が身元を証明する書類も携えていたということです。和歌山市警を通じて和歌山市役所と和歌山法務局にも確認を取りました。しかし、和歌山市警が北野の分家筋の近所に住んでいた者に尋ねたところ、その北野の分家には、正剛なる男は存在しなかったということです」

「北野正剛は、戸籍再製以前はどこの誰とも分からん名無しの権兵衛《ごんべえ》っちゅうことか」

「そうです。そして戦時中の昭和十八年に発刊された、満洲実業界の成功者をまとめた雑誌を市立図書館から入手してきました」

法務省の丹羽からの電話のあと、すぐに天王寺公園内にある市立図書館に車を飛ばし、敗戦までの満洲の財界人の載っている新聞や雑誌を片っ端から当たった末に見つけ出したものだ。そこには随分と荒い画質だったが、北野とよく似たふてぶてしい面構えの男が「満洲大同化学工業社長　澤正剛氏」として写っていた。

「これが澤正剛であり、そして北野正剛である可能性は、極めて高いのです」

古市が呆れたように口を開く。

「戦前ここまで堂々と顔を出しときながら、よう経歴を塗り替えることができたな……」

「この雑誌も満洲だけで発行されていたものです。大阪外語学校の関係者が図書館に寄贈したものがたまたま所蔵されていましたが、大阪でわざわざ読む者はいないと言ってよく、知る者は限られていたのでしょう」

「この北野こと澤を軸に、宮益の戦時中の所属機関の次第では、この三人が見事に戦時中の関係で繋がるんでんな」

古市がまとめると守屋が頷く。

「宮益の担当、宮益の知人からもう一度辿って、特務機関時代の関係者を洗え。それで澤正剛との関係を繋げえや」

古市の呼びかけに担当の捜査員が頷く。

守屋が挙手する。

「私の方でも、国警警備部で監視している在阪の右翼関係を当たってみようと思う」

「そこはお任せしますわ」

おそらくあの茨木の笹川だろう。

菅沼を当たっていた捜査班が挙手をする。

「今、アヘンゆう話が出たんですが、鶴橋《つるはし》に拠点を置く愚連隊系の暴力団の大阪邦友会《ほうゆうかい》のなかで、近頃菅沼がヤクをばらまいとったっちゅうて、警戒されとったようですわ」

「ポンか」

「いえ、ヘロインです」

「アヘンやないか」

驚いた古市の声が大きくなる。

「そうなんですよ。三課の暴力団担当に聞いたんですが、大阪邦友会は神戸の連中がシマを荒らしにくるっちゅうんで近頃警戒を強めとるらしいんですが、菅沼もその手先やったんちゃうか言うて疑心暗鬼になっとったようですわ」

「菅沼がひとりで売り捌《さば》いとったんか？」

「それも、表に出てきよるんは菅沼ひとりやのに、府下一帯で手広く捌いとるようで、ヤクザの中でも売人の全容がよう摑めんといって余計警戒されとったそうです」

「つまり何や、戦中に大陸でアヘンを作っとったのが北野こと澤で、澤のもとでアヘン精製の技術者やっとったのが仁科、ほんで宮益は大陸の特務機関におったんならアヘンの流通に関与していておかしくないと。この戦時中のアヘン利権の構図を、戦後に大阪にそっくりそのまま持ち込んで、そこにぶら下がってきたのが菅沼か。ほんならこの事件、戦時中のアヘン利権だけやないど、今の薬物事犯にも絡んでくるんとちゃうか」

古市が、その場全員に向けて、興奮気味に問いかける。

糸口が見えてきた。

熱気を増す帳場のなかで、安井が咳払いをして、

「えー、それで太秦刑事部長から連絡があった。北野代議士は、六月の前半に国会が落ち着き次第、帰阪するとのことや。太秦刑事部長もじきに戻られる」

今までは国会会期中ということで斬り込めなかった、この事件の重要人物だ。捜査員の熱気はさらに増し、誰かが「首とったれや」と叫ぶ。

安井が再び咳払いをする。

「本件は期せずして薬物事犯、および政治資金規正法違反の被疑事実も浮上してきた可能性がある。二課から入っている班はそちらを最優先で洗《あろ》てもらうが、くれぐれも保秘

の徹底は頼むで」

二課の扱う汚職事件は、内偵捜査でどこまで掴むかが肝になる。証拠隠滅を相手にさせぬよう、気取られてはならない。

「おっしゃ。各員頼むでえ」

古市の声がいつになく上ずっていた。

○

「その節は大変失礼しました」

五月三十日、新城と守屋は三島郡福井村の仁科乙治の実家を再訪していた。

客間で先制して頭を下げたのは守屋だった。

「またアンタらでっか。どないなことをほじくり返しに来たんでっしゃろか」

仁科の兄・甲輔は当初「お引き取りを」と文字通り門前払いをしようとしたが、新城が「中でお話しさせて頂けへんねやったら、他に聞かれて困るんはそちらさんでっせ」と強引に押し切った。脛《すね》に傷を持っているのは仁科家の一族なのだ。

「いえ、知りたいことはあらかた分かりました。今回は事実関係の確認に来たにすぎません」

守屋がそう言った瞬間、薄ら笑いを浮かべていた甲輔の顔が歪んだ。

「乙治氏は戦時中に満洲のアヘン工場で捕虜を虐待した容疑で、戦犯指定されて逃亡していました。ただ、敗戦時に大陸から正規のルートで帰国しようとすれば、まず中国側に拘束されたでしょう。敗戦直前、あるいは戦後に密入国で戻ってきたとしても、米軍の訴追を逃げ切るには相当の援助が必要です。八年もの間、逃げ切ったのですから」

答えない甲輔を前に、守屋は構わず喋り続ける。

「あなたと御父上が逃走を手助けしていたのは自明です。同じ国民、それも血のつながった親族を占領軍に突き出すというのは気乗りしないでしょう。それにこの国はもう米軍占領下ではありません。あなたが匿ったことをわれわれが咎める理由はありません」

その言葉は新城にも突き刺さるが、構わずにずけずけと言ってのけるのが守屋らしい。新城は内心でおかしく感じてもいた。

甲輔が「なら」と言い逃れようとすると、

「問題は」

守屋が声を張り上げて遮った。

「あなたが庇うのが親族ではない別の方の不祥事なら、話は犯人蔵匿および証拠隠滅の罪に問われます。捜査を妨害するなら公務執行妨害罪も検討します。ご当地の名士たる仁科家の御当主が警察にしょっ引かれたとあらば、色々と差し障りがあるでしょう」

ごくり、と甲輔が唾を飲み込んだ音が新城の耳にも入ってきた。

「来年の統一地方選で、村長選に出馬されるご予定だとか」

昭和二十二年から四年おきに実施される統一地方選の三度目は来年、昭和三十年の四月だ。福井村の村議会と村長の選挙も実施される。

――あの仁科の御当主は、村長選挙に向けてワテらにも協力を声かけしてますのや。

福井村に寄る前に豊川村の笹川の自宅へ寄ってきた。そこでの話で出てきたのだ。

額に筋を浮き上がらせる甲輔を前に、守屋は涼しげな顔を崩さない。

「別に脅すつもりはございません。ただ真実をありのままにお答え頂ければ、こちらとしては何ら仁科家の栄達を邪魔するつもりもございません。民主政治への参加、結構なことです。それと同様に、民主日本の治安へのご協力も、また模範的な市民としての御姿勢をお見せいただければと存じます」

ついに甲輔は折れた。胸を反らして張っていた虚勢が消え失せ、弱々しい声で尋ねる。

「うちの明治以来の家業は、ご存じでっか」

守屋も新城もここへ来るまでに調べていた。新城の父親の一件があったからこそ気づくことができた視点だった。

「ケシ栽培とアヘン製造ですね」

三島郡福井村は、ＧＨＱによって禁じられるまで日本でも有数のアヘン産地だった。

「戦争に伴う近代医療の普及でモルヒネ需要が増大し、その原料製造はさぞ金のなる木だったことでしょう。先代御当主で御父上の仁科旺次郎《おうじろう》氏は、内務省衛生局長だった後《ご》藤新平《とうしんぺい》の後援のもと、国産アヘンの製造に乗り出し『浪速の阿片王』の異名を取った。

そして福井村の他の農家にも栽培と製造を奨励したことで一大産地になった。戦前の関西財界誌には立志伝中の人としてそのように載っていました」

守屋は北野こと澤正剛の過去の足取りを辿る過程で、仁科家に斬り込むための資料も仕込んでいた。生まれてこの方、図書館になど行ったことのない新城にはできない所業だった。

仁科家へ来る前に国警の三島地区署にも立ち寄り、戦前の福井村を知っている初老の巡査に尋ねると「当時はケシの花が辺り一面に咲いとりましたな。ええ、仁科の地主家を中心に綺麗なもんでしたわ」としみじみ語った。

地元の人間にとって、ケシ畑は水田と同じくらいに当たり前のものだった。

当たり前の風景は当然ながら意識されず、わざわざ口にする者もいない。

「その旺次郎氏が一代で築いたアヘン事業は、あなたがケシ畑と家屋敷を継承して栽培の責任者となった。一方の乙治氏は精製技術者となるべく東京の医学校で学び、そしてアヘン製造の先進地域である台湾や満洲へ渡った、そういうことですね」

甲輔は恰幅のよい身体を小さく揺らすように頷き、大きな溜息と共に語り始めた。

「……ワシは先祖伝来の屋敷土地を守って、せっせとケシを育てとったんですわ。ワシの親父が改良した品種は、モルヒネ成分の含有量が通常の数倍もあって医療用に最適なケシで、戦前は道修町の名だたる製薬企業に卸しとった。そもそもがアヘン麻薬とは次元が違いまんねん。親父は、次は原料から精製まで一貫してワシらで手掛けようと目指して、アイツを医学校に行かせて精製技術を学ばせたんや。それやのにあいつは台湾や大陸で低品質のケシを弄《いじ》くりまわして麻薬作ることばっかり覚えよって、挙句にややこしい特務機関やらに関わって戦犯指定されてからに……」

「特務機関というのは、宮益氏の所属したS機関のことですね」

「そこまで知ってはるんでっか……」

宮益の特務機関についての手がかりを得たのも笹川からだった。

――北野代議士秘書の宮益という男、彼が戦時中に大陸で特務機関にいたという話をご存じですか？

守屋の問いに、そこまで知っているのならと笹川はあっさりと答えた。

――S機関、ちゅうのがありましてな。アヘンを捌いて陸軍の工作資金を稼いでおったそうですわ。あれの製造は国府（国民党）に八路（共産党）、その他有象無象の軍閥が割拠したあの頃の支那やと、どこでも使える紙幣を作るようなモンですわ。宮益はんはそこで売人をしとったっちゅうて、右翼の筋の噂で聞いたことはありまんな。そないなモンを北野はんが抱えてはるっちゅうのも大陸でのご縁やろうなとは思とりましたわ。

――北野、というより澤正剛の満洲大同化学工業が、ですね。

――そうでっせ。

北野の前歴も笹川は知っていたのだ。知っていて、新城や守屋には自分から明かすことはなかった。警察があらかた目星をつけたと見るや、情報を与えて恩を売る。

なかなか食えない男だが、その情報にひとまずは感謝しなければならない。

「敗戦までは、確かに乙治氏の絡む満洲大同化学工業とその大口顧客であったS機関は怪しい連中で、正規の製薬業者にモルヒネ原料を卸していたあなたからすれば唾棄《だき》すべき対象だったのでしょう。しかし戦後、GHQにケシ栽培が禁止されたことであなたと御父上は窮地に立たされた。農地改革でケシ畑も安く買い上げられ、財産も失った。そのとき仁科家に北野正剛から持ちかけられたのが、麻薬精製のためのアヘン製造だったのではないですか？」

まだ裏付けが取れていない推論だったが、甲輔は観念しきった様子で頷いた。

「満洲大同化学工業の澤正剛のことはあなたもご存じだったでしょう。何せ弟の勤め先だ。戦後は北野製薬の社長となり、当時は合法だった覚醒剤製造で財をなしていた。乙治氏もその一派だったが、困ったことに戦犯指定されて追われる立場だった。そこで取引が成立した。あなた方が密かに製造したアヘンを北野が買い上げる代わりに、仁科家が乙治氏を匿う手助けをすると。御父上は、可愛い次男坊を助けつつ事業再興の手立てを得られるのだから当然条件を呑んだでしょうが、あなたは複雑だったでしょう」

苦虫を嚙み潰したような表情で、甲輔は声を絞り出した。

「あいつは外道商売やと分かって麻薬にクビ突っ込んで戦犯なっとるんや。自業自得ですがな。それを親父やワシが何でGHQの目ぇ盗んで匿わなアカンのでっか。それで手伝うのが内地向けのアヘン麻薬の製造やと、ふざけとるとしか思えへん」

甲輔の握りしめる拳が震える。

「ほんでも我慢したんは、ケシさえ育てられたら小作を食わせていけるからや。親子三代でケシ育てとる家もあるんでっせ。いまさら連中に米や麦を育てぇ言うたかて無理ですわ。親父も昔はアヘン麻薬は外道や言うとったが、背に腹は代えられんよって条件を呑んだんや。ワシも小作のためや思うて、親父が死んだあとも遠くの縁者使て匿うたった。ようやくGHQの戦犯訴追が緩んだ頃にあいつを呼び戻して、こないな悪行に手ェ染めたンや。それも今度の新法までの辛抱やと思うとった矢先やったんや……」

新法とはこの年の四月二十二日に公布された「あへん法」のことだ。医療用のモルヒネ需要の増大に対応すべく、戦後禁止されていた国内でのアヘン製造がようやく解禁されたのだ。

「村長選挙でも、福井村の産業としてアヘン製造の振興を公約にしようと思うとったんや。そうでなければ、あんな外道の妾腹を戦犯指定受けとるのに庇わなアカン道理はなかったんや……！」

最後は吐き捨てるようだった。

「ご家業については残念としか言いようがありません。われわれは警官です。知りたいのはあくまで事実関係です。北野正剛代議士からどのような便宜を受け、見返りにどのようなご支援をなさったのか、アヘンをどこで製造しているのか、お教え願いたい」

五月十五日に宮益の遺体が見つかってから、二週間以上が経った。三度の土日を挟み、五月最後となる三十一日の月曜を迎えた。

○

この晩に開かれた捜査会議に、久々に見る顔がいた。

「大丈夫だ、与党のお偉いさんたちは口説き落として来たからよ」

東京出張から戻ってきた太秦刑事部長は帳場に入るなり胸を張って宣言した。

「警察法改正法案、並びに自衛隊法案が無事に通過すれば、本国会はほぼ終わったも同然で、陣笠の頭数はいらねえとのことだ。これが山場なら不逮捕特権でも何でも出してくるだろうが、下っ端がよく分からん不祥事を抱えているってェなら膿《うみ》は早いうちに出しておいた方がいい、ってのが与党幹事長あたりとの落としどころよぉ」

久々のべらんめぇ口調は心強くもあったが、もうひとつの事実を突きつけてきた。

あの警察法改正案が通過しなければ、事件の解決の糸口は得られないということを。

「だから、それまでは辛抱しろや」

太秦の朗らかな宣言を、そのまま素直に受け入れることはできなかった。

「で、俺がいねぇ間に色々と揉め事もあったようだが、まぁ気にせず今わかっていることを聞こうかい」

チクリと、その場にいない狭間のことを揶揄《やゆ》する。

すでに狭間は帳場に数日ばかり出入りしていない。殺人事件の帳場に一課長がいないなど異例ではあるが、規則上は書類上の決裁さえ滞らなければ問題はないとも言える。むしろ、それより上位の刑事部長がこれだけ帳場にいる方が異例なのかもしれない。

「ほな、始めようか」

太秦も狭間もいない帳場で、何とか代行指揮を執ってきた安井がその場を取り仕切る。太秦が戻ってきたことで補佐役に復帰するが、元来がリーダーシップを取るような気質でもないからか、今の方が肩の力が抜けているように見える。

西村班の捜査員がまず先陣を切った。

「南署管内の宮益宅近くで、十五日の夜に個人タクシーが一台盗難に遭ってました。十六日の朝に市内の寝屋川沿いに放置されているのが発見されて、持ち主に返還されとるんですが……」

寝屋川は大阪城の北東、アパッチたちの巣食う旧造兵廠跡地の北の縁を流れている。

「見つかった際に車内後部座席に血痕が残っとりました。所轄で念のために血液型を鑑定して捜査報告書に記載しとったんですが、もしやと思ってそれを調べたところ、血液型は宮益と同じと判明しました。車をもう一度鑑識に調べさせて指紋を取り直すと、タクシーなんで客も含めて仰山あったんですが何とか宮益の指紋が見つかりました」

帳場からどよめきが上がる。

「つまりこれが犯行に使われたってか？」

「盗まれた場所からしても、ほぼ確実やと」

「ハンドルからは指紋は取れたのかい」

「それが、菅沼の指紋がありました。過去の逮捕時に採取しとったんで分かりました」

「その車を菅沼が運転してたってことかい。じゃあ何でぇ、宮益を殺したのは菅沼か？」

「それは分からんのんですが、菅沼は単純な被害者ではないようです」

「なるほどなあ。しかし、初動でその車をもっと捜査してりゃあなあ」

太秦が悔しがるのも無理はないが、市内の所轄署で自動車や自転車の盗難は毎日数十件起きている。そのうちのひとつ、まして車自体が戻ってきたものを署でそれほど捜査しなかったことを強くは責められない。

続いて宮益の実家へ二度にわたって出張していた捜査員ふたりが立ち上がる。彼らはこの数日、また近畿二府四県の各地に出張し、数日間出ずっぱりだった。

「戦時中のS機関員で所在の分かる者に当たったところ、宮益は満洲のアヘン窟を経営する黒社会と呼ばれるヤクザ者たちに大量かつ高額で、満洲大同化学工業が製造したというアヘンを売り捌いており、そこで得られた資金を上納して機関の中で出世したという証言が得られました」

疲労の色が顔に浮かんでいるが、捜査の進展を感じているのか声には覇気があった。

「その当時の黒社会の繋がりで、現在も在阪華僑とのパイプがあるっちゅうことで、大阪華僑同胞信用組合にわたりをつけて、不透明な資金の洗浄を依頼するに至ったんやと見られます」

「大阪華僑同胞信用組合については私から」

守屋が立ち上がり、先日新城にも伝えた話を口にする。すると、太秦刑事部長は食い入るように体を前のめりにして聞き入った。

「おうおう、こりゃやっぱり、サンズイ案件じゃあねえのか？」

二課の中津班長が挙手して立ち上がる。

「守屋・新城組の端緒から、こちらでもあらためて同信組に捜査事項照会をかけ、北野製薬への出資金の総額や口座の出入金記録などを確認しましたところ、まず出資総額は四千万円、これに対する担保は北野正剛名義の紀州の山林ですが、資産価値としてはタダに等しいです」

この信組の母体行は在阪の銀行だが、融資基準が非常に甘いらしく、銀行の方から不良債権の焦げ付きが懸念されているらしい。

「そして、これまでに北野製薬の有価証券報告書や取引行への捜査照会で、この出資金というのが北野製薬には入金されていないことも判明しとります。出処《でどころ》は明らかな四千万円の行先が、北野の政治資金である可能性は否定できず、裏取りが必要です」

太秦は我が意を得たりとばかりに、にたりと凄みのある笑みを浮かべた。

「来たぞ来たぞぉ。これはサンズイだぁ。燃えてきたぞぉ」

その様子を、安井は「面倒事が増えた」と言わんばかりに、諦めつつもくたびれた表情で見守っていた。

中津が遠慮がちにもうひとつ付け加える。

「さらに調べてみると、妙な点がひとつ。この信組に菅沼が普通預金口座を持ってまして、一千万円もの預金が確認できました」

「一千万円⁉」

太秦が素《す》っ頓狂《とんきょう》な声を上げた。あんな場末のチンピラ風情がそんな大金を動かしていたことに驚いても無理はない。

「しかも、出入りがあればまだしも基本的には入るだけです。理事長に確認したところ、宮益から菅沼は関係者やと言われたので、この口座の預金を実質的に担保やと見なしていたと白状しました」

「菅沼の家《ヤサ》をガサしたときに通帳は見つからなかったのか？」

「ありませんでした。どこかに隠しているか、あるいは殺されたときに川に落ちたか」

太秦が何かにピンと来たようだ。

「菅沼はヘロインを売り捌いていたはずだ。その売上金の行方は」

「菅沼名義で判明している口座で薬物の利益と思しき規模の額が入っているのは、この信組だけです」

「その売上金を口座に入れて動かさずに、預け先の信組から北野製薬に融資を出させていたってことはつまり……」

　中津があとを続ける。

「ある種の資金洗浄として、菅沼のヘロイン売却益が北野側に還流したと言えます」

　太秦が色をなして立ち上がる。

「おう、ヘロインが北野につながったぞ、おい」

　そのタイミングで守屋が挙手した。

「ヘロインの原料たるアヘンについて、茨木の仁科家から以下の証言を得ました」

　一同が静まり返るなかで、守屋は淡々と述べた。

「仁科は、京阪神尊皇救国同盟を隠れ蓑にして北野と表向きの関わりを持ち続け、裏では仁科家の元小作人たちにケシを栽培させ、アヘン製造を行っていました」

「何だと」

　再び太秦が叫んだ。

　新城たちも仁科家で甲輔から聞いたときは、唖然としたものだ。太秦が驚くのも無理はない。

「仁科の団体が政治団体を装ったのは、代議士との間で人員や金銭のやり取りをするのに不自然でないからという理由で、団体構成員は仁科の実家の元小作たちでした。彼らの技術指導、そして北野の金銭的支援のもと、人目につかない山中に隠田《かくしだ》のようにケシ畑を設けて栽培しているようです。残念ながら場所を仁科家は知らされていないようですが……あへん法施行後、いち早く認可を貰うように働きかけていたようです」

放心したように太秦は椅子に腰を戻し、腕を組んでしばらく思案した。

「このヤマ、当初は政治絡みの殺しかと思いきや、アヘンを巡る巨悪がうしろに見えてきたなぁ。満洲でアヘンで荒稼ぎした北野、宮益、仁科の三人と、戦後に加わった菅沼が、何らかの形で仲たがいし、邪魔になった宮益、仁科、そして菅沼が消されたってぇことかも知れねぇ。北野が何かしらの形で絡んでいる可能性は、もはや否定しがてえな。どっかしらで引っ張らねえとなあ」

「しかし、刑事部長」古市が挙手する。

「カネの流れは確かにアヘン絡みかもしれませんが、代議士である北野が銃剣で刺したり麻袋を被せたりするような猟奇的な殺しをさせますやろか。妙な怨念が籠った殺し方ですし、第三者の犯行だって見方もあってしかるべきですわ」

太秦の熱気に、刑事らしい冷静さで一気に冷や水をかける。

「陣営内部からは、北野と宮益の不仲説が幾度か上がってるってぇ話じゃねえか」

「しかしそれも確証があるわけではないんです」

太秦がむうと口をへの字に曲げた。

「タクシーから見つかった指紋で言えば、菅沼が他ふたりの殺害の実行犯ゆう可能性もあります。最後に使い捨てで殺されたかもしれまへん」

西村も横から口を挟む。

太秦は首を左右に振り、考えをまとめたようだ。

「確かに殺人で挙げるには、今は物証も目撃証言もねぇ。まして相手は陣笠とは言え代議士だ。造船疑獄のあとで捜査側と政治屋どもの間がタダでさえ険悪なこのご時世に、万が一あやふやな容疑で逮捕してみろ、不当逮捕だ人権侵害だと騒がれちゃあ、大阪市警視庁の晩節を汚すことになっちまうな」

その物言いはすでに警察統合が自明のものだとする、東京の事情に明るいがゆえの先読みと、そしてある種の傲慢さがありありと滲み出ていた。

「だがな、政治屋どもは陣笠ひとりなら差し出してもいいってんだ。だから、確実なスジの令状《フダ》を引っ提げていきゃいい。そのためには、今はいったん一課だ二課だの話は棚上げして、まず二課案件で引っ張る。もちろん別件逮捕と批判されかねないが、取り調べで殺しの件も吐いたならそこで引っ張る」

太秦の顔は、確実に獲物を打ち落とすという自負に溢れていた。

「菅沼の担当、三課や保安部と密接に連絡を取って、菅沼のヤクの売り捌き先を解明してくれや。これは現在進行形の組織犯罪かもしれん」

分かりました、と力を込めて返事をする菅沼担当の捜査員ら。

「二課班は大阪華僑同胞信組の理事長を任意でタタけ。他にも隠している気がする」

太秦が、今度は中津を向いて指示を出す。いつもは穏やかな風貌の中津もどこか上気しているように見える。

「理事長の湖は脱税の嫌疑でGHQに拘束されたこともある、一癖ある男ですが、何とか」

そして最後に、全体を見回して、

「今回はサンズイの気配が濃厚になってきやがった。ここは水面下でどこまで気取《けど》られずにやるかが勝負だ。今の国会で警察法が改正されるまでに調べきれるだけ調べろ。多少強引なことをしても責任は俺が持つ。国会で法案が通過したら、北野代議士は大阪へ戻ってくる手筈《てはず》だ。そこで一気に畳みかけるぞ、いいな！」

おう！と一同が声を揃え、会議は終わる。会議は二時間におよび、すでに時計は十一時を回っている。草臥《くたび》れた様子の捜査員はその日の残った書類を片付けると、三々五々と大会議室をあとにする。

捜査報告書をまとめていると、隣の守屋が首をポキポキ鳴らしながら背伸びをした。

「二週間は随分長かったが……まさか殺人を追っていたら経済事犯の捜査で斬り込めるとはな。造船疑獄じゃ東京地検が捕り逃した代議士を、大阪市警視庁が挙げるんだ。国警でないのが残念だが法務省の赤レンガの連中に一泡吹かせられるな」

「随分はしゃいではりまんな」

「無理もないだろう」

守屋がニヤッと笑うが、新城のすぐれぬ顔を見るとすぐに怪訝な表情になる。

「何が気になっているんだ」

「えべっさんの謎、まだ解けてませんねん」

――兄ちゃん、えべっさん、どこか知らんか。

「北野を捕まえれば何か分かるかもしれない。今はそちらに専念しよう」

「北野が知ってまんねやろか……」

いつの間にか、帳場はふたりだけになっていた。

◯

この捜査会議から丁度一週間後、昭和二十九年六月七日。

参議院本会議で、改正警察法案が可決、成立した。

直前の衆院では会期延長を巡って乱闘騒ぎとなり、衆院議長で西武グループ総帥の堤《つつみ》康次郎《やすじろう》が憲政史上初めて、国会内に警官隊を導入したほどの大混乱であった。

警察という組織のあり方が大きく変わったその瞬間に居合わせたのは、丸腰の東京警視庁の警官たちだった。

国家地方警察と自治体警察という戦後日本の新しい警察のあり方が終わりを告げる、まさにその瞬間にあっても彼らは、まったく職務に忠実だった。

同じ時期、大阪でもうひとつの「警視庁」を名乗った彼らも、自らのあり様が変わるという瀬戸際にあってなお、職務に忠実だった。

第五章　赤い夕日

畑をじっくり耕すのは慣れている。粘り強く小さなことから積み重ねていけばよい。時間は無限とはいかぬが、急いては事を仕損じる。

まずはアヘンを求めていることを街中で漏らしてみると、すぐに菅沼というゴロツキが売りに来た。何度か買い求めて菅沼と顔見知りになってから、これはどこのアヘンかと聞いてみると、菅沼は得意げに紀州産よと答えた。やはり澤の作ったアヘンだ。

菅沼は口が軽く、己が下っ端としていいようにこき使われていると不平も漏らした。そこで、それはこの密売の一番上にいる北野が腐っているからだと、まるでシベリアの地のアクチブのように口説き、よりよい儲け方をちらつかせてやった。

利用したのは、あの恵まれぬ者どもだった。野良犬のように生きていたときの誼《よしみ》が意外な形で生きてきた。どこへ出没しても怪しまれぬ。いや、正確にはどこでも怪しまれる。ゆえにどこにいても同じなのだ。皮肉な話だがだからこそもってこいだった。各地の彼らを几帳面にまとめ上げ、根っこのように張り巡らせ、売り上げが上がってくるようになった。お上に目を付けられては敵わぬので、時間はかかったが慎重に手ほどきした。

商う場所は、己の手の届かぬ地ではえびす様のお膝元にした。この地には至るところにあるが、それだけではない。これがえびす様のお導きだからだ。

いつの間にか、俺は彼らから「えべっさん」と呼ばれるようになった。あの凍土から救ってくれたえびす様と同じように崇《あが》められるのは、畏れ多いことだった。

時間は多少かかったが膨大な根を張ることができた。これだけ稼げるのだと生々しく札束を見せてやると、菅沼はすぐに目が眩《くら》んだ。これもお前の力量だ、お前はもっと連中に物を申してもいいはずだ、そう唆《そその》かすともうその気になった。

――阿呆どもにのさばらせて堪るかいな。ワシの力見せつけたろやないか。

阿呆はお前だ、とは言わなかった。

すぐに勝手に内輪もめを起こし、日和《ひよ》った者が出た。

――僕は別に、アンタらの取り分が増えてもいいと思っとる。

満洲で技官としてわれわれ開拓民の面倒を見た、仁科という男だ。別人のように変わり果てたこちらのことは覚えていないようだ。

俺が作った捌きの場を、上の目を盗んで仁科の住まう茨木の近くで設けてやった。仁科の実入りは立ちどころに増え、こちらに転んだ。

奴はそもそもが蝙蝠《こうもり》だ。満洲でもひたすら強い者の尻馬に乗り、己の技術が評価されればそれでよく、満人の人夫や支那人の捕虜、そして俺らを使い捨てにしたのだ。それで戦犯に指定されたのだから自業自得だが、こういう輩が一番信用ならぬ。

それでも、肝心の本丸は出張ってこない。

代わりに、狐のように狡猾《こうかつ》な男が出てきた。菅沼の上を行くカネの亡者《もうじゃ》、宮益。あの地でもカネを稼ぐためだけに俺らの作ったアヘンを商った。仁科よりもさらに立ち回りが上手かったのか、今も日の当たる場所を歩いている。油断ならぬ相手だ。

菅沼がカネを渡さぬとごねると、慌てた宮益は菅沼を牡蠣船に呼び出した。

——頼むから、やめてくれ。今は時期が悪い。ワシの国許からナンボか回せるよって、ひとまずはそれで内々《うちうち》に都合つけたるさかい。

——やかましいわい。ワシが儲けを増やした分はワシのモンでよかろう！　お前やと話にならん、北野出さんかい！

ふたりの怒鳴り合いは船の外まで届いた。金の亡者共が争っておったのは滑稽だった。それでも宮益が一枚上手《うわて》で、自腹を切るからそれで我慢しろと言って折れなかった。

——あの外道、簀《す》巻《ま》きにしたろ。

物別れに終わったあと、菅沼がたまらずこう言い捨てた好機を、俺は逃さなかった。ならやってしまおう、段取りは俺がつける、と。

翌日、宮益の家の近くで待ち伏せして、やつが現れたところをふたりで襲いかかった。

――何や！　俺にこんなことして、先生が黙っとると思うな！

宮益はいかにも小物らしい物言いだった。これ以上騒がれて気づかれるとまずいと、菅沼が宮益の腹を蹴りつけた。うずくまった隙にうしろから麻袋を被せ、口のあたりに縄を縛り付けて声と視界を封じた。近くの店先に落ちていた麻袋をまとめて盗んできたものだ。かつてあの地で散々見慣れた「麻袋」を思い出した。

横になった宮益を、菅沼が調達してきたタクシーらしき車の後部座席に担ぎ込む。運転席に座る菅沼に、いい場所があると俺が横から案内をつけた。盛り場は夜のかき入れ時だというのに、この一帯は酷く静かだ。車で横に乗り付けても、誰も見ていない。

盛り場の外れにある、三十八度線と呼ばれる空白地帯。

――こいつ殺したったら、センセもさすがに考え直すやろなあ。

菅沼は醜い笑顔を浮かべた。俺は追従《ついしょう》してへこへこと頷いた。

最後に宮益の口の周りの縄を解いてやってから聞いた。

あの地で、満洲で麻袋を被せられた連中を見ただろう、お前は覚えているのか、と。

麻袋を被せられたままの宮益は、不遜さを失わずに答えた。

――何の話や。そないなもん俺は知らん。

なるほど。こいつは己のしていることも知らず、いや知るつもりもなかったのだ。

もがく彼奴《きやつ》の前に立ち、手に銃剣を取る。いつか連中に使ってやろうと、あの「真空地帯」で拾ったものだ。

かつてシベリアで旧友を葬ったときの生々しい感触を思い起こし、わずかに躊躇っていたときだった。

――えべっさん。どないしはったんでっか。

急に声をかけられる。

――何やあのルンペンは。

菅沼が彼に向けた殺気を察知し、俺は思わず取り繕った。あれは痴《し》れ者だ、俺はよく知っている。あいつの言うことを真に受ける奴はいないし、よく言い含めておく。それより仁科も殺すべきだ。奴も結局は北野の手下だ。ふたりも殺せば北野は考え直すだろう。そちらを急ぐべきだと。

己でも驚くほど口が回ったが、菅沼は深く考えなかった。

――まあ、それもそうやな。ほれ、急ぐんなら早うやったらんかい。

その言葉が躊躇いを取り払った。

腹の辺りを一突き、二突き、三突き。最初は声を上げたが、じきに静まった。

――よっしゃ、次行くで。

らんらんと目を輝かせた菅沼が車に乗り込む。慌ててそれに続いたとき。

――えべっさん、どこや。どこ行ってもたんや。

彼の呟く声は、最後はエンジン音に掻き消された。

――これでワシが許すと思うなよ。

血に酔ってしまったのか、菅沼は正常を失った。その足で茨木へ向かい、何も知らぬ仁科を呼びつけると、先ほどと同じ要領だ。うしろから麻袋を被せ、上半身を縄で縛って車に押し込んだ。

鉄道橋の上に転がしてやってから、同じ質問を仁科にもしてやった。

——何のことだ？　僕はただの技術屋だ。そんなもん知らん知らん。

怯えてこそいたが、過去の己を悪びれる様子もなかった。

妻と娘のことも、きっとこいつは覚えていないのだろう。

ひと刺しして動きを止めてやった。まだ息はあったがとどめは刺さなかった。

いくばくもせずに汽車が轟音と共に通過し、ガキン、と鈍い音がした。

——これで北野はんもワシに舐めた態度取れへんやろ。

真っ暗闇の悪路を延々運転しきって市内に辿り着いた頃、さすがに菅沼は疲れた様子だったが得意満面だった。

こいつはもう用済みだ。

宮益を処分した三十八度線の近くの河原に、次の売り物を隠してあると言って、車を停めさせ、河原へ連れて行った。

背中を見せたところで過《あやま》たず、一突き、二突き、三突き。何が何だか分からぬという顔で口をパクパクさせるが、言葉の代わりに血の泡が出る。

そのまま崩れ落ちた菅沼の顔にあの麻袋を被せる。

そして川へひと押し。

水音は、すぐ近くの城東線を通る貨物列車の音にかき消された。

皆、外道を外道とも認識せぬ、愚か者どもだ。

俺は違う。

俺は——。

○

まだ日の高いうちに入った王来軒は目論見《もくろみ》通り、市場の労働者や近場の工員で混み合う前で、頼んだ炒飯はすぐにやってきた。

「はいおおきにー」

「ごっそさん」

今日はこれから長丁場になるはずなので、早めの腹ごしらえだ。

ただ守屋の前に置かれた炒飯が、明らかに新城よりも山盛りで、三十歳の胃袋には重たかったようだ。残しこそしなかったが、食べ切るまで随分時間がかかった。

「大丈夫でっか。無理せんと」

何とかひと山を崩し切った守屋は、満腹というか苦し気な表情を浮かべていた。

「食事を残すなど、戦時中を思えばできようはずもない。今年はコメも高いのだから」

「まぁそうでんな」

時刻は四時半。腕時計を見てから新城はおもむろに立ち上がり、王来軒の出入り口近くに置かれた電話のダイヤルを回す。

『ワシや』

ベルが一回鳴っただけで古市が電話に出た。

「新城です。どないでっか」

『各紙夕刊を確認した。どこも書いとらん。問題なしや』

「分かりました。ほな今から行きます」

受話器を置くと守屋も立ち上がった。会計をしていると冬子が急に姿勢を正し、ぺこっと頭を下げる。

「あの、守屋さん、この前は助けて頂いてホンマにありがとうございました」

「いえ、当然のことをしたまでです」

守屋は呆気に取られたようだが、いつもの鉄面皮で答える。姉はどこか緊張したような面持ちだったが、意を決したように、

「いつも弟がお世話になってますし、今度お礼をさせて頂けないかと……」

「しかし、警官がそういう便宜を図ってもらうわけにはいきません。お気持ちだけ」

いつもの調子を崩さぬ守屋に新城が口を挟む。

「あの、守屋さん」

「何だい？」

「この前の一件は、守屋さんは『警官として』したことやない、っちゅうことですよね」

「……まあ、そうだな」

父の一件はそういうことになっているし、なっていなければ色々と困るのだ。

「なら一私人としての行為に対して、一私人がお礼をするのは何も問題ないんとちゃいますか？」

「そうとも言えるが」

「うちの姉も、親族以外に色々と相談に乗ってもらえれば助かると思いますねん。ま、話聞くだけでもしてもらえませんか？」

煮え切らない守屋に、新城がひと押しする。横にいる冬子が余計な茶々を入れるなと言わんばかりに睨みつけてきたが、守屋と目が合うとすぐにまたにこやかな表情に戻る。

「まあ、そういうことでしたらお言葉に甘えて」

「ほんまですか？　嬉しいわあ……何よ」

「いや別に」

新城は珍しい展示物を見るような目で、冬子の妙に澄ました顔をまじまじと見つめる。男勝りな姉がこの朴念仁《ぼくねんじん》の一体どこを気に入ったのか、非常に気になったが、この場で聞くわけにはいかなかった。

「さ、新城君、行こうか……何だいその目は」

「いや別に」

大通りに駐車した警邏車には、また近所の子供が群がっていた。それを払いのけて、エンジンをかける。周囲には他にこちらを窺うような者もいない。

「ブンヤはおりませんわ」

「よし。大きなヤマだ。気合いを入れなければ」

「ほうでんな」

新城も表情を引き締めた。

車は梅田の国鉄大阪駅に向かう。

◯

初夏の夕日に照らされた漆黒のＣ62機関車が、轟音と黒煙を上げながら次第に速度を落とす。

巨体の側面には、滑空する鳥を象《かたど》った白銀のエンブレム。先頭には「つばめ」と描かれた丸いヘッドマークが、誇らしげに飾られていた。機関車が牽引する先頭から三等客車、二等客車、食堂車、そして最後尾に一等車と展望車両がホームに滑り込み、甲高いブレーキ音と共にピタリと停止した。

東京大阪間を行き来する特急列車つばめ号は、定刻通り午後五時、国鉄大阪駅の東海道線ホームに到着した。

ホームの拡声器から、「大阪ぁ、大阪ぁ」と駅員独特の鼻にかかったアナウンスが響くと同時に、ドアから乗客たちが一斉に降りてくる。

東京大阪間を通常の夜行列車が十一時間かかるところ、実に八時間で結ぶ特急列車は庶民には高嶺の花だ。三等客車でも特急料金と運賃で合わせて千円超。巡査の初任給が六千円ほどと考えると、おいそれと乗れるような代物ではない。三等客車といえども、出てくるのは大企業の勤め人や中堅官吏といった風情だ。

まして一等客車は片道約三千六百円で、とても庶民に手の出せる額ではない。財力だけでなく、その絢爛《けんらん》豪華な車両に乗れるだけの「格」を無意識のうちに求められる。

華族や地主といった戦前来の上流階級が、太宰治《だざいおさむ》の小説から生まれた流行語「斜陽族」のように没落していくご時世でも、彼らが集う世界が一等車には今なおある。

そんな世界とは無縁の平凡な身なりの、ぎらついた目つきの捜査員たちがホームでたむろしていた。

「代議士で会社の社長でっしゃろ。そら、貧乏臭い夜行にはよう乗らしまへんやろな」

新城は腕組みをしながら、一等車から少し離れて出てくる客に目を光らせていた。

「こういうときだけは共産主義者の言う『打倒資本家』に賛同したくもなる」

横で守屋もキャメルを吸いながら目は降りてくる客に向けていた。守屋の身なりであれば特急列車に乗っていても不思議はないが、それでも三等車が相場だろう。

「いたぞ」

けたたましいホームにあって、何とか聞き取れるくらいの声量で西村が声を上げる。相手に気取られぬように。

西村を先頭に、男たちはひとりの男の許へと歩み寄った。

いかにも仕立ての良いスリーピースに身を包んだ恰幅の良い初老の男が、こちらに気づいたようで丸眼鏡の奥から目線を投げかけてきた。新聞や雑誌で何度も見た顔だが、実物を見るのは初めてだ。すぐ横には紺色のスーツに身を包んだ若い女が寄り添っている。理知的な面持ちは秘書に見えるが、ハッとするような美人で、あるいは愛人かもしれない。

「北野代議士」

西村の呼び掛けに、随行の者が前に出る。スーツに身を包んでいるが、紫色のシャツの下から覗く太い腕に生々しい傷跡が見えた。

「先生に何の用や」

男の威圧するような問いかけに西村は手帳を取り出す。

「先日東京でお会いしました、大阪市警視庁捜査一課の西村と申します。先日はあまりお話しできへんかったので、あらためて伺いました」

「先生は長旅でお疲れや。出直さんかえ、木端《こっぱ》役人が」

西村は以前にも東京で聴取したというが、こんな連中に門前払いされたのか。

「用件は」

随行の者を手で制した北野が静かに尋ねる。横の女が刑事らをキッと睨みつけてくる。

北野は刑事に囲まれても動じた様子を見せなかった。

西村のうしろから、二課の中津が一歩前に出て、手に持っていた紙を掲げた。

「捜査二課の中津です。北野代議士に政治資金規正法違反容疑などでの逮捕状が出ております。突然で恐縮ですが、御同行頂きたい」

どこかでカメラのストロボが焚《た》かれ、北野の顔に光と、そして濃い影が差した。


大阪市警視庁本庁の会議室で記者会見が開かれたのは、夜の七時だった。

「捜査二課では本日午後五時三十分、北野正剛代議士を、政治資金規正法違反罪、商法の特別背任罪、ならびに詐欺罪などの被疑事実で逮捕したものであります」

蛍光灯で照らされた室内の一番奥に、長机と椅子が配置され、その中央に座った太秦刑事部長が手元の紙を読み上げる。記者会見に刑事部長自らが出席するという異例の事態、そして捕らえられた身柄の大物ぶりに記者たちも色めきたっている。

「被疑事実は、二十六年十月から二十九年二月までの間、北野製薬株式会社への出資を募るという偽りの名目で大阪市内の金融機関から調達した計八百万円の融資を、同社の口座に入れることなく北野被疑者の政治団体の口座に振り込み、これを騙し取ることで同社に損害を与えたことになります。この八百万円以外にも、裏付け中ですが合計で四千万円の不正融資があったのではと見られます」

刑事部長の左右には捜査二課長と二課次席の調査官、中津班長が出席している。

中津の顔はやつれている。この一週間、この事件の帳場の主導権は二課に移っていた。連続殺人やアヘン製造に関する事実関係の確認ができないなかで、北野代議士への強制捜査の突破口は二課の所管する汚職や企業事犯の領域しかなかった。

二課からの応援班を投入し、大阪華僑同胞信用組合の口座履歴と北野製薬の帳簿を徹底的に突合して突貫作業でカネの流れを洗っていた。徹夜続きでほとんど寝ていないだろう。

しかし充血した目は、令状請求にこぎつけた自信に満ちていた。二課の応援班によって裏が取れた容疑事実は、立件するに足る内容だった。

「調べに対する北野代議士の認否は、証拠隠滅の恐れもあるため明かしません」

ひと通り言い切った太秦が顔を上げる。刑事部長が帳場に入るところから異例なのに令状請求も「バッジの首を取るんだからよぉ」と、太秦自らが行っていただけあって、記者会見にも出張ってきた。

会場前方に座る捜査幹部らと対面する形で、部屋一杯に並べられた椅子は記者で満席で、うしろには立っているものすらいる。代議士逮捕という連絡が本庁詰めの記者に伝わると、各社の応援記者も押しかけ、五、六十人ばかりの男たちの体温と彼らの吐き出す煙草の煙で、会議室は火事場のようにもやがかかっていた。

後方の何人かが、発表内容をメモすると早速外へ駆け出していく。朝刊で締め切りの早い版に間に合わせるべく、最低限の内容を電話やメモで本社に伝えるのだろう。

「さて、どこまで続くやろな」

ドアでつながった隣の空き部屋から、質疑に応じて資料を出せるように待機している古市が、ドア越しに会議室を覗く。空き部屋には二課の捜査員だけでなく一課の捜査員も出てきており、新城と守屋もいた。

「各社質問を受け付けます」

一斉に挙手した記者を、司会進行を務める二課調査官が前から順に当てていく。

「この金融機関の名前と、そこからどのように金を騙し取ったかをお教えください。北野代議士が本人直々に嘘を言いに行って現金で受け取ったんでっか」

二課長が中津から資料を受け取りながら答える。二課長は後半になってから事件の概要を知ったが、元々知能犯担当のベテラン捜査員で呑み込みは早かった。

「金融機関名は大阪華僑同胞信用組合。直接の行為は、北野代議士の私設秘書が行ったようです。当該信組に複数回赴いて小切手で受け取っていたようです」

二課長は老眼なのか資料から目を離しながら読み上げる。

「無担保で貸し出したんでっか」

「形式上は北野代議士名義の和歌山の山林を担保としておりますが、資産価値はほぼありません。関係者の口座に合わせて一千万円が振り込まれており、これを実質的には担保としていたようです」

「信組側主導の不正融資やないんですか」

「その点は現時点では判明しておりません。本件はあくまで北野代議士周辺の捜査です」

「先ほど、私設秘書と言われましたが、先月に遺体で発見されてます。そちらの事件との関連性は」

「現在、直接間接の関係を調べとります」

「当該事件では他にも右翼団体主宰者とチンピラのふたりが殺されていますが、彼らと北野代議士の関係は」

「そちらも現在捜査中です」

何かしらの関係があると認めているも同然の答えに、記者がどよめく。後方にいる記者たちの出入りも俄然慌ただしくなる。

その様子を覗いていた古市が、部屋の中に顔を向ける。

「新城、西村ンとこ行って、どこまで吐いたか聞いてこい」

西村は、二課の捜査員と共に取調室での聴取に専念している。今回は聴取も一課と二課の合同という異例の態勢だ。大阪駅から本庁に北野を連れて来て、休む間もなく取り調べを始めて、かれこれ二時間になる。

「まあ、あのオッサンも相当のタヌキやろうからな、そうそう落ちるとは思わんが」

そういう古市の声を背に受けながら、部屋をあとにする。

外には会議室に入りきらなかった記者が伝令係と捜査陣の見張りを兼ねて、蛍光灯の下で煙草を吸いながらたむろしており、時折メモ用紙を片手にどこかへ走っていく。外に待たせている車に乗り込むか、あるいは伝書バトにメモをくくりつけて本社に急行させるのだろう。会見場横から出てきた新城に何人かが鋭い目線を向けるが、情報を握っている幹部や本庁捜査員ではないと見てすぐに目を逸らす。

ひとりだけ新城に注意を払い、付いてきた者がいた。

「お疲れさんだす」

黒井だった。

「ああ」

「大捕物になりましたな」

新城はニヤリと口の端を上げる。

「ちゃんと我慢でけたらしいな」

この日の大捕物の直前に、黒井の社の記者から太秦刑事部長に連絡があった。

――きょう北野代議士を特別背任《トクハイ》容疑で逮捕しまっしゃろ。うちは取材で裏取ってます。夕刊最終版でスクープさせてもらいまっせ。

黒井の新聞社の取材班は、そもそも大阪華僑同胞信組の不正な出資にまつわる北野の疑惑を先に摑んでいた。その取材を進めていた最中に北野周辺で殺人が起きた。疑惑について捜査陣に探りを入れるため、新城に情報を当てたのだろう。結果としてそこから警察が不正出資の捜査に動き出すことになったのを察知し、他社が摑んでいないギリギリのタイミングで記事にしようと動いたのだ。

――馬鹿野郎！　夕刊は早けりゃ三時にゃ出回るだろうが！　汽車に乗っている代議士に電報を入れられちまう！　途中下車されて逃げられたらどう責任とるんだ！

あの太秦が真っ青になって、数十分に渡る激しいやり取りがあったあと、彼らに夕刊での掲載を何とか見送らせた。

駅へ身柄を押さえに行く直前、古市から捜査員にその旨が伝えられ「記者の動きには細心の警戒を払ろとけ」と念を押された。万一、約束を破って記事を掲載したときは、途中の京都駅で逃げられることを警戒し、京都市警に協力を仰ぐ手筈まで整えていた。

「捜査妨害もええところや」

「僕らの取材の結果や。報道を押さえるなんぞ、官憲の横暴や」

「よう言うわ」

彼らもタダで引き下がったわけではない。北野の身柄を大阪駅で押さえた瞬間、彼ら一社だけが現場に居合わせた。夕刊掲載見送りの交換条件がその独占取材だったのだ。

現役代議士の逮捕の第一報を号外でスクープし、さらに明日の朝刊には逮捕直後の議員の苦々しい表情を捉えた写真、そして記者会見での発表以上に詳細な疑惑の内容が他紙を出し抜く形で掲載されていることだろう。これから数日は続く報道合戦で、他社の追随を許さぬネタをいくつも繰り出してくるに違いない。

これまで目障りとしか思っていなかった新聞記者の戦い方に彼らなりの矜持を垣間見た気がした。

「明日の朝刊、楽しみにしとくわ」

「どうも」

黒井は得意げに去っていった。

○

「秘書のやったことでワシの知ったことやない、やそうや」

一課側の取調官となった西村がドアの小窓越しに取調室の中を覗きながら告げた。西村と二課の捜査員が交代で取り調べを続けており、今は二課の取り調べ中だ。

捜査で判明した通り、実際のカネの流れはすべて宮益が把握しており、ほとんど書類上に残していなかったことが仇《あだ》となっているようで、中では一進一退の状況が続いているらしい。

「まあ、知能犯担当はさすがに根気強いわ。検事さんとも上手いこと連携して、長期戦で切り崩していきましょうか、やと」

二課事案は否認を続ける被疑者が多く、緻密な論理で相手の矛盾を切り崩していく根気のいる作業になるのが常なのだそうだ。

「二課はゼロから帳場立てるけども、これまでの蓄積で何とかうまいこと運べるやろな」

政治資金規正法違反事案として、本庁では別個に二課主導の帳場を立てることとなった。同じ事件として扱うにはもはや大きくなりすぎたし、何より構図が異なってきたという判断だ。この帳場に入っていた二課班はそちらに移ることとなり、その運営主任は中津が引き受けるという。

「問題はワシらの本丸、殺しや。宮益はもちろん仁科の殺しも知らん、菅沼に至っては誰やそいつとまで言いよる。事実関係を何度問い詰めてもぼろが出ん」

西村は腑《ふ》に落ちないといった様子で、顔をしかめて話す。

「ワシの勘としては、アレはホンマに知らんかもしれん」

西村はドアから離れて廊下のベンチに腰掛け、新城はその前に立った。

「しっかし会見は何や、まるで二課の事件やないけ。ワシらの本業はどないなっとんや」

新城から聞いた記者会見場の様子に西村は憤慨する。第一印象が強烈だっただけに西村を前にすると今もときどき緊張が走るが、感情の起伏が激しいだけなのだ。

「ま、太秦刑事部長がサンズイのお人やからなあ、しゃあない、とりあえずは中津はんに花持たしたろ。身柄はこっちにあるから、じっくり腰を据えてやるほかない」

西村がちびた煙草を灰皿に投げ捨て、もう一本取り出す。銘柄はゴールデンバットだ。

「なあ新城。お前、殺しは今回が初めてやったか？」

「そうです。帳場も初めてですわ」

「勉強になったやろ、と言いたいところやが今回は色々特殊過ぎた。国警も出張って来よったし、狭間の阿呆がホンマにややこしいことしくさりよったさかいにな」

酷い言いようだが現場にとっては事実その通りなのだから仕方ない。

「大阪市警視庁は、総監や刑事部長こそ高文やけど、その下は高文なぞ頼らんで自由に仕事ができるエエ組織や。ワシは戦前に入ったから前と比べればなおさら分かるが、堅苦しい書類より現場出てホシ挙げれば評価される、そんな自由さがあった」

西村は苦々しげに紫煙を乱暴に吐く。

「国警と統合してみぃ。またややこしい官僚連中が上に座って、現場の一挙手一投足を書類で管理せなならんようになる。そうさせんためにも、ワシらは捜査の腕で圧倒せなアカンのや。阿呆の狭間はそこを履き違えて、警務の近藤はんの腰巾着なって、有力者連中とべったりくっつけばエエと思うとったようやがな」

西村は西村で、大阪市警視庁の刑事としての強烈な矜持を持っている。それを守るための努力も欠かさなかったに違いないし、だからこそ狭間に対しても臆することなく食って掛かった。

「守屋はんのような連中にこれからワシらは立ち向こうていかなアカン。お前もうかうかしとる場合とちゃうねんど」

西村が人さし指を新城の額に突き付けてきたので、思わずあとずさりながら、新城はふと思いついたことを口にした。

「ある意味、西村さんと守屋さん、よう似てはると思いますよ」

「はぁ？　何ぬかしよんねや、おどれは」

西村は顔を逸らし、煙草を深く吸う。言葉とは裏腹にさほど嫌悪する様子はない。狭間に啖呵《たんか》を切ったあの夜以来、西村には守屋を認めたような気配がある。それでも会話はほとんどしないのは意地なのかもしれない。

「ワシは自治警や。国警とはちゃうんや」

「ほうでっか」

「腹立つなその言い方。さすが拗ねボンやな」

「何ですのン、拗ねボンて」

西村はニヤニヤしながら、

「お前のトコの課長の小田部はん、あの人は昔ワシが西成の刑事課おった頃に班長しとってな。その縁で色々話は聞いとったんやが、お前は妙に青臭いくせに不満気で斜に構えとるところがある言うてたで」

「まあ、そうかも分からんですけども」

多少の自覚はあるが、いざ人に指摘されると気恥ずかしさがある。

「まあでもあんな堅物でややこしい高文組が帳場に来て、もう少し年かさいったモンやったら、ハイハイ言うて右から左に適当に聞き流しとったやろうな。ワシはワシで徹底的に受け付けへん。せやけど、お前くらいの青さがあって、まっすぐすぎもしない奴あたりが、ちょうど塩梅《あんばい》よかったんやろうな」

これから消えてなくなる大阪市警視庁の一員として、国警からやって来た守屋とぶつかって、振り回されて、そして自分を振り返ることになって、その末に民主警察としてやるべきことをやった。その充実感は確かにあった。

「古市はんはなかなかよう人を見てるわ。お前のような奴の教育にはエエ教材やったんかも分からんな」

まるでお釈迦《しゃか》様の掌の上で暴れていた孫悟空《そんごくう》のようだが、腑に落ちるところはあった。守屋と組んだことでそう思えたのなら、古市の采配《さいはい》は間違っていなかったのだろう。

「でっかい事件《ヤマ》ひとつ当たって、まだまだ片は付いてないへんけども、どないや」

しばし考えて、

「悪くはないです」

「何や捻《ひね》くれた物言いしよって、やっぱりワシと組んで、徹底的にドツキ回して根性叩き直したった方がよかったかも分からんな」

西村だったらやりかねない、と思ってヒヤリとする。西村はくっくっと笑い、目を細めて煙を吐いた。

○

昭和二十四年に施行された現行の刑事訴訟法に基づき、警察が逮捕した被疑者は、四十八時間以内に検察官送致、いわゆる送検を行う必要がある。この期限を捜査現場では「ヨンパチ」と呼ぶ。

そこから検察では二十四時間以内に勾留の必要性を吟味して、裁判所に勾留請求をする。通常の被疑者なら勾留請求はよほどのことがなければ認められるし、認められれば十日間、延長すればさらに十日間の最大二十日間、じっくり取り調べができる。

しかし、相手が政治家であり、かつ企業トップである以上、有力な弁護士を雇って準抗告でも何でも行って、勾留を妨害される恐れがある。身柄の地位が特殊ならなおさら、裁判所も勾留請求に対しては慎重な姿勢で臨むだろう。

だからこそ逮捕から送検までの四十八時間、そして勾留請求期限の七十二時間、それぞれの節目までには確かな物証や証言を得たいというのが帳場全体の一致した思いだ。

だが、逮捕されてから二十四時間が経っても、依然として北野は一切を否認していた。すでに公開捜査となっている以上、二課で北野の本宅や北野製薬も大々的に捜索できるだろう。その捜査に一課捜査員が便乗して証言や物証を引き出す、何なら捜索令状を発給してもらうほかないという見方が、帳場を支配していた。

それでも北野が殺人の容疑を否認し通したら。そもそも本当に殺人には関与していなかったら。

アヘン製造と密売ルートの解明も進んでいない。手がかりとなるカネの流れは、すべて殺された宮益の頭の中にあり、書類では辿りようがなかった。暴力団や薬物に精通している三課からの応援が、菅沼のことを警戒していた暴力団に探りを入れているが、知っている情報はわずかだという。市中の病院に収容されているアヘン常習者を当たって、入手先から突き上げていく手法も検討されているがそれも時間がかかる。身柄はあるのに肝心の証拠がなく、刻限だけは近づいている。捜査員の精神的な疲労は増すばかりだった。

新城と守屋は、旧造兵廠跡地の盛り場のみよしに車で向かっていた。気分転換と、いったん棚上げしていた浮浪者の行方について情報が入れば儲けもの、くらいのつもりでいた。

『近江絹糸紡績で勃発した労働争議は、彦根《ひこね》工場でストに突入するに至り、事態は深刻化の一途を辿っております……』

カーラジオから流れる民放局のニュースは、五月から燻《くすぶ》る労働争議の様子を深刻な口調で伝えてくる。大阪の戦後復興を牽引するのは製造業で、とくに勢いがあるのが紡績業だ。その一角を占める大企業で、宗教や結婚まで縛り付けるという人権無視の前近代的な従業員支配が行われているという訴えに、経済界や市民の高い関心が集まっている。

新しい時代を突き進む者たちが、いまだに古い考えや常識によって動いている。そんな一断面は、戦後九年経った大阪のあちこちで顔を見せる。近江絹糸の争議も、そして今回の事件もそうなのかもしれない。あの敗戦を経てなお、根本は何も変わらなかったのだろうか。

そういえば帳場入りする前、小田部課長から争議の警備警戒に応援で出るように言われていたが、それどころではなくなっていた。

「争議はそれこそ国警でも警備部さんが出張ってくるところとちゃうんでっか」

「そうだな。このひと月ばかり、刑事らしいことをしていたが、本来は極左極右の政治運動の情報収集をしていたからね。同じ部署の者が警視庁警備課と共同で警備計画を立てているらしい」

「この事件、政治事件のつもりでおったのに、肩透かし食ろたんちゃいまっか」

「まだ殺しの犯人は分からんよ、君」

「まあそうですけど、お忙しいでしょうに、本業の方も」

すると守屋が口端《くちは》を歪ませる。

「何、私なぞ、いなくとも構わんだろうさ。厄介者がいなくて清々しているだろう。かつての同僚を殺した、当の息子なのだから」

時折、過剰なまでの自嘲がこの男からはこぼれ落ちる。

「君も損な役回りだったね。こんな厄介者と組まされて」

ふう、と新城は溜息をつき、

「厄介者なのは否定しまへんけどな、損な役回りやとはこれっぽっちも思てまへんで」

守屋が呆気に取られた表情で新城を見返す。

「正直、最初はエライモン押し付けられたと思てましたわ。いやホンマ、何で国警なんぞと共同捜査、それもワシが面倒見なならんねやと。ほんで捜査員同士でも一般人でも、記者連中にもエライ高飛車で食って掛かってあちこちで問題起こして、どないなるかと思てましたよ」

「そうか……すまなかったな」

「せやけどアンタは、警察がどうあるべきか、ひたすら考え抜いたうえでスジ通す人やった。せやからキッチリ言うべきことを言うてきた。今の警視庁の中でアンタほど警察がどうあるべきか考えとるモンは、いくらもおらしまへんやろな」

上層部はいざ知らず、現場で匹敵するのは古市くらいだろうか。西村ですら、その視野は精々捜査一課、広く見ても刑事部まで、それ以上の範囲には及んでいないだろう。

「何より、ワシは親父の一件で救ってもろた。それ以上説明はいりませんやろ。で、これ以上何か泣き言吐くんやったら、いっぺん張り倒しまっせ。うじうじされとったら仕事にならんよって」

丁度、森之宮駅前の盛り場の入り口に辿り着いて、車を停める。

「そうか、仕事にならんか」

「ええ、迷惑です」

守屋が、くっくっと小さな声で笑った。

「早よ行きまっせ」

盛り場は猥雑な灯りを点《とも》し始め、機嫌を良くした客たちが早速、店々を冷やかし始めた。

　みよしに入ろうとすると、ふたりに気付いた店主の三好から「ちょっとそこにおれ」と声をかけて来た。他の客がすでに何人かおり、その目を憚ってか自ら外に出る。

「洋ちゃん、この前ルンペンがどうのと聞きに来よったがな。残飯漁りに来る連中に聞いといたで」

「見つかったんか」

「死んだらしいで」

「何でや。殺されたんか」

「大声で物騒なこと言うなや。ちゃうちゃう、あのルンペンな、クスリで頭イんでもとってんてな」

　三好が左手の人さし指を鉢巻を巻いた額の横で回転させる仕草をする。

「おんどれも中毒の癖しよってあのルンペン、クスリの売人もしよったらしいんやが、元締めが近頃殺されたらしくてな。ほいでクスリ切らして。先週やったかいな、川に落ちて溺れて死んどったらしいわ。ホンマ、ケッタイなやっちゃで」

　あからさまな侮蔑の色を気にする余裕は今の新城にはなかった。

「ルンペンが……何のクスリや」

「何て、そら富山の置き薬とちゃうで。ヘロインや、ヘロイン」

どうして今まで気づかなかったのか。

これまで目撃された浮浪者たちも、そして死んだあの浮浪者も、菅沼の末端としてヘロインを売り捌いていたのだ。どこへ現れてもただ厄介者扱いされる浮浪者とは、誰も関わろうとしない。一般市民はもちろん警察、そしてヤクザ者たちの警戒の目からすり抜けてしまっていた。

「ルンペンの集会は、夜に客を集めとったものやったんか……」

そんな重大なことを今まで警察は把握すらできていなかった。場末の居酒屋の店主が浮浪者から仕入れた話で初めて知る羽目になるとは。

「ほたらこの近くで何か、やっぱりえべっさんがあるんかいな」

内心の動揺を隠しながら尋ねると、三好は怪訝そうな表情を浮かべた。

「この辺にえべっさんなぞあれへんがな。何言うとんや……何やその顔。あのルンペンが出入りしよったんは、あっちの三十八度線のとこの横にある、屑鉄の山らしいな。あないなところ、残飯もよう見つからんやろうに、何でかあすこでようフラフラしよって、ときどきこっちの飲み屋街で飯を漁っとったんや」

屑鉄の山。それは日下部金属産業のことだ。

なぜここでまた。

赤提灯や電灯の明かりが、その一角だけぽっかりと欠落していた。

玉音放送の前日の空襲で、大阪のど真ん中に突如として現れた「真空地帯」は、戦後九年の復興の結果、随分と小さくなった。

その復興の波からこぼれ落ちたのが、三十八度線であり、この屑鉄の山だ。

「やはり日下部が何か関わっていたのか」

「伏屋のオッサン締め上げたら何ぞ手がかりあるかもしれませんな」

だだっ広い敷地の奥にある小さなバラック小屋は真っ暗だった。敷地内には街灯などという上等なものはなく、警邏車に備えてある懐中電灯を頼りに足元を確かめながら進む。

「もう寝ているんじゃないか」

「明日の夕方五時には送検せなならんのんでっせ。叩き起こしてでも聞かなならん」

新城が乱暴に「日下部金属産業」という看板の掛かった扉をどんどんと叩く。

「夜分すんません、警視庁ですわ」

返事はない。

「カギは掛かっているのかね」

新城が扉を横に引くと、ガラガラと音を立てて開いた。

「いくらぼろバラックや言うたかて、不用心やなあ」

開け放った途端に、むっとする生ゴミと体臭の混じった悪臭が漂ってきた。

「おい、伏屋さんいてるか」

六畳ほどの板張りの空間は、事務机がふたつあるほかは、いかにも男やもめの居住空間という佇まいだった。店屋物なのか私物なのか丼が床に無造作に転がり、薄汚い煎餅布団の上には汚れた衣類が投げ捨てられている。

懐中電灯の明かりで中をしばらく照らしたが、もぬけの殻だった。

「どないしましょか……って守屋さん、土足でっか」

守屋が靴も脱がずに室内に入っていった。

「おい、これを見たまえ」

事務机の上に置かれていた物を指さす。新城がそれに懐中電灯を向けると、

「これは……六法全書？」

新城と守屋が、顔を見合わせた。

曲がりなりにも会社の事務所であれば、法律書があってもおかしくはない。

しかし、事務机の上に置かれた六法全書は、あるページが開かれていた。

「何で刑事訴訟法のページなんや……」

はずみで開いたという様子ではなく、丁寧に栞《しおり》代わりに折り目までつけて、何度も読み返した跡がありありと見て取れた。

そして、ある項目に赤鉛筆で丸がつけられていた。

《第二百三条　司法警察員は、逮捕状により被疑者を逮捕したとき……留置の必要があ

ると思料するときは被疑者が身体を拘束された時から四十八時間以内に書類及び証拠物とともにこれを検察官に送致する手続をしなければならない》

「何でヨンパチを……？」

「まさか、あの歳で弁護士を志す司法浪人というわけでもなかろうに、なぜこれを」

およそ屑鉄卸には縁がないといえる法律知識だ。守屋も首を傾げる。

新城は天井からぶら下がるヒモを引っ張って電気を点けた。ややあって部屋の中が明るくなる。すると部屋の一角にある本棚が目に留まった。

そこに並んでいるのは、スクラップブックだった。刑事訴訟法の項が開かれた六法全書に、新聞の切り抜きを貼り付けるスクラップブック。まるで、署の刑事部屋のようではないか。

一番新しそうなスクラップブックを手に取って開く。

「守屋さん」

「何だね」

新城の横から守屋が覗き込む。

《北野代議士、逮捕さる》

《会社融資装い迂回献金か》

《大陸時代の悪行も露呈》

切り抜かれた紙面に黒々とした見出しが躍っていた。

棚から急いで取り出した十数冊のスクラップブックはどのページも、一般紙、夕刊紙、業界紙、雑誌に至るまで、北野正剛にまつわるありとあらゆる記事で埋め尽くされていた。

最初に手に取ったスクラップブックの、最後のページに貼られた記事に目を落とすと、

『逮捕された北野議員は十一日に送検される模様』

しんと静まり返ったバラックの中で、守屋が言葉を絞り出す。

「明日の夕方五時……北野代議士は表に出てくる……それを伏屋は把握している」

「その出てきた瞬間を伏屋が狙《ね》ろとるんでっか……」

「急がねばならんな」

新城が慌てて本棚にスクラップブックを戻そうとしたとき、その本棚の上に置かれているものが目に入った。

「新城君、何をして……どうした？」

ひとつの予感があった。椅子に立って上を覗くと、小さな木箱の中に石ころと手垢にまみれた帳面、そして笹が置かれていた。

商売繁盛笹持って来い。

「えべっさんや……」

全身から汗が吹き出るのを感じた。

○

六月十一日は金曜日だった。

半ドンの土曜を前に、仕事を週内に片付けようと官公庁の活動は活発になる。

四十八時間の勾留満期を迎える北野正剛は、大阪市警視庁から西天満の大阪地方検察庁に送致され、翌日までに勾留の可否を判断される。

午後五時。

連続刺殺事件の帳場を取り仕切る古市と、北野代議士迂回《うかい》献金事件の帳場の仕切り役となった中津は、それぞれの帳場の責任者として、北野代議士――今や容疑者だが――を地検に送致することとなっていた。

ふたりは地下へ至る薄暗い階段を下りて、六月というのに肌寒い留置施設へ足を踏み入れる。大阪市警視庁本庁舎は元が陸軍の師団庁舎だっただけあって、かつて憲兵隊が使用していたという留置施設は充実していた。

カツンカツン、とふたりの靴の音が廊下に響く。

「二課さんの方も、なかなか厳しいらしいでんな」

「いつものことですわ。特に贈収賄やら汚職モノはようクチ割らんですよってな。そもそも、こないに早よ立件でけること自体、ようようないことでっせ」

時節の挨拶のような他愛もない情報交換をしながら歩く。

「警察統合の前にひとやま片を付けときたいっちゅうて課長がエライやる気でしてん」

「ああ、二課長は月末まででしたな」

六月末をもって大阪市警視庁はその看板を下ろし、国警大阪府本部と合流する。それに伴う大規模な人事異動が幹部級で吹き荒れるのだ。

捜査二課は政治家の汚職事件の取り締まりを行うだけに、その課長職には国家公務員たる高文組が割り振られることが決まっていた。現在の二課長は府採用の非高文組だ。新しく生まれる大阪府警察本部の捜査二課長の椅子は用意されていない。

「うちのオヤジ殿は、次は天満の署長なるらしいですわ。本部の課長はこれで勤め上げでっしゃろな。せやさかい最後に花持たせてくれ言うて、ケツ叩かれとりますわ」

「そら大役でんな」

「いやホンマに、かなわんですわ」

ふたりは居室のある区画の入り口に辿り着いた。留置担当官に必要書類を提示して、北野の身柄の引き渡しを受ける。

腰縄を巻かれて独房から出された北野は、何の予告もなく逮捕され、その後四十八時間もの間、取調室と留置施設を何度も往復したというのに、憔悴《しょうすい》した様子は一切ない。

「これより大阪地検に送致します。今回はお立場もありますよって手錠や腰縄はつけませんが、もし逃走などを図った際、こちらも非常の措置を執らせていただきます」

担当官によって腰縄を解かれた北野に対する中津の物腰は柔らかい。

「みっともない真似はせんよって、安心しい」

北野が糸目でふたりを一瞥すると、怒鳴り散らすでもなく、ねちっこく愚痴を言うでもなく、堂々と言い切った。ほうと古市は嘆息する。

「そう言っていただけるとこちらも安心します」

「ワシは何ひとつ、恥じ入るようなことはしとらん」

「何ひとつでっか」

北野は古市と中津に挟まれ、三人は横一列になって歩き出した。

「政治は金が仰山《ぎょうさん》いる。そのための工面で宮益がなんぞ見落としでもしたんかもしらんな」

中津が苦笑いする。

「その辺はこのあとの検事さんとの面談でお願いしますわ」

政治資金を巡って逮捕され、これから送検されるというのにまったく動じるそぶりはなく、自説を開陳する余裕すら見せる。そして雑談ですら、争点になるであろう自身の関与は認めないという計算高さも垣間見える。

この二日間で西村が何度殺人について聴取しても知らぬ存ぜぬを通し、不利になるような情報は一切口にしない。

――言い訳やないんですけど、あのオッサン、不気味ですわ。

最後まで落としきれなかったことを詫びに来た西村が、そう漏らしていた。

北野の逮捕が現実味を帯びつつある頃、その経歴を再び洗いなおした。北野となる前の澤としての経歴も、和歌山市警や国警和歌山県本部に問い合わせて判明した。浮かび上がってきたのは、確かに不気味な存在だった。

北野こと旧姓・澤は紀州の港町の生まれだ。父親はおらず、母親が連れ込み宿の女将《おかみ》をして育てた。おそらくは母親自らが身体を売っており、父親はその客のひとりだったのだろう。尋常小学校もそこそこに丁稚奉公に出され、職を転々としながら満洲事変後の満洲に流れ着き、アヘン商売に目を付けた。

阿片戦争以来、広く民衆の間にアヘンが蔓延《はびこ》っていた大陸では、戦乱の長引くなかにあってアヘンが金銀に匹敵するほどの価値を持っていた。ケシの栽培やアヘンの製造、販売は軍閥や黒社会の重要な収入源で、そこに澤は参入した。

澤は熱河省で関東軍が現地民から接収したケシ畑を廉価で払い下げを受け、工場を建設した。それが満洲大同化学工業の始まりだ。アヘン精製の技術者として台湾などで経験を積んだ仁科を招聘《しょうへい》して製造ラインを整えると、関東軍のS機関と手を結び、S機関がアヘンを中国全土で売り捌くことで売却益の半分を陸軍の工作資金とした。そのときに密売を取り仕切ったのが、転向左翼としてS機関のもとで働く宮益だった。

軍と太いパイプを築き上げて参入したアヘン商売は莫大な富を築き上げた。低賃金でこき使える中国側捕虜を軍から調達することでケシ畑や工場を拡張し、生産も販売も拡大の一途をたどった。中国大陸で戦線が拡大するなかでS機関は中国全土のアヘン市場に参入し、そこで宮益の手腕は遺憾なく発揮された。

やがて、ソ連軍参戦と日本敗戦の情報を事前に入手した澤は、いち早く自らと資産を内地に引き揚げた。このときの資産引き揚げを担った中国人の金融機関が、大阪華僑同胞信用組合の前身団体だった。そして戦後の焼け野原となった大阪で、アヘンで稼いだカネと大陸で築いた人脈に物を言わせて、道修町にある北野製薬の創業家に入り込んだ。戸籍を作り直し、婿入りすることで名を北野と変え、過去の経歴を隠すことに成功した。

戦後の北野の政界や製薬業界での人間関係は捜査線上に上がっていたが、戦中のことを知る人間はほとんどいなかった。道修町の一部で怪しい素性について噂になっていた程度で、北野の妻すら詳しいことは知らなかったという。

取り調べで西村が事実をひとつひとつ確認していったが、北野は眉ひとつ動かさず、肯定も否定もしなかったという。

戦前にうしろ暗い商売を大々的に展開しながら、身分を偽って今度は政界に身を転じる大胆さは一体、どこから湧き上がってくるのか。

刑事としての矜持と、そして一抹の好奇心から古市はつい口に出して聞いてしまった。

「大陸でもこっちでもアヘンに手ェ出したこと、捕虜を酷使して死者出した罪を仁科に押し付けたのも、恥じ入ってないっちゅうことでよろしいんでっか」

中津がちらりと制するような目線を古市に送ってきた。送検する身としては出すぎた真似だったかと反省していると、北野が前を向いたまま口を開いた。

「人の欲しとるモンを作って売ったって、それで稼いで何があかんのや」

中津と目線が合う。これまで一切口を噤んで来た、大陸でのアヘン商売について初めて言及したのだ。

「アンタ認めるんか。自分が澤正剛やと。戦中戦後とアヘン作ってきたことも」

「これは取り調べなんか？」

確かに北野は、送致される途中に雑談として漏らしただけだ。今の言葉にしても一般的な考えで、明確に過去を認めたわけではないと言い張られてしまえば逃げ切られる。自身に不利にならないギリギリの線で、北野は今、過去に対する絶対的な自負を口にした。古市は眉間に皺を寄せて歯嚙みした。ここが取調室なら。

北野はそれ以上何も答えず地上への階段を上る。庁舎正面には逮捕された政治家の写真を撮ろうと記者やカメラマンが待ち構えていて、大騒ぎになっている。裏口からこっそりと連れ出すことも検討されたが、庁舎が大阪城本丸の中にあり、道の都合で正面の車寄せから車に乗せるほかなかった。

記者たちの喧騒が聞こえてくる。この不気味な男はどんな顔で彼らの前に立つのか。

初夏の西日が玄関から廊下に差し込む。本庁舎中央部、バルコニーの下の正面玄関の車寄せに、警邏車が着けられている。玄関から二メートルの距離だが、そこに記者やカメラマンが押しかけており、警備の警官らが両手を広げて制止している。

北野たちが玄関に姿を現した瞬間、カメラマンが一斉にシャッターを切り、閃光が焚かれる。ペンとメモ用紙を手に取った記者が制止線に押しかける。

誰もが一点に意識を振り向けていたときだった。


「澤ぁぁぁぁ！」


突然の叫び声が、車寄せに響き渡る。

ざわめく報道陣の後方で、誰かがあっと声を上げる。薄汚れた服を着た男が車寄せに飛び出し、車のボンネットに駆け上って北野にまっすぐ突き進む。

その手には、夕日を反射する細長く反りのない刀身——銃剣だ。

事態に気づいた記者らがあとずさりし、それまで押しへし合いだった記者の壁は潮が引くように北野らから遠ざかった。

警備の警官は記者たちを押さえるために北野らに背を向けており、突然の状況に対応が遅れた。

古市が北野の前に立ち塞がり、中津は北野の腕を引っ張って庁舎内へ引き戻そうとした。だが肝心の北野が咄嗟のことに棒立ちになっていた。

男はばねのように北野と古市へ向かって飛び掛かった。

そのとき。

遠ざかった記者たちの間から、黒い影が飛び出して男の側面から体当たりした。男はぐっと呻き声を上げて横転した。

その拍子に銃剣が甲高い音を立てて地面に転がった。

「早よ取れ！」

男ともつれ合いながら倒れ込んだ新城が叫ぶと、反対側から守屋がすかさず飛び出し銃剣を拾い上げた。

「取った！」

「殺人未遂の現行犯や！」

新城が再び叫ぶと、古市が駆け寄って男の押さえ込みに手を貸す。代わって中津が北野の前に立って、凶行犯への盾となる。

カメラマンが取り押さえられた男の許に一斉に駆け寄ってシャッターを切る。記者たちは北野の周りに殺到してコメントを取ろうとする。その間を縫って、警備の警官がようやく動き出し、新城と古市が押さえた男に手錠をかけた。

「畜生、ち、畜生、畜生め！」

四人がかりで押さえつけられた伏屋が地に這いつくばりながら絶叫した。

「澤！　お前は、た、大陸で何したか、覚えとるか！」

棒立ちだった北野が、中津の腕を振り払って押さえつけられた伏屋の許へ歩み寄った。

「ワシが大陸で何したかやと」

伏屋の腹に強烈な蹴りを入れた。無表情で何発も何発も、微かに見開いた目の奥に憎悪を浮かべながら。

「御国のために何ひとつ恥じることのない商売したったわ。薄汚い貧乏人に何が分かるんじゃ、虚仮《こけ》にしよって」

すかさずその姿にカメラマンがフラッシュを焚くが、北野の蹴りは止まらない。

その北野の目の前に、新城が歩み出た。

「何や、お前は」

北野は蹴るのを止めた。

「殺人未遂容疑の被疑者です。現行犯逮捕しましたんで、身柄はこちらの管理下にあります。これ以上は暴行ないし傷害、あるいは公務執行妨害の現行犯になり、追加の逮捕容疑が増えますが、どないしますか」

守屋を思わせる口ぶりで、新城は淡々と告げた。

北野は新城を一瞥して背を向けた。中津がその肩を押さえて、

「センセ、早よ車に乗りなはれ」

と柔らかい物腰ながらも有無を言わさぬ強い口調で車に押しやろうとする。

「お前さん、や、やっぱり、分かっちゃいないんだ」

地面に縫い付けられた格好の伏屋が、苦悶《くもん》に顔を歪めて胃液を吐き散らしながら、獰猛な獣の威嚇を思わせるような笑みを浮かべた。

「だ、だから、今も昔も平気で殺せるんだ、なあ！　捕虜も満人も使い捨てて、俺の女房子供を、友を、あの大地で見殺しにしやがって、ま、また内地でも同じことをするんだ、なあ！」

大声で叫びきった伏屋の口から乾いた笑いが漏れ出し、際限なく続いた。

西向きの正面玄関には、じっとりとした暑さを孕んだ初夏の夕日が差し込んでいた。車寄せ、庁舎の壁、居合わせた記者やカメラマン、そのすべてが静まり返り、真っ赤に塗りたくられた。

伏屋が突然、調子はずれの軍歌を歌いだした。

「こ、ここは、御国を何百里ぃ、離れて遠き満洲のぉ、赤い夕陽に照らされて、友は野末の石の下ぁ、あははは、ははは、げほっ、げはっ、はは」

目から涙を流しながらの咆哮は、最後に大きく咳き込み、夕日で染まった敷石に鮮血を吐き出して収まった。

○

紀州の険しい山道を国警和歌山県本部の中古ジープに先導されて、大阪市警視庁の数台の警邏車が進む。

本庁舎の目の前での騒動から丸一日。米国車は派手に砂利を跳ね飛ばし、時折脇から延びる枝を折りながら未舗装の坂道を登っていく。

「自分ら、アイツやて目星ついたんは、前の晩や言うとったな。緊配《キンパイ》（緊急配備）しよとは思わんかったんか」

後部座席に座る古市が、運転席でハンドルを握る新城に向かって声をかけた。

「切り抜きやら六法全書やら、あんな薄弱な根拠で緊配やなんて、よう要請せんですわ」

道路事情が悪いので運転になるべく集中しつつ、新城は一昨日の夜の光景を思い出す。

「伏屋の住処《すみか》を出たあと、急いでアイツんとこの社長の家行ったんですわ」

帝塚山の日下部邸を訪れると、旧陸軍将校の家を安く買い取ったという豪邸の門で、日下部は「おどれらどの首ぶら下げて来たんじゃ、おう！」と凄み、弁護士を呼ぶと息巻いていたが、そこで守屋の言葉が効いた。

――おたくの副社長が北野代議士に対して危害を加える可能性があります。あなたの雇用者としての責任も問われかねません。早急に居場所を押さえる必要があります。

日下部は、清々しいまでに自他の権力構造に敏感だった。「ワシは関係ない」と、躊躇うことなくあっさりと語りだした。

――アイツは、ワシがこの商売始めるときに、住み込みで管理人募集したら来たんや。親類縁者みな大陸で亡《の》うなった言うとった。朝鮮人やら土方の締め上げはワシがやって、帳簿やら書面やらはアイツに任せて副社長いう肩書もやったんや。ワシは何度も警察の世話になっとるよって法律の知識も必要になったが、そういう面倒事も全部任せとったんや。不愛想で己のことはよう喋らん。一度、岐阜から満洲に開拓団で渡ってシベリアに抑留された言うとった。それ以上のことは知らん。

満洲や北支に駐留していた日本兵や居留民、あわせて数十万人が戦争末期のソ連軍侵攻によって捕虜となりシベリアに抑留された。ソ連側との交渉で断続的に帰国が進んでいるものの、今なお数万人が抑留されている。帰国者でも苦境に立たされている者はなお多いが、救済の道は極めて限られていた。

伏屋は身寄りもなく、身ひとつでシベリアから日本に引き揚げ、誰もが見捨てたあの旧造兵廠跡地へ流れ着いてきたのだろう。その周囲には最低限の衣食住以外、一切の人間的な営みの痕跡がなかった。行きつけの飲み屋も、余暇の趣味も、そして家族や友人、そういったものを辿ろうとしても到底手がかりは摑めそうになかった。

それは旧造兵廠跡地に流れてきた者たちの常だった。

あの敗戦で根を失った、野良犬のような者たちの最後の拠り所が、かつての大日本帝国陸軍の一大拠点だったのだ。

「昼頃まで何とか回り先が分からんか捜しとったんですけども、辿り着く場所はひとつやろうと、最後の賭けでしてん」

古市がはあ、とわざとらしく溜息をついた。

「阿呆、せめてワシに早よ言わんか。無理でも帳場のモンで手分けして捜すくらいはできたやろし、太秦のオッサンにこっちから頼み倒せば緊配もできたやろが。あれでワシが刺されとったか分からんのやぞ」

「それは、いや、ホンマにすんません」

新城が前を見ながら首を下げると、助手席の守屋が体を捻《ひね》って深々と頭を下げる。

「こればかりは私も判断が甘かった。申し訳ない」

「いやいや、守屋はん、そないアタマ下げられるとこっちが困りますわ。ま、無事でしたし、被疑者も身柄《ガラ》押さえられましたよってな。顔を上げてください」

古市が恐縮していると守屋がゆっくりと頭を上げる。

「しかし、伏屋は長くないとか」

「ええ、警察病院のセンセによると、結核の末期ですわ。シベリアで片肺やられて、復員後に舞鶴で切除しとるが、その後はろくな治療もせんと放置しとって、もう手ェつけられんようなっとるてセンセも匙《さじ》投げましたわ。裁判始まるまで持たんですわ」

「アカ、というわけでも、なさそうかね」

抑留者にはシベリアで熱烈な共産主義者となって、帰国後の政治活動を指示された者が多数いた。引揚港で赤旗を振り回すその強烈な姿は世間で「赤い梯団《ていだん》」と呼ばれ、警備警察の監視対象となっているらしい。

守屋の問いに古市は首を振る。

「それは関係なさそうですわ。極めて個人的な恨みつらみの問題ですわ、あれは。ほいで、その言うとることがホンマなんかどうか、今から確かめたろっちゅうとこですわ」

「なるほど」

腑に落ちた様子で守屋が頷く。

車列の進む山道の左右が、急に開けた。

「もうすぐみたいですわ」

道の左右の斜面は畝《うね》のある畑となっており、花びらのない、茎の先端がぷっくりと膨らんだ植物が一面に植わっていた。斜面には夕日が差し、真っ赤に彩られていた。その畑の中に、集落が見えた。

「伏屋の言うとった通りでんな」

新城が小さく呟く。そこは北野が不正融資を受けた大阪華僑同胞信用組合に担保としていた、登記の上では何もない杉林になっているはずの山林の所在地だ。

車列は集落の前で止まる。古市や新城ら私服捜査員の他、警視庁や国警の制服巡査が車から降りると、真新しいバラック建ての長屋から、農夫と思しき者たちが出てきた。その多くは恐れの表情を浮かべていた。

「何やこら、誰の許可でよそモンが立ち入っとるんじゃ」

それまで農夫に指示を出していた男たちが数人、車に歩み寄ってきたが、制服警官の姿を見ると、懐や腹巻にやっていた手を止めた。おそらく彼らは仁科家の元小作だ。ドスやナイフを持っているのだろうが、大阪市警視庁から派遣されてきた警官の腰には45

口径のコルト・レボルバーがぶら下がっている。

「大阪市警視庁と国家地方警察や。この集落の責任者はおるか」

古市が声を張り上げると、五十ばかりの白髪交じりの男が、被っていた帽子を手に取り、おずおずと前へ出てくる。眼鏡をかけた顔の左半分に、大きな切り傷があった。

「新武儀《しんむぎ》村開拓団長の、水谷《みずたに》です」

古市が捜索令状を見せる。

「あへん法に基づく許可を得ずに北野製薬がアヘンを製造密売していたとの通報があり、その栽培地としてこの集落の捜索を行う。立会人はアンタでエエか」

ヤクザ者たちが殺気を込めた目線を水谷に向けていたが、令状を手に取った水谷は大きな溜息をつき、項垂れた。

「警察の捜査には、開拓団長として協力致します」

古市が手を振り、私服捜査員や制服巡査たちが事前に指示されていた証拠品を探すべく、集落内に散らばる。複数の警官で囲むように武器を持った男たちに職務質問を始めると、観念したのか、手にしていた凶器を捨て始めた。

「状況が分かっとるようやの」

古市が令状を取り上げると、水谷は手に取る帽子をぎゅっと強く握りしめた。

「私ら、北野製薬さんの出資と仁科家のご支援を受けて、北野さんとこの山中に開拓村を開きました……。戦中に満洲でケシ栽培に携わっていた者もおります。全員が全員ではありませんが、私も含めた村の主な衆は、何を作っているかもよく知っとりました」

新城が古市の横から一歩出る。

「アンタら満洲帰りかいな」

「ここの者はみなそうです。岐阜の武儀郡から出た、満蒙開拓団の出身者ばかりです」

農村の貧困対策として、そして満洲国建国後は国家建設や防衛のためとして、満洲や内蒙古へ送られたおよそ二十七万もの農民たちによる移民団。大戦末期のソ連軍侵攻のなかで関東軍に守られることなく、数万に及ぶ犠牲を出した彼らは、戦後に日本本土に引き揚げても土地も生業《なりわい》もなく、各地で再び荒地の開拓に従事している者も多い。

「何をしてでも食っていかねば、食わせてやらねばならんのです。満洲で身に付けた技術で食えるというなら、それだけで十分なのですよ」

その声色には罪悪感と、それ以上に、そうまでしないと食えぬ己らの境遇への口惜しさ、そして一抹の安堵が滲んでいた。

彼らは知ったうえで加担したのだ。

守屋が水谷に尋ねる。

「熱河省の満洲大同化学工業でケシ栽培に従事していた、富桑村《ふそうむら》の出身者はいるかね」

「あの富桑村をご存じなのですか」

水谷は苦しげに眉間に皺を寄せる。満蒙開拓団は、多くが満洲東部から北部にかけて入植した。そのなかで、南部の内蒙古や中華民国との国境地帯の熱河省には、開拓団の入植は記録されていない。

ただ、例外があった。満洲大同化学工業のもとで経営されていた、ケシ畑のプランテーション農園は、開拓村としてではなく企業の試験農園として書類上は処理されていた。

そこに伏屋実《みのる》は開拓農民として渡った。岐阜の貧しい山奥の寒村で、棚田を耕す小作農の三男坊。伝来の田畑はおろか小作権すら到底継げぬものと自分の人生を諦めていた頃、同じく末子で渡満を試みていた幼馴染みの若月《わかつき》幸三から、誘われたのだ。

「富桑村の出身者がこの密造に関与している。その者について聞きたいのだ」

自分と渡満した者の縁者がこの村にいる。警察病院での聴取で伏屋はそう語ったという。

「ひとりおります。ただ、大したことは知らぬかと……手荒なことは難しいかと……」

水谷は警察の取り調べを、いまだ戦前のような苛烈《かれつ》なものだと思っているのだろう。

「もちろん、こちらとしては任意で聴取するだけだ。団長たるあなたにはお尋ねすることもありましょうが、その方には刑事責任をという話にはなりません」

水谷はそこで小さく、安堵したように嘆息した。

「分かりました。案内します」

丸まった背を向けて村落の目抜き通りともいうべき道をしばらく歩み、あるバラック長屋の前で止まる。

「水谷です。入りますよ」

そう言うと、中から「はぁい」と女の返事があり、水谷が引き戸を開ける。

「団長さん、何かすごい騒ぎだね」

六畳ほどの板敷きの部屋の一角に布団が敷かれていた。そこから、若い娘が身を起こしている。その腹部は大きく膨らんでいた。

「若月勝江さんかね」

守屋の問いかけに、娘は恐る恐る頷く。

「ええ、旧姓は。今は長谷部《はせべ》ですけど」

「ご主人は」

その問いには水谷が答えた。

「この村の若いモンです。今は畑に出ていますが、じきに戻ってくるかと」

部屋の端には、もうひとり分の布団が畳んである。

「富桑村にいた伏屋という男とは、どういう関係ですか」

すると勝江は物悲しげな表情を浮かべた。

「本当の父ちゃんのように優しいおじさんです。父ちゃんと同じ村から開拓団に入って、あそこの芳子《よしこ》ちゃんとはよく遊んだ仲です。芳子ちゃんは、ソ連軍が来たときに……」

それ以上語らなかった。

「伏屋と最後に会ったのはいつかね」

「数年前に、大阪のお祭りに出たときに、たまたま、引き揚げてきたばかりのおじさんに、本当に偶然、会ったことがあるんです。随分酷い身なりで、私たちのこの村に来ないか、誘ったんです。岐阜の開拓団が入植しているし、大阪のえらい会社が後援してくれてるから、居心地も悪くないだろうって。でも、おじさんは遠慮したのか、来なくて……それきりですが、おじさんがどうしたんですか？」

そこで守屋が口ごもる。答えるべきか否か、葛藤しているようだが、

「大阪の病院に入院していて、結核でもう長くない」

核心に触れないで伝えると、勝江の表情がさっと曇る。

「そう、ですか」

布団に目線を落とし、膨らんだ腹を撫でながらポツリと呟いた。

「赤ちゃん、見せてあげたかったなあ」

長屋の窓から傾いてきた西日が差し込む。遠くには収穫間際の、ケシ坊主が膨らんだ畑が広がっている。

勝江が窓の外を眺めながら、穏やかな口調で語りだした。

「先月頃は、畑一面に白い花が咲いて、綺麗だったんです。私の生まれ育った富桑村も、毎年この季節になると、同じ花が咲いてたんですよ。父も伏屋のおじさんも、あの花を畑で栽培していて、よく畑で芳子ちゃんとかくれんぼしてたんです。それでときどきおじさんに見つかって『ここに入っちゃいけない』って怒られて」

勝江が、幸せだった子供の頃の美しい光景を懐かしむように微笑んだ。

○

病棟に、西村の声が響く。

「おい、起きんかえ」

顔にことさら険しい表情を張り付けているが、目が赤く見えるのは連日の聴取続きで寝不足なのか、あるいは気持ちが昂っているのか。

取調官を一手に引き受けている西村だけでなく、古市以下の主だった面々、そして新城と守屋が警察病院の個室にあるベッドを囲んで見下ろしていた。

伏屋は警察病院の中でも特に隔離された病棟に収容され、聴取は全員がマスクを着用したうえで医師の立ち合いのもと行うこととなった。

細い腕に点滴の針を刺された伏屋はゆっくりと目を開け、皮肉げに口を歪めた。

「が、雁首《がんくび》揃えて、な、何しにきた」

西村は、険しい表情を崩さずに、

「お前の言うとった通りやったど。若月の娘は、確かに紀州の山奥、北野の手配した新武儀村っちゅう入植地におった」

「し、新武儀……ふ、ふふ、たわけた名前を付けとる」

伏屋は何が可笑《おか》しいのか、

「む、麦も取れぬ武儀の里と謡っとった故郷の名がそんなにええかよ」

そして咳き込む。

捜査員が何人か露骨に眉をひそめる。ストレプトマイシンが戦後に米国から渡ってくるまで、結核は不治の病の象徴であり、今もその記憶は根強い。

「若月勝江が北野のアヘン製造に加担しとるっちゅうのをどこで知ったんや」

西村の問いに、咳を止めた伏屋が答える。

「え、えびす様の、お導きや」

えびす様。

幾度となくこの事件の中で現れた、神の名を、伏屋が口にした。

「お前の言うえびす様というのは、本棚の上の石のことか」

伏屋は守屋の問いかけに、何がおかしいのかニヤリと笑う。

「シ、シベリアからずっと俺と一緒や。え、えびす様はな、お祈り申し上げると、俺のような者をダモイしとくれたんや。粗末に扱《あつこ》うたらバチが当たる」

ダモイ。シベリア抑留者が「帰国」を意味するロシア語として、よく口にする単語だ。

古市がぽつりと語る。

「捕虜収容所やと、ままあった話や。いつともしれん帰国を待ち望んで、こっくりさんに祈ったり、石ころの仏さん拝むようなモンが仰山おった」

古市はマニラの憲兵隊で終戦を迎えたはずだが、シベリアでもフィリピンでも事情は変わらなかったのだろう。

かつて、福田はえびす神をこう評した。

――国産み神話のなかで、イザナギとイザナミいう最初の神様同士の間に初めて生まれた子供ですけど、手脚がなかったもんやから、船に乗せられて海へ流されてしまうんですわ……狭い列島に住まうようになったわれわれの先祖は、その狭さゆえに不要なものは海に流して棄てていかざるを得ない。まるで満洲や南洋に送り出した移民のようですわな。

満洲に流れ着いた伏屋がシベリアの地で縋《すが》ったのがえびす神だったのは、偶然ではなかったのではないかと、新城には思えた。

「澤は、俺らの家族を見殺しにした。ソ連が来たときに、真っ先に己が逃げたんや。仁科も宮益もそうや。俺はあいつらをよう知っとる。満洲で何人も殺しておいて、平然と、支那人は堪え性がない、とほざいとった奴らや。そんな奴が、また俺らの身内を食いモンにして、のし上がろうっちゅうんや」

絞り出すような声が病室に響く。

「な、なあ、あの子がそんな悪いことをしたんか。俺らがアヘンで稼いだ金で米を食わせたのがわ、悪いのか」

誰も答えない。

「お、俺ぁあの子が何も知らんで、奴の食い物にされとったのが、不憫で不憫でならんかったんや……」
　感情が昂ったのか再び咽《むせ》び、うう、と呻く伏屋。
「そのためにアンタは、ルンペンを利用したんか」
　新城がひとり声を上げた。
「アンタ、戦後に復員してから、ルンペンに交じって生活しとったらしいな。そのとき
に連中に顔が利くようになったのをエエことに、ルンペンの連中を誑《たぶら》かして売人にして、
警察の捜査の目ぇくらましてたんやろ」
　三人の犠牲者の発見現場の周辺で、特にえびす神社の近くにいる浮浪者に聞いて回っ
てようやく分かった。通常、警察は浮浪者にわざわざ職務質問などしない。彼らをない
ものとして扱うか、さもなくば蹴飛ばすだけなのだから。
「それで菅沼に取り入って、宮益や仁科、最後は北野に辿り着こうとしたんやな」
　伏屋は否定するそぶりも見せなかった。
「さ、澤は用心深《ぶこ》うて、なかなか出てきよらへん。ルンペンの姿でずっと、事務所を見
張ったこともあるがよ、澤は宮益とも表じゃいっこも話さん」
　北野陣営で囁かれていた不仲説。それは、ふたりが深いところで利害を共有していた
がゆえだった。かつての満洲での行いと、現代の大阪での企み。
「その点、菅沼はタワケよ。すぐに騙くらかされて、カネに目が眩んで諍いを起こした
でな。こっちも話が早うて、助かったよ」

菅沼と他の犠牲者の違いは、満洲での北野との繋がりの有無だ。大陸でなら宮益が自ら売り捌きに出たのだろうが、代議士秘書になった今ではそういうわけにはいかない。だから、北野らが大阪でアヘンを捌くに当たり、宮益は斬り捨てられるチンピラを雇った。そこに北野一派に付け入る隙があり、伏屋は正確に突いた。

「アヘンのこたぁ、俺はよう知っとる。どこでどんな連中が売り捌いとるかも、よう知っとる。み、見つけるのは、簡単よ」

「宮益、仁科、それに菅沼。この三人が殺されれば、警察もさすがにアヘンの金の動きに気づき、北野に捜査の手が及ぶと考えていたのであれば、なかなかの策士というか、ある意味では警察を買いかぶりすぎたかもしれんがね」

ふ、と守屋が笑う。現に、この事件の構図に満洲大同化学工業の下でのアヘン製造が絡んでいると分かったのは、随分とあとになってからだった。当初は政治テロル、あるいは北野の政治活動を巡る怨恨の線を誰もが思い描いていたのだから。

「それで、警察が捕らえて検察に送致しようとしたところで、殺すつもりやったんか」

古市が静かに尋ねる。東京の別邸を訪れた西村への態度といい、大阪駅で取り囲んでいた警護の者といい、北野の見知らぬ者への猜疑心は相当のものだった。伏屋が近寄ることなど叶いようもなかっただろう。それを伏屋は警察に託したのだ。

「よ、よかったやないか、これで澤の悪行をお前ら知ることができたんやろう。俺のおかげやないか」

あと一歩届かなかったとはいえ、伏屋の表情に曇りはなかった。

堪らず、新城が問いかけた。

「それで満足か、お前は」

伏屋は新城をじっと見つめながら言葉を発さない。

「あの火傷跡のあるルンペン、死んだらしいど。おどれの売らせとったアヘンでアイツも頭イんでもたんや。おどれが北野ら殺すついでで殺されたんや」

この事件の最後のピースは、最初に出会っていたのだ。もし、そこに少しでも早く思い至っていたら、あるいは救えていたかもしれない。それを見逃していたのは結局、浮浪者を蹴り飛ばすような警察に己も染まっていたからなのだ。

あのとき、追い返さずに話を聞いてやれば。そのあとでも早く話を聞きに行けば。その思いは喉に突き刺さった魚の骨のように、新城に微かな後悔の念を生み出した。それを悟られぬように、新城の口調はいつにも増して強い。

ふはっ、と伏屋が一笑に付した。

「お、俺は、外道ってもんを知っとる。己の利益のために他人を殺してまう奴だ。満洲でいくらでも見た。ほやけど、その殺された奴を見とうないから、連中は麻袋を被せて打ち捨てとった」

壊れた人形のような、ぞっとする笑みを浮かべると、気が狂ったように笑い出した。

「お、俺は、外道だ。あいつらルンペンを食い物にした。ほやけど、澤は、どうだ。宮益は、仁科は。菅沼は。みんな、外道やってことを知りとうもなくて、国だ、軍だ、上役だに言われたことを鵜呑みんして、麻袋被せて見ないようにしてやってきた。それを今も、まだ馬鹿のひとつ覚えでやろうとしとる。わ、笑わせるやないか。俺は違う。あのルンペンどもを、殺すつもりで利用してやった。外道になったると自分で決めて自分でやった。ルンペンも俺がやったに違いない。ほいで、宮益も、仁科も、菅沼も、俺がやった。そうじゃ。あれらは銃剣で刺したった。シベリアで戦友《とも》をやってやったからの。過たずじゃ。それが俺の逃れられん罪じゃ」

弱々しくも、確信に満ちていた。

「やからな、俺は分かっとる。ルンペンを俺のために生かし、殺した。ほいで、俺が死ぬまで、あれは供養してやる。けじめはつけるつもりだ。何より、俺ぁそう長うない。バチが当たったんさ」

狭い病室に不気味にこだまする笑い声は、やがて、酷い痰交じりの咳に取って代われ、医師が渋い顔をしながら覗き込む。

「己の頭で考え、己でその責を負う。お、俺は、己で『えべっさん』に、なったると決めたんや。そ、それが、民主主義って、やつじゃあ、ないのか」

まっすぐに新城を見据え、やがて満足げに、笑みを浮かべた。

痩せこけたその笑顔は、えびす顔というにはあまりに程遠かった。

「ねえ、お巡りさん。あ、アンタは、どう考える」

最終章　王道楽土

　堂島川一帯に甲高い鉦《かね》の音が鳴り響く。

　西天満の川辺にある石造りの鳥居や石灯籠のそばで、天神祭の地車講《じぐるま》の氏子たちが鉦や囃子太鼓の稽古をしていた。緩急のついた軽快な音色が祭りの気配を醸し出す。七月二十五日の本宮《ほんみや》の見どころである船渡御では、神霊を乗せた大小の船がこの石造りの鳥居から出発する。戦中戦後の混乱を経て、ようやく戻ってきた大阪の風物詩だ。

　その鳥居のすぐ近くにある、煉瓦造りの大阪地方裁判所のひんやりした庁舎から、新城と守屋が出てきて外の眩しさに目を眇《すが》めた。

「暑うなりましたな。鉦の音も聞こえとるし、夏が近づいてまんな」

「そうだな。大阪は東京より暑いと聞いていたが……」

　守屋は扇子を取り出して扇ぎだす。

「これでひとまず、お使いは果たしましたな」

新城が手に持つ風呂敷包みを掲げる。

地裁で受け取ったのは、北野正剛へのあへん法違反容疑での逮捕状。勾留満期は明日七月一日だが、大阪市警視庁の名で逮捕したいという太秦、そして捜査現場の思いが、一日早い再逮捕の令状請求を実現した。

北野は、動かぬ事実を突きつけられたアヘン密造、そして自身が澤正剛だということについてはあっさりと事実を認めた。一方、宮益が死んだことで全容が分からなくなった不正融資についてはいまだに否認を続けている。

自身の犯した罪すら天秤にかける冷徹さを持ち合わせながら、あの日北野は剝き出しの激情を見せた。その理由を北野はその後一切語ることはなかった。

再び北野の化けの皮を剝がすことができるのだろうか。

そして、

「令状、ひとつは間に合わんかったですけども」

風呂敷包みにはもはや不要になった、伏屋への殺人容疑での逮捕状も入っていた。

伏屋は六月二十五日、大阪警察病院の病室で息を引き取った。結核菌が肺以外に転移した末の合併症が死因だった。担当医師が「あの状態でよく生きとりましたな」と感心したほどだった。

伏屋の住んでいたバラック小屋を家宅捜索したときに、本棚の上にあった帳面が押収された。そこには伏屋の手記として、満洲の開拓村でのケシ栽培の実態や、シベリア抑留の壮絶な経験、そして戦後に大阪で若月勝江に出会ったことへの思いや、澤――北野への復讐心が綴られていた。北野の罪に対する司法の追及が進むなかで、ひとつの証拠材料となるだろう。

手記には「えびす様」への狂信的な祈りがたびたび出てきた。それによって彼は戦後九年を生き延びたも同然だった。

最期は呆気なかった。

――ねえ、お巡りさん。あ、アンタは、どう考える。

呪いのような言葉を新城に突き付けて。

「気に病む必要はない……と言いたいが、後味が悪いのは確かだ」

地裁の駐車場に停めた警邏車の助手席に乗り込みながら、守屋が呟く。

「あの入植地の人々はどうなるのかね」

「北野製薬が社ぐるみでアヘンを密造しとったのがバレたよって、入植地も当然お釈迦になりまっしゃろな」

新城が後部座席に風呂敷包みを置いて運転席に滑り込むと、慣れた手つきでエンジンをかけ、車は地裁の外へ出る。

「開拓団自体は、罪に問うたとしても罰金の略式起訴で終わりでっしゃろ。ただ、あの地でもう一度再起できるか、あるいはよそに出ていくか……」

彼らからケシ栽培を奪ったあと、新しい生業を与えてくれる者は、捜査側には誰ひとりとしていない。新城にだって、そんなことはできない。

背負えるのは精々、東署管内の刑事事件と、姉と父くらいだ。

先日、療養施設から手紙が届いた。

父の今の病状から判断するに、中毒症状を抜くには数年が必要だという。

それが成功するのか。仮に成功したあと、再びあの父と向かい合って生きていけるのか、それは分からない。

それでも自分はあのとき、背負っていくと決めた。徴用船員として戦争を潜《くぐ》り、船を沈められて脚が不随となり、そして戦後を懸命に生きるなかで覚醒剤に手を染め、人格も変わってしまった父を。

誰も彼も、自分の選択を、自分で背負っていくしかない。

車は御堂筋に入り、厳《いか》めしい造りの市役所庁舎を過ぎて淀屋橋交差点を越える。幅二十四間（約四十四メートル）の広大な御堂筋は大丸や十合《そごう》などの華やかなショーウィンドウが並ぶ。

「ワシら、何を守ればよろしいんでっしゃろな」

「難しいことを聞くな、君は」

車は大阪城方面へ左折する。

「君はこの大阪で明日からも警察官、彼の言葉を借りるなら『お巡りさん』をやるんだ。

大阪市警視庁ではなく大阪府警察として。悩んでいる暇はない」

七月からの体制移行はあまりにも急で、大阪市議会はいまだに紛糾している。それでも明日から大阪市警視庁の看板は「大阪府警察」に塗り替えられ、制服や手帳にある大阪市章の澪標は外され、来年になれば完全に府警と統合される。

大阪城天守閣と、大阪市警視庁の庁舎が目に入ってきた。

「大阪府警察なあ。何や、いまいちしっくりけえへんけども、じきに慣れまっしゃろ」

戦争を経て、警察は様変わりした。この先も変わっていくだろう。しかし、たった五年の「民主警察」は新城の中に刻まれたように、消えることなく地層として積み重なる。

北野たちは奥底では敗戦前から変わっていなかった。彼らに復讐を誓った伏屋は、何もかもを失いながら変わり果てることを選択した。

変われなかった者たちはどうなっていくのか。変わり果てた者たちに救いはあるのか。

「何を守るんか、それを考え続けなあかんのが、ワシらの仕事なんでっしゃろな」

「そうだな」

庁舎の裏手に車を停め、外へ出たところで、守屋が肩をすくめる。

「しかし、私もまさか三カ月で東京へ戻されるとは思わなかったよ。叶うことなら有名な天神祭だけでも見たかったが」

つい数日前のことだった。守屋に対して下されたのは、七月から発足する警察庁の、警備部ではなく刑事部への異動人事だった。

「えらいとんぼ返りですし、まさかの刑事部でっか」

「何から何まで、目まぐるしくて参る」

守屋を天神祭に誘おうと画策していた冬子に、異動の話をしたときの驚きぶりと落ち込みようといったらなかった。とはいえ冬子もなかなか強情で「文通できる住所、聞いてきいやアンタ、ええか絶対やで」と、まだまだ諦める気はないようだ。

「異動の準備で、国警戻らんでエエんでっか」

「独り身だから、荷物も大したことはなかったし、大阪に来てひと月半でこちらに出向くことになったから、むしろこっちに荷物が多くなってね。大阪市警視庁に出向してきたようなものだった」

急な人事だったが、現場を共にした捜査一課の連中だけでなく、福田や黒井などの記者、そして豊川村の笹川からも餞別《せんべつ》が送られていた。案外に、この一カ月半で守屋という奇妙な警察官僚を好いた者はいたようだ。

「そらよろしい。国警よりも今度からは大阪市警視庁のモンやて名乗りなはれ」

「そら、エエな」

守屋が下手な大阪弁を使って、自分でおかしくなったのか、ははは下手だな、と声を上げて笑う。つられて新城も笑った。

「何や、丸ぅなりましたな、守屋さん」

「そういう君は、多少理屈ばってきたようだよ」

「帝大の学士様の教えの賜物《たまもの》ですわ」

殺人の帳場としては、被疑者死亡で書類送検だ。北野を中心とする北野製薬の不祥事や議員としての汚職は、すでに二課や三課の手に移っている。関係者たちの今後も決して明るいものではない。

新城と守屋にとって、最良の結末ではなかった。

だが、歩むべき方角は決まったように思えた。

本庁の捜査一課の刑事部屋では、古市や西村ら捜査陣が、打ち上げと送別を兼ねた宴会に繰り出すべく待ち構えているはずだ。帳場は今日をもって解散し、以降の捜査は本庁に戻った一課で引き受ける。東署員の新城は今日を限りに通常の任務へと戻っていく。

明日からは、己は大阪府警察の一地方警察官として。守屋は警察庁の官僚として。

「天神祭もエエですし、正月に来たら、今度はえべっさんがありまっせ」

「えべっさん、か」

それは伏屋が摑んだ微かな希望と、そして外道になることの決意、そのふたつを仮託した神の名だ。

「堀川戎やら今宮戎やらありますし、西宮《にしのみや》神社の福男レースっちゅうのも面白いらしいでっせ」

「それはぜひとも行きたいね。また案内してくれよ」

「今度は、うちの姉も連れていきまっさ」

手の方を眺めた。

「好きにしてくれ」

守屋のあとに続いて通用口から本庁舎に足を踏み入れようとしたとき、新城はふと右手の方を眺めた。

いまだ広大な焼け跡の上に、無秩序に広がる歓楽街とその一角にある廃材置き場が、豆粒のように小さく見えた。さらに小さな人や自動車や市電が、蟻の行列のように行き来している。初夏の照り付ける陽光の下、大阪平野とその上に広がる都市部は西へ東へと広がり、遥か彼方、生駒《いこま》山地は工場から出る煙のせいか霞んで見える。

大阪という都市が、ひとつの生き物のようにうごめいている。九年前の傷跡を癒し、脱皮を待つ蛹《さなぎ》のように、まだ見ぬ王道楽土へと胎動していた。

主要参考文献

大阪市『大阪市警察誌』（一九五六年、大阪市行政局）
大阪府警察史編集委員会編『大阪府警察史』第3巻（一九七三年、大阪府警察本部）
大阪府警察史編集委員会編『大阪府警察史』資料編2（一九八五年、大阪府警察本部）
二反長半『戦争と日本阿片史　阿片王二反長音蔵の生涯』（一九七七年、すばる書房）
産経新聞社『昭和の大阪　昭和20〜50年』（二〇一二年、光村推古書院）
産経新聞社『新聞記者　司馬遼太郎』（二〇〇〇年、扶桑社）
有須和也『黒田清　記者魂は死なず』（二〇一二年、河出書房新社）
尾上圭介『大阪ことば学』（一九九九年、創元社）
東秀三『淀川』（一九八九年、編集工房ノア）
梁石日『夜を賭けて』（二〇一三年、幻冬舎）
清武英利『石つぶて　警視庁　二課刑事の残したもの』（二〇一七年、講談社）
おざわゆき『凍りの掌　シベリア抑留記』（二〇一二年、小池書院）
振角正三『異国の山河』（一九九六年、自家出版）
国際日本文化研究センター所蔵「最新大阪市街地図」一九五四年版、一九五五年版
西川伸一「戦後直後の覚せい剤蔓延から覚せい剤取締法制定に至る政策形成過程の実証研究」（二〇一八年十月、「明治大学社会科学研究所紀要」57巻1号）
小宮京「大阪市警視庁の興亡　占領期における権力とその『空間』」（二〇一三年、「年報政治学」

64巻1号 https://www.jstage.jst.go.jp/article/nenpouseijigaku/64/1/64_1_319/_pdf/-char/en)
辻田真佐憲「知られざる『麻薬大国』ニッポンの裏面史〜芸能界『薬物汚染』の源流はこんなところにあった！」（二〇一六年五月十八日、講談社「現代ビジネス」https://gendai.ismedia.jp/articles/-/48659)

■ホームページ
全日本海員組合「戦没した船と海員の資料館」公式サイト（http://www.jsu.or.jp/siryo/）
茨木神社公式サイト（https://www.ibarakijinja.or.jp/）

■映画
五所平之助監督「大阪の宿」（一九五四年、新東宝）
日映科学映画製作所製作「つばめを動かす人たち」（一九五四年、ＮＰＯ法人科学映像館提供）

本作執筆にあたり、以下の方々から多大なご厚意を賜りましたこと、ここに謝意を捧げます。

時代考証　　史文社　藤城徹様
岐阜弁指導　　土屋聡様
警察組織や刑事捜査に関する指摘　　現職・元職の警察官各位
その他公務員組織に関する指摘　　複数の現職国家公務員各位

解説

門井慶喜

まだまだ敗戦の色濃い昭和二十九年（一九五四）五月、大阪で殺人事件が発生した。現場は大阪城東部、旧造兵廠跡《ぞうへいしょうあと》の国有地ということになっているが、実際には不法占拠のバラックのならぶ盛り場と、在日朝鮮人の集落とのあいだの草むらの空地、いわゆる「三十八度線」で、堅気《かたぎ》の足を踏み入れるところではない。

殺されたのは衆議院議員・北野正剛《きたのせいごう》の秘書である宮益義雄《みやますよしお》、四十三歳。背広を着て、靴をはいたまま仰向けに倒れていたが、頭部には「中央卸売市場」の字の印された麻袋がかぶせられていた。大豆や穀物を入れるドンゴロスだ。死因は左腹部および左前胸部への複数の刺傷による失血か。

現場へ最初に到着し、そのまま事件を担当することになったのは主人公、新城洋《しんじょうひろし》巡査である。大阪市警視庁東警察署刑事課一係所属。刑事になってはじめて出会う殺人事件だった……と、本作『インビジブル』ではこの肩書きが重要だ。大阪なのに警視庁？警視庁って東京の組織じゃなかったっけ。

じつを言うと——私も本書を読んで知ったのだが——この当時、大阪市警視庁はほんとうに存在した。こんにちの大阪府警の前身のひとつであるが、よりいっそう正確な説明のためには戦前の制度を参照しなければならない。戦前のいわゆる明治憲法下では警察というのはすべて国家に属していて、長官はもとより一巡査にいたるまで国家公務員だった。

この組織のありかたは、敗戦後、日本を占領した連合国最高司令部（GHQ）の問題視するところとなった。こんなことでは警察とは権力者の槍の穂先のようなもので、政治的中立性を保つことができない上、各地の実情に対応できない。まったく非民主的ではないかというわけで、GHQの指令を受け、日本の制度は国と地方の二本立てになった。地方というのは文字どおり地方なので、全国の市および人口五千人以上の町村がそれぞれ市町村警察を置く。

全国に千六百以上、これを自治体警察と総称した。ただしこれだけでは田舎や僻地《へきち》はカバーできず、広域犯罪にも対応できないから、そこのところは各都道府県に国家警察を置いて対処する。

略して前者を「自治警」といい、後者を「国警」という。すなわち大阪市警視庁とは千六百軒のほうの一軒、大阪市だけを管轄する自治警なので、そこに属する新城がこの事件を担当するのは当然だった。新しい民主的な日本では地方のことは地方がやる。もはや国家が偉そうに上から何かを押しつける時代は去ったのだ……と、しかし新城のこんな期待は、捜査開始早々くじかれることになる。上司にこう言われたからだ。

「新城、お前は守屋警部補と組め」

守屋《もりや》とは守屋恒成《つねなり》、国家地方警察大阪府本部警備部警備二課所属。つまり国警の手先にほかならず、しかも東京出身、東京帝国大学卒、高等文官試験合格、これだけでも大阪生まれで中卒の新城にとっては理解の埒外《らちがい》にあるのに加えて、守屋は性格も冷淡だった。最初に現場へ向かうとき、新城はいちおう気を使って話しかけるのだが、

「……あれでっか、大学はどちら出てはるんでっか」
「東京帝大だ」
「学士様でんな。ワシなんぞ新制中学卒やさかいに、エライモンですわ」
「大したことじゃない」

にべもない返事ばかり。まことに「好きになれる要素など何ひとつない」、最悪の出発にほかならなかった。

とまあ、こうして本作は、何もかもが正反対の男ふたりが事件解決という共通のゴールめざして駆けずりまわる相棒ものの一面を持つ。ミステリとしては類書の多いジャンルではあるが、しかし本作がそれらと大きく違うのは、そんなふたりがもうじき肩書き

を失うと早い段階で予告されている点である。しかもその原因は、目の前の事件と強く結びついているのだ。

具体的には北野正剛である。死体となった宮益が、生前、秘書として仕えていた衆議院議員。北野は事件が起きたときには国会の会期中で東京にいたのだが、その国会では、ほかならぬ警察法の改正法案が審議中だったのだ。もしもこれが賛成多数で可決されれば自治警も国警も廃止され、かわって各都道府県がひとつずつ警察組織を持つことになる。

日本中をまきこむ大改編になる。なるほど例の千六百軒が乱立する非効率きわまる状態は改善されるにしても、現場の混乱は甚大だろう。新城も守屋もどんな新しい身分があたえられるのか、どんな仕事をやることになるのか想像もつかない。もちろん上司や他署の刑事も。

みんなみんな文字どおり明日をも知れぬ状態なのだ。読者はこうして殺人事件の行く末と、ふたりの主人公の行く末と、それから日本の警察そのものの行く末にまで思いを馳せることになるわけである。まことに類書にはない多重塔のような読み味で、ページを繰る手が止まらなくなるのは無理もないのだ。

構成もまた秀逸である。新城と守屋がだんだん互いを理解していく、ということは自治警と国警が史上最後の協力関係を築いていくのと軌を一にして捜査そのものが大阪市から大阪府へ、そうして全国的規模へと進んでいく。その足どりは確かである。ミステリでありつつ、スケールの大きい歴史小説をも思わせる展開といえるが、よく考えれば、新城はじめ登場人物の多くは、もしも実際この世に生を受けたとしたら現在百歳前後である。

そういう時代の話なのだ。見かたによっては歴史よりも身近な過去の物語かもしれず、だとしたら、こんなところにも読者が味わう強い臨場感の一因がある。

†

とまあ、はからずも少し抽象的なところから話を始めてしまったが、本作の魅力は何よりも具体的な描写にある。

たとえば先ほども触れた「三十八度線」の周辺、不法占拠のバラックのならぶ盛り場は、まず、

戦後、国家が崩壊した間隙から、食糧配給制度の脆弱《ぜいじゃく》さをついて生まれた闇市のなれの果て。

と簡潔に起源が説かれ、それから、

大小便とも、闇屋の出汁《だし》とも、廃油とも、密造二級酒とも、腐った生ゴミとも取れぬ、それらが混じりあった悪臭がそこかしこから湧き立つ。

その中に一軒の小さな居酒屋が佇《たたず》む。

と描かれる。読者は視覚とともに嗅覚も刺激される。そうしてその居酒屋の厨房のラジオから流れる「場違いに朗らかな」曲が美空ひばり『ひばりのマドロスさん』とくれば耳までくすぐられるわけで、これで読者はいっぺんに昭和二十九年の大阪という知らない世界へ――たいていの人は知らないだろう――放り込まれる。

新城や守屋といっしょに底辺の街を歩くことになる。私はさっき読者が味わう臨場感がうんぬんと言ったけれども、順番で言えば、こっちを先に挙げるべきだった。歴史の知識が得たいなら教養書を読めばいいが、その時代にしかない手ざわり、肌ざわりを感じたいなら優れた小説に就くほかないのだ。日本推理作家協会賞、大藪春彦賞受賞。

（作家）

本書はフィクションであり、実在の場所、団体、個人等とは一切関係ありません。

また今日では差別的、不適切とされる表現が含まれていますが、作品で描かれる時代を反映させるために用いたものです。読者の皆様のご理解をいただきますようお願い申し上げます。